法語圖解字典

發 行 人 鄭俊琪

總 編 輯 陳豫弘

責任編輯 方虹婷、張郁函

特約作者 Gwennaël Gaffric、徐意裁

封面設計 王瑄晴

美術設計 王瑄晴

美術編輯 陳淑珍

法文錄音 Alban Couëffé

中文錄音 李羿萱

插　　畫 張榮傑、張志傑、張家榮、陳淑珍

照片提供 徐意裁、陶文玄、許雅雯、唐蘇梅、陳美妏
　　　　 黃香凝、Laurent Le Duvéhat

技術總監 李志純

程式設計 李志純、郭曉琪

光碟製作 簡貝瑜、黃鈺皓

介面設計 王瑄晴、游瓊茹

點讀製作 李明爵

出版發行 希伯崙股份有限公司
　　　　 105 台北市松山區八德路三段 32 號 12 樓
　　　　 劃撥：1939-5400
　　　　 電話：(02)2578-7838
　　　　 傳真：(02)2578-5800
　　　　 電子郵件：service@liveabc.com

法律顧問 朋博法律事務所

印　　刷 禹利電子分色有限公司

出版日期 民國 101 年 8 月 初版一刷

情境式 | LIVEABC'S ILLUSTRATED
FRENCH-CHINESE DICTIONARY

法語圖解字典

Live ABC

目錄

SECTION 1
La France 俯瞰法國

SECTION 2
Les gens 人

SECTION 3
La maison 居家

SECTION 4
La nourriture 食物

SECTION 5
Au restaurant 餐廳

SECTION 6
Les vêtements et les accessoires 服飾

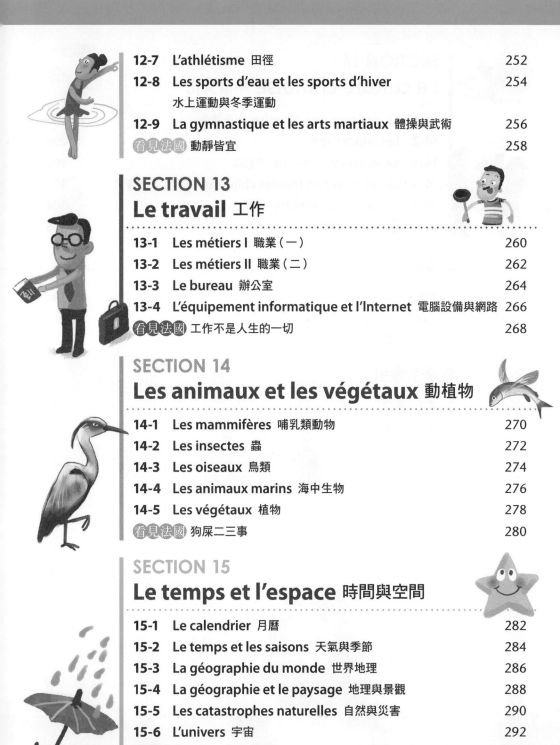

SECTION 16
La culture chinoise 中華文化

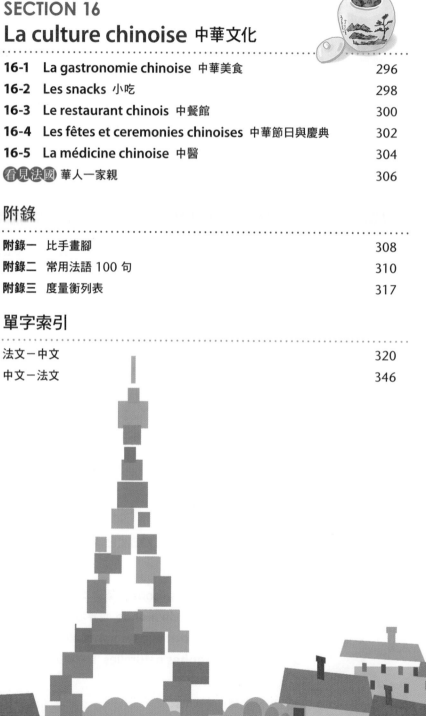

語言是牽動想像的原動力

　　筆者多年來從事華語與法語的口語翻譯、專業文字翻譯以及文學翻譯等工作，也在台灣和法國兩地教授法語，這些經驗讓筆者對於語言之間的差異與互動產生極大的興趣，進而不斷探索這個議題。也正因為相信語言的表現是人類接觸與相互理解最重要的工具，因而醉心於這兩個語言的比較與思考。

　　然而，儘管擁有多年的教學和翻譯經驗與流利的口語能力，某些詞彙或說法偶爾還是會在翻譯、教書或溝通的過程當中在腦中遍尋不著，因此筆者習慣隨身帶著一本華法或法華辭典，方便隨時查看。又有的時候，會發現有些詞彙明知其義，但卻不知如何說明與正確表達。這樣的現象，可能因為該詞語義上的複雜、文化上的差異，或者意義太抽象，而無法解釋清楚。圖解詞彙書的好處正是透過清楚的圖畫讓詞彙變得更具體。此外，在學習的同時，還可以在同一類別的項目中發現本來沒有想到的相關詞彙，不僅溫故，而且還能知新。

　　本書以多元的方式讓讀者了解法語的不同層面，透過俏皮的圖片、豐富的詞彙、逗趣的文化介紹以及原汁原味的法文發音，使讀者對於法國及法語有新的認識。筆者希望除了可以給讀者一個與法語使用者溝通的機會外，更可以了解更多法國文化與語言的互動關係。我們期望這本書的功能不只是單純的單字記憶工具，更期望它能灌注語言的活力。希望讀者可以踏著輕鬆的步伐進入法語的國度！

　　祝各位學習愉快！

Bonne lecture et bon courage !

關首奇 Gwennaël Gaffric

法國里昂第三大學中國研究所碩士
法國里昂第三大學跨文本與跨文化所博士生
現為國立台灣大學台灣文學研究所交換生

看圖學法語單字，
輕鬆又容易

16 大主題

本書共有 16 大主題，其下細分為 115 個小單元，共約 3,700 個常用字彙。第一個主題精選法國著名景點、美食、節慶與名人等 11 個小單元，利用實景照片介紹單字。此外並介紹 15 大類多元的日常生活主題，內容精采豐富，利用實景照片或插畫圖說，加深讀者記憶，幫助讀者輕鬆學習。

單元名稱與標題

點讀圖示 用點讀筆點此圖示，即可聽到本單元的所有單字朗讀。

圖解單字

圖解單字

針對各主題挑選實用的字彙，利用圖畫介紹單字，並同時標註音標與中文解釋，視圖畫大小，將單字排列於圖畫側邊或其下。

單字編號

每個單字編號均與該單元中的照片或插畫相對應，用圖像記憶法幫助讀者學習更有效率。

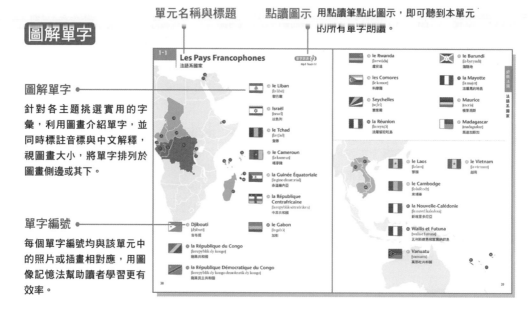

MP3 軌數

對照本頁標示的軌數選擇光碟內附的 MP3，即可聽到本單元的所有單字朗讀。

資訊補給站

針對該單元補充同義字，或是列出該單元相關的文化或資訊補充。

延伸補充

補充跟該主題單元有關的延伸單字和詞彙，學習資訊一網打盡。

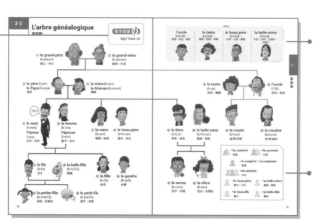

單字說明

在第一個主題「俯瞰法國」的單元裡，我們介紹法國特有的美食、節慶、以及人物等單元。為了讓讀者更深入了解節慶的歷史源由與名人事蹟等細節，在這些單字下面附有概略性的簡述。

看見法國

在16個主題結束以前，均有一個文化櫥窗的小短文，內容主在介紹跟法國以及該主題有關的實用知識。讓讀者能放鬆心情吸收新資訊，神遊法國。

單字索引

書末附有「法→中」和「中→法」的單字索引，分別按字母和注音符號分類排列，方便讀者快速查詢。

光碟使用說明

系統建議需求

【硬體】

- 處理器 Pentium 4 以上（或相容 PC 個人電腦之處理器 AMD、Celeron）
- 512 MB 記憶體
- 全彩顯示卡 800*600 dpi（16K 色以上）
- 硬碟需求空間 200 MB
- 16 倍速光碟機以上
- 音效卡、喇叭及麥克風（內建或外接）

【軟體】

- Microsoft XP、VISTA、Win 7 繁體中文版系統
- Microsoft Windows Media Player 9
- Adobe Flash Player 10

請注意！

在 Vista 系統中，安裝互動光碟如遇到以下問題：

- 出現【安裝字型錯誤】之訊息
- 出現【無法安裝語音辨識】之訊息

請執行以下步驟：

❶ 移除該產品
❷ 進入控制台
❸ 點選「使用者帳戶」選項
❹ 點選「開啟或關閉使用者帳戶控制」
❺ 將「使用（使用者帳戶控制）UAC 來協助保護您的電腦」該項目取消勾選
❻ 再次執行安裝光碟。

在 Windows7 系統中，安裝互動光碟如遇到以下問題：

- 出現【安裝字型錯誤】之訊息
- 出現【無法安裝語音辨識】之訊息

請執行以下步驟：

❶ 進入控制台，開啟程式集，進入程式和功能，移除該產品
❷ 進入控制台，點選「使用者帳戶和家庭安全」選項
❸ 再點選「使用者帳戶」
❹ 點選「變更使用者帳戶控制設定」
❺ 將控制拉桿調整至最底端（不要通知的位置）
❻ 按確定後，需重新啟動電腦
❼ 再次執行安裝光碟

主畫面

一進入主畫面就會看到本書的 16 個主題名稱，以及「認識法語」這個法文發音和文法學習的單元。

🏠 拜訪 LiveABC

連結至LiveABC網站，內有豐富的學習資源與訊息。

❓ 操作說明

內有光碟中的各項操作說明及安裝說明。

❌ 離開

退出此光碟。

只要點選某一個主題，右邊即會顯示該主題的所涵蓋的單元內容標題。以第一個主題「俯瞰法國」為例，點進去即會看到該主題裡 11 個小單元的標題。讀者可依照需要，任意點選某一單元進入學習。

圖解單字

點進主題裡的單元以後，會直接進入圖解單字的部份。只要將滑鼠游標點在某個圖片上，該圖片的周圍會有發亮的星星一閃一閃的示意，學習者不但能聽到這個單字的西語唸法，同時也會出現一個小視窗，出現該法文單字寫法以及中文解釋。

工具列上的其他功能按鍵介紹

反覆朗讀
點選此鍵，再點選想要學習的單字，都會重覆朗讀。

全部出現
如果點選此鍵，就會跳出一個視窗來，裡面是該單元的所有法文單字及中文翻譯。只要按一次「Read」，電腦就會全部播放單字的聲音。

快慢切換
先點選此鍵，再點選想要學習的單字，會聽到慢速朗讀；再點一次此鍵，就會聽到原來正常的速度。

15

各位讀者：

在準備利用點讀筆學習之前，請先將互動光碟裡的點讀筆檔案安裝至你的點讀筆中，再點選本書封面上的 **MyVOICE 智慧筆** 圖示，然後就可以進入本書的內容學習囉！

點 **單字朗讀** 圖示，即依順序播放該單元所有單字的發音。

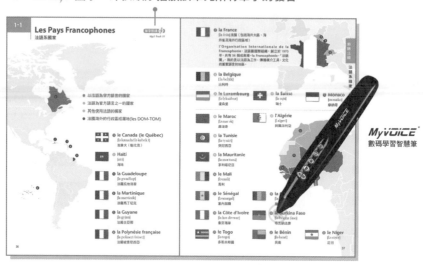

MyVOICE®
數碼學習智慧筆

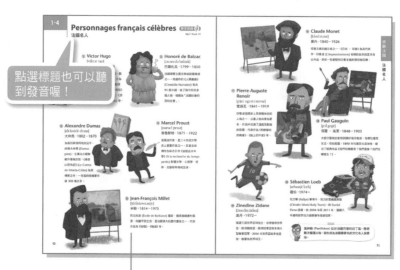

點選標題也可以聽到發音喔！

只要任意點選某個藍色的法文單字或圖片，就能聽到該單字的法語發音。

認識法語

法語介紹

語系

　　法語屬印歐語系 (langues indo-européennes) 中羅曼語系 (langues romanes) 的一支,源自拉丁文。是除西班牙語之外,全世界使用人數最多的羅曼語言之一。

歷史

　　公元前 58 年至前 51 年時,羅馬帝國統治高盧 (les Gaules) 地區(即今日西歐的法國、比利時、義大利北部、荷蘭南部、瑞士西部和德國萊茵河西岸的一帶),羅馬帝國人所使用的通俗拉丁語因此開始在高盧流行。到公元五世紀,拉丁語雖然逐漸地取代了原先通行於高盧的語言,但是在很多地方,還存在著拉丁語和地方語(如高盧語、凱特爾語等)並行的雙語狀態。此後,大眾語變為一種混合語言,也就是所謂的高盧－羅曼語 (le gallo-romain)。

　　公元五世紀起,日耳曼部族法蘭西人 (les Francs) 入侵高盧建立法蘭克王國。從此,日耳曼語對高盧－羅曼語有了很大的影響。後來,這個語言隨著政治歷史的變動而分為兩支:南方的奧克語 (la langue d'Oc) 與北方的奧依語 (la langue d'Oïl)。奧依語在公元九到十三世紀(中世紀時期)時演變成所謂的「古法語」(l'ancien français,也被稱為中世紀法語)。當時,除了中古漢語以外,法語是世界上使用最多的語言,當時的法語對於英語的影響極大。此外,古法語並非獨自發展,而是也受到了外語的影響(如阿拉伯語、西班牙語、義大利語等)。

　　到了文藝復興時期 (la Renaissance),隨著當時的拉丁 / 希臘熱,法語又吸入了許多拉丁語及希臘語的新詞彙。由於印刷的普及,法語逐漸擴展到當時法國全國。1539 年,法國國王法蘭索瓦一世 (François Ier) 應發維雷‧戈特萊敕令 (l'Ordonnance de Villers-Cotterêts),宣布法語－即法蘭西島方言 (Île de France)－取代拉丁語成為國家官方語言。

　　但是,到了法國大革命之前,全法國只有四分之一的人民使用「法語」,其餘四分之三的人使用的是地區語言與方言。法國大革命後,為了建立法國共和國,革命領導者第一次決定將法語訂為國家語言,進行單一語言的政策,規定所有公家文件都必須使用法文。隨著這種法國共和主義與民族主義的意識形態升高,法國地區的其他語言因此嚴重地受到官方法語的排斥與壓迫。除了本土,在十九世紀至二十世紀的法國殖民地內,法國政府也進行了許多的單一語言(法語)政策。

現狀

到了全球化時期，如全世界語言的傾向一般，法語也受了不少英語的影響。舉例來說，le week-end（周末）、le hot-dog（熱狗）、le leader（領導人）等。

法國政府這幾年才注意到地區語言的危機與壓迫狀態，而開始推廣地區語言的教育政策，因此目前法國的幾個區域提供像布列塔尼語 (le breton)、巴斯克語 (le basque)、澳克西唐語 (l'occitan)、克里奧爾語 (le créole) 等語言的課程。

由於法國殖民與向外開發之故，法語系國家和法語使用人口至今仍有一定的數量。法語圈 (la francophonie) 中的法語系國家可分為四種：

❶ 以法語為官方語言的國家，如：法國、加拿大魁北克、塞內加爾。

❷ 以法語為官方語言之一的國家，如：比利時、海地、查德。

❸ 使用法語的國家，如：阿爾及利亞、摩洛哥、越南。

❹ 法國的海外行政區或屬地，如：法屬玻里尼西亞、法屬圭亞那、新喀里多尼亞。

法語音標

母音

[a]	類似注音符號的「ㄚ」，但舌尖略碰到下排內側牙齒。	ami [ami] 朋友 bras [bra] 手臂
[ɑ]	很像 [a]，但嘴巴張得較大。	pas [pɑ] 腳步 sable [sɑbl] 沙子
[ɑ̃]	與 [ɑ] 相同，加上鼻音。	enfant [ɑ̃fɑ̃] 小孩 dent [dɑ̃] 牙齒
[ə]	類似注音符號的「ㄜ」。	petit [pəti] 矮 tenir [tənir] 拿
[e]	類似注音符號的「ㄝ」。	école [ekɔl] 學校 marcher [marʃe] 走路
[ɛ]	類似注音符號的「ㄟ」。	fête [fɛt] 節日 mère [mɛr] 母親
[ø]	嘴唇呈 O 型，發出注音符號的「ㄜ」。	jeu [ʒø] 遊戲 vœu [vø] 願望
[œ]	口腔張開度比 [ø] 大，發音較長。	seul [sœl] 孤獨 neuf [nœf] 九
[i]	類似注音符號的「ㄧ」	hiver [ivɛr] 冬天 lit [li] 床
[ɛ̃]	嘴型與發 [ɛ] 音相同，加上鼻音。	matin [matɛ̃] 早上 train [trɛ̃] 火車
[ɔ]	嘴巴微開，類似注音符號的「ㄛ」。	homme [ɔm] 人 note [nɔt] 分數
[o]	口腔張開度比 [ɔ] 小，類似注音符號「ㄡ」。	peau [po] 皮膚 drôle [drol] 好笑
[ɔ̃]	嘴型與 [ɔ] 相同，但加上鼻音。	pompier [pɔ̃pje] 消防員 chanson [ʃɑ̃sɔ̃] 歌
[u]	類似注音符號的「ㄨ」。	où [u] 哪裡 soupe [sup] 湯
[y]	類似注音符號的「ㄩ」。	usine [yzin] 工廠 lune [lyn] 月亮
[œ̃]	嘴型與 [œ] 相同加上鼻音。	lundi [lœ̃di] 星期一 parfum [parfœ̃] 香水

半母音

[j]	先發出 [i]	pied [pje] 腳 famille [famij] 家庭

[w]	嘴型類似 [u] 的音，但口腔的張開度比較小。	oui [wi] 對；是 (yes) loi [lwa] 法律
[ɥ]	先發 [y] 的音，再很快地以 [i] 結束。	nuit [nɥi] 夜 huit [ɥit] 八

子音

[p]	類似注音符號「ㄆ」，但只發出些微氣音。	parc [park] 公園 appeler [apəle] 叫
[b]	類似注音符號的「ㄅ」，但聲帶必須震動。	beau [bo] 好看 arbre [arbr] 樹木
[k]	類似注音符號「ㄎ」。	question [kɛstjɔ̃] 問題 casque [kask] 安全帽
[ʃ]	類似注音符號「ㄕ」，但嘴巴必須呈圓形。	chat [ʃa] 貓 plancher [plɑ̃ʃe] 地板
[d]	類似注音符號的「ㄉ」，但聲帶必須震動。	dé [de] 骰子 droite [drwat] 右邊
[f]	類似注音符號的「ㄈ」。	France [frɑ̃s] 法國 philosophie [filɔzɔfi] 哲學
[g]	類似注音符號「ㄍ」，但聲帶必須震動。	garçon [garsɔ̃] 男孩 guitare [gitar] 吉他
[ʒ]	類似注音符號的「ㄖ」，但帶有些許像英文 sh 一樣的氣音。	je [ʒə] 我 jardin [ʒardɛ̃] 花園
[l]	類似注音符號的「ㄌ」。	livre [livr] 書 place [plas] 廣場
[m]	類似注音符號的「ㄇ」。	mer [mɛr] 海 amour [amur] 愛情
[n]	類似注音符號的「ㄋ」。	nature [natyr] 自然 donner [dɔne] 給
[ɲ]	類似注音符號的「ㄋㄧㄝ」，但發音比較短。	saigner [sɛɲe] 流血 peigne [pɛɲ] 梳子
[r]	與注音符號的「ㄏ」相似，但舌尖抵住下排牙齒內側，舌後部則隆起，由喉嚨發出顫動音。	rue [ry] 街 verre [vɛr] 杯子
[s]	類似注音符號「ㄙ」。	sel [sɛl] 鹽巴 mince [mɛ̃s] 苗條
[z]	發音方法類似 [s]，但聲帶必須震動，與英文 KK 音標的 [z] 相同。	raison [rɛzɔ̃] 道理 zéro [zero] 零
[t]	類似注音符號與「ㄊ」。	tu [ty] 你 thé [te] 茶
[v]	嘴型與發音與 [f] 有點相同，但聲帶必須震動。	vite [vit] 快 arriver [arive] 到達

法語音標

法語發音 A 到 Z

法語字母發音表

跟英文一樣，法語也使用 A 到 Z 這 26 個字母。

A	B	C	D	E	F
[a]	[be]	[se]	[de]	[ə]	[εf]

G	H	I	J	K	L	M
[ʒe]	[aʃ]	[i]	[ʒi]	[ka]	[εl]	[εm]

N	O	P	Q	R	S	T
[εn]	[o]	[pe]	[ky]	[εr]	[εs]	[te]

U	V	W	X	Y	Z
[y]	[ve]	[dublə ve]	[iks]	[igrεk]	[zεd]

法語音符

1. ／ l'accent aigu：只出現在字母 e 上，é，唸 [e]。

   例如 vérité [verite] 真實，été [ete] 夏天

2. ＼ l'accent grave：出現在字母 a、e、u 上，à、è、ù。此時 à 和 ù 發音不變，發音時加重音即可，但 è 念 [ε]。

   例如 • là [la] 那裡，à [a] 向、給（多義的介詞）　• mère [mεr] 母親，père [pεr] 父親

   • où [u] 哪裡

   a / à 與 u / ù 還用來區分兩個拼法相同但意義不同的詞。

   例如 a [a] 有（avoir 動詞）VS. à [la] 在（介詞）

   ou [u] 還是 VS. où [u] 哪裡

3. ∧ l'accent circonflexe：出現在除了 y 之外的所有母音上。此時 a、e、o 這三個音會改變念法，â 念 [ɑ]，ê 念 [ε]，ô 念 [o]。u 和 i 的念法則不變，î 念 [i]，û 念 [y]。

例如 • âne [ɑn] 驢子，château [ʃɑto] 城堡　　• fête [fɛt] 節日，crêpe [krɛp] 可麗餅

• île [il] 小島，dîner [dine] 晚餐　　• hôpital [opital] 醫院，hôte [ot] 主人

• brûlé [bryle] 燒焦，mûre [myr] 黑莓

4. ¨ le tréma：用來分開相連的兩個母音，表示它們分別發音。

例如 Noël [nɔɛl] 聖誕節，Raphaël [rafaɛl] 拉斐爾

maïs [mais] 玉米，astéroïde [asterɔid] 小行星

5. ç la cédille：出現在字母 c 下面，在字母 a、o、u 前時發 [s]。

例如 garçon [garsɔ̃] 男孩，balançoire [balɑ̃swar] 鞦韆

法語發音對照表

單字朗讀 🔊
Mp3 Track 03

基本上法語是個看了就會念的語言，下列是字母和發音的對照表，掌握下表，就能輕鬆發好法語單字。

| **a** | [a] | • là [la] 那裡 | • marcher [marʃe] 走路 | • Paris [pari] 巴黎 |
| | [ɑ] | • pâte [pɑt] 麵團 | • sable [sɑbl] 沙子 | • mât [mɑ] 桅杆 |

| **ai** | [ɛ] | • maison [mɛzɔ̃] 房子 | • haie [ɛ] 籬笆 | • lait [lɛ] 奶 |

| **an** | [ɑ̃] | • enfant [ɑ̃fɑ̃] 小孩 | • Maman [mamɑ̃] 媽媽 | • anglais [ɑ̃glɛ] 英文 |

| **au** | [o] | • aussi [osi] 也 | • haut [o] 高 | • laurier [lorje] 月桂樹 |

| **b** | [b] | • bleu [blø] 藍 | • robe [rɔb] 洋裝 | • débat [deba] 辯論 |

c	[k]	• culture [kyltyr] 文化	• lac [lak] 湖	• carte [kart] 卡片
	[s] (在"e"與"i"之前)	• cinéma [sinema] 電影	• célèbre [selɛbr] 有名
		• facile [fasil] 容易		

ç [s] • déçu [desy] 失望　• ça [sa] 這　• façon [fasɔ̃] 方式

ch [ʃ] • chat [ʃa] 貓　• vache [vaʃ] 母牛　• chaussure [ʃosyr] 鞋子

d [d] • dix [dis] 十　• mode [mɔd] 時尚　• demander [dəmãde] 問

e [ə] • devise [dəviz] 貨幣　• tenir [tənir] 拿　• demain [dəmɛ̃] 明天
[ɛ] (在兩個子音之前) • cette [sɛt] 這個　• messe [mɛs] 彌撒　• chaussette [ʃosɛt] 襪子
詞尾的"e" 通常不發音 • carte [kart] 卡片　• faire [fɛr] 做　• elle [ɛl] 她

é [e] • école [ekɔl] 學校　• téléphone [telefɔn] 電話
• été [ete] 夏天

è [ɛ] • mère [mɛr] 母親　• très [trɛ] 很　• près [prɛ] 近

ê [ɛ] • fête [fɛt] 節日　• forêt [fɔrɛ] 森林　• crêpe [krɛp] 可麗餅

ë [ɛ] (法文裡有 ë 的字較少，大多都出現在名字中)
• Noël [nɔɛl] 聖誕節　• Raphaël [rafaɛl] 拉斐爾

er [e] (若 "er" 在詞尾，則大多是動詞)
• parler [parle] 說話　• aller [ale] 去　• danser [dãse] 跳舞

eau [o] • eau [o] 水　• bateau [bato] 船　• peau [po] 皮膚

en
[ɑ̃] • lent [lɑ̃] 慢　　• dent [dɑ̃] 牙齒　　• licence [lisɑ̃s] 學士

[ɛ̃]（當 "en" 前面有 "i" 時）
• bien [bjɛ̃] 好　　• chien [ʃjɛ̃] 狗　　• lien [ljɛ̃] 連接

eu
[ø] • feu [fø] 火　　• jeu [ʒø] 遊戲　　• bleu [blø] 藍色
[œ] • heure [œr] 鐘頭　　• docteur [dɔktœr] 醫生　　• feuille [fœj] 樹葉

f
[f] • frère [frɛr] 兄弟　　• futur [fytyr] 未來　　• famille [famij] 家庭

g
[g] • grand [grɑ̃] 大　　• gâteau [gɑto] 蛋糕　　• agriculture [agrikyltyr] 農業
[ʒ]（在 "e" 與 "i" 之前）
• genre [ʒɑ̃r] 類型　　• girafe [ʒiraf] 長頸鹿　　• plage [plaʒ] 海灘

gn
[ɲ] • Espagne [ɛspaɲ] 西班牙　　　　• gagner [gaɲe] 贏
• peigne [pɛɲ] 梳子

gu
[g] • bague [bag] 戒指　　• guitare [gitar] 吉他　　• gros [gro] 胖

h
— 除了感嘆詞如 hop, haha 外，不用發音

i
[i] • riz [ri] 米飯　　• île [il] 島嶼　　• nid [ni] 巢
[j]（主要在母音之前）
• papier [papje] 紙　　• lien [ljɛ̃] 連結　　• attention [atɑ̃sjɔ̃] 小心

ill
有時發 [ij]，有時發 [il]
• famille [famij] 家庭　　• fille [fij] 女孩　　• illettré [iletre] 不識字的

in / im
有時發 [ɛ̃]
• fin [fɛ̃] 結束　　• matin [matɛ̃] 早上　　• impossible [ɛpɔsibl] 不可能

j
[ʒ] • je [ʒə] 我　　• jardin [ʒardɛ̃] 花園　　• Jésus [ʒezy] 耶穌

k [k] • karaoké [karaɔke] 卡拉 OK • kidnapper [kidnape] 綁架
• kilogramme [kilɔgram] 公斤

l [l] • lumière [lymjɛr] 燈光 • lent [lɑ̃] 慢 • lune [lyn] 月亮

m [m] • aimer [ɛme] 愛 • monstre [mɔ̃str] 怪物 • Mexique [mɛksik] 墨西哥

n [n] • non [nɔ̃] 不對 • âne [ɑn] 驢子 • nouveau [nuvo] 新的

o [o] • hôpital [opital] 醫院 • hôte [ot] 主人 • drôle [drol] 好笑
[ɔ] • orange [ɔrɑ̃ʒ] 柳橙 • mort [mɔr] 死掉 • possible [pɔsibl] 可能

oi [wa] • moi [mwa] 我 • poisson [pwasɔ̃] 魚 • roi [rwa] 王

on [ɔ̃] • pont [pɔ̃] 橋 • long [lɔ̃] 長 • thon [tɔ̃] 鮪魚

ou [u] • douche [duʃ] 淋浴 • ours [urs] 熊 • nous [nu] 我們

p [p] • premier [prəmje] 第一 • Papa [papa] 爸爸 • taper [tape] 打

ph [f] • physique [fizik] 物理學 • philosophie [filɔzɔfi] 哲學
• orthographe [ɔrtɔgraf] 拼寫

q [k] • question [kɛstjɔ̃] 疑問 • chaque [ʃak] 每個 • piquer [pike] 刺

r [r] • sûr [syr] 確定　　• noir [nwar] 黑　　• prendre [prɑ̃dr] 拿

s
[s] • souris [suri] 老鼠 • passer [pase] 經過 • société [sɔsjete] 社會
[z]（在兩個母音之間時） • cerise [səriz] 櫻桃 • pose [poz] 安置 • utiliser [ytilize] 使用
在詞尾的 s 不發音 • ils [il] 他們 • corps [kɔr] 身體 • tas [ta] 堆

t
[t] • toi [twa] 你 • tasse [tɑs] 茶杯 • route [rut] 路
在詞尾的 t 不發音 • plat [pla] 大盤子 • rat [ra] 老鼠 • toit [twa] 屋頂

ti＋母音 [sj] • potion [pozisjɔ̃] 位置 • partial [parsjal] 偏心 • patience [pasjɑ̃s] 耐心

u [y] • mur [myr] 牆　　• usine [yzin] 工廠　　• juste [ʒyst] 正確

un／um [ɛ̃] 或 [œ̃] • un [ɛ̃] 一個 • lundi [lœ̃di] 禮拜一 • parfum [parfœ̃] 香水

v [v] • vite [vit] 快　　• voiture [vwatyr] 車子　　• laver [lave] 洗

w
[w] • William [wiljam] 威廉 • week-end [wikɛnd] 周末 • wifi [wifi] 無線網路
[v] • wagon [vagɔ̃] 車廂

x
[ks] • fixer [fikse] 固定 • taxe [taks] 稅 • fax [faks] 傳真機
[gz] • examen [ɛgzamɛ̃] 考試 • examiner [ɛgzamine] 考察
• examinateur [ɛgzaminatœr] 監考員

y
[i] 或 [j]
• yoga [jɔga] 瑜珈 • lys [lis] 百合花
• Pythagore [pitagɔr] 畢達哥拉斯

z [z] • zone [zon] 地區　　• zodiaque [zɔdjak] 黃道帶　　• gaz [gaz] 瓦斯

法語發音規則

啞子音與啞母音 (LES CONSONNES ET LES VOYELLES MUETTES)

法語的單字中，最後一個子音通常不用發，特別是用來指複數的子音。

例如
- les professeurs
  [le prɔfɛsœr] 老師

- les fenêtres
  [le fənɛtr] 窗戶

- le lait
  [lə lɛ] 牛奶

- la souris
  [la suri] 老鼠

單字的最後一個字為 "e" 的話也不用發。

例如
- la voiture [la vwatyr] 車子

- la France [la frɑ̃s] 法國

- le peintre [lə pɛ̃tr] 畫家

- la sortie [la sɔrti] 出口

連音 (LA LIAISON)

連音指的是字尾的子音接連著下一個字首的母音，這是法語中相當常見的情況。但若不連音，也不會影響聽者的了解。但是若能連音的話則更「正確」，也同時能顯示個人的法語程度。

常見的連音子音為 f, n, l, s, t, v。

 • un arbre [ɛ̃ n‿arbr] 樹木

• les enfants [le z‿ãfã] 小孩們 (提醒：若s在兩個母音間，會發 "z" !)

• des hôtels [de z‿otɛl] 飯店

• Un enfant est tombé. [ɛ̃ n‿ãfã ɛ tɔ̃be] 一個小孩跌倒了。

• Il aime raconter des histoires. [il ɛm rakɔ̃te de z‿istwar] 他喜歡講故事。

• Les Antilles sont en Amérique. [le z‿ãtij sɔ̃t‿ã n‿amerik] 安地斯群島在美洲。

法語發音規則

縮合冠詞 (LES ARTICLES CONTRACTÉS)

法文的縮寫有兩種情況：

❶ 當單數定冠詞 le, la 在以母音或啞音h為首的字之前時，le, la 寫為 l' 。

 • le + arbre = l'arbre [l arbr] 樹

• la + écriture = l'écriture [l ekrityr] 書寫

• le + hiver = l'hiver [l ivɛr] 冬天

• le + hôpital = l'hôpital [l opital] 醫院

❷ 當 que 在以母音為首的字前時，que 寫為 "qu'" 。

 • Je pense qu'il est tôt.

[jə pãs k il ɛ to] 我覺得很早。

• Il est plus grand qu'un éléphant.

[il ɛ ply grã kɛ̃ elefã] 他比大象大。

法語基本文法

主詞

je [ʒə] (j'[ʒ]) 我	tu [ty] 你	il [il] 他	elle [ɛl] 她	nous [nu] 我們

vous [vu] 你們	ils [il] 他們	elles [ɛl] 她們

若是男女混雜的「他們」，則用陽性 ils。

動詞變化

法語中動詞變化的規則較複雜，故在此僅介紹幾個最常見的動詞：

avoir (有)	être (是)	aller (去)	manger (吃)
• j'ai	• je suis	• je vais	• je mange
• tu as	• tu es	• tu vas	• tu manges
• il/elle a	• il/elle est	• il/elle va	• il/elle mange
• nous avons	• nous sommes	• nous allons	• nous mangeons
• vous avez	• vous êtes	• vous allez	• vous mangez
• ils/elles ont	• ils/elles sont	• ils/elles vont	• ils/elles mangent

vouloir (要)	faire (做)	croire (想)	aimer (喜歡)
• je veux	• je fais	• je crois	• j'aime
• tu veux	• tu fais	• tu crois	• tu amies
• il/elle veut	• il/elle fait	• il/elle croit	• il/elle aime
• nous voulons	• nous faisons	• nous croyons	• nous aimons
• vous voulez	• vous faites	• vous croyez	• vous aimez
• ils/elles veulent	• ils/elles font	• ils/elles croient	• ils/elles aiment

否定句

若要形成否定句，就在動詞前加 ne [nə], 動詞後加 pas [pa], 但口語中常將 ne 省略。若 ne 之後的字是以母音或啞音 h 起首的話，ne 則需寫成 n'。

例如
● Je suis Français. 我是法國人。
○ Je ne suis pas Français. 我不是法國人。

● Il a une voiture. 他有一輛車子。
○ Il n'a pas de voiture. 他沒有車子。

● Nous mangeons du pain. 我們吃麵包。
○ Nous ne mangeons pas du pain. 我們不吃麵包。

疑問句

在法語中，有三種形成疑問句的方式，以下依正式到口語的用法排列：

❶ 對調直述句中主詞與動詞的位置。

Tu vas en France. 你去法國。　　　　▶ Vas-tu en France？你去法國嗎？

❷ 在直述句前加 est-ce que。（注意：句子內的詞序不需更動。）

▶ Est-ce que tu vas en France？你去法國嗎？

❸ 用原來的直述句，但句尾語調上揚。

▶ Tu vas en France？你去法國嗎？

疑問詞

法語中的疑問詞和用疑問詞構成問句的方式如下：

- pourquoi [purkwa] 為什麼
- qui [ki] 誰
- quoi [kwa] 什麼
- quand [kā] 什麼時候
- où [u] 哪裡
- comment [kɔmā] 怎麼
- quel / quelle [kɛl] 哪個

用疑問詞構成的疑問句也分為三種：

❶ 疑問詞 ＋ 動詞 ＋ 主語

Où est la voiture？汽車在哪裡？

❷ 疑問詞 ＋ 名詞主語 ＋ 動詞 ＋ 代名詞 ＋ 其他

Quand ton ami vient-il en France？你的朋友什麼時候來巴黎？

❸ 疑問詞 ＋ est-ce que ＋ 直述句

Pourquoi est-ce que tu ne m'écoutes pas？你為什麼不聽我的？

單複數

大部分的情況是，只要在單數名詞後加上 s，就變成複數。

 ● le professeur, les professeurs　教授
　　　● la voiture, les voitures　車子

當然也有一些例外的情況。

- l'œil, les yeux 眼睛
- le ciel, les cieux 天空
- le journal, les journaux 報紙
- le hibou, les hiboux 貓頭鷹

法語基本文法

法語基本文法

冠詞

法語中的冠詞分為三種：定冠詞、不定冠詞，以及部分冠詞。此外，冠詞還分陽性 (masculin) 和陰性 (féminin)，並且也有單數 (singulier) 和複數 (pluriel) 之分。

❶ 定冠詞

定冠詞指的是特定、已知的事物，如英文中的 "the"。

例如
- le professeur [lə prɔfɛsœr] 老師　　　(masculin singulier，陽性單數)
- la maison [la mɛzɔ̃] 房子　　　　　　(féminin singulier，陰性單數)
- les Taïwanais [le taiwanɛ]台灣人　　(masculin pluriel，陽性複數)
- les questions [le kɛstjɔ̃] 問題　　　(féminin pluriel，陰性複數)

若其後名詞以母音開頭，則用 l'，無論是陽性或陰性，例如：l'arbre（樹木），l'idée（意見）。某些以啞音 h 開頭的名詞也需改成 l'，如：l'hôtel（飯店），l'hypermarché（大型超級市場），但並非每個 h 開頭的名詞都需要，例外有 le hibou（貓頭鷹），la hache（斧頭）。

❷ 不定冠詞

不定冠詞指的非特定的事物，如英文的 "a"。

例如
- un professeur [ɛ̃ prɔfɛsœr] 一位老師　　(masculin singulier，陽性單數)
- une maison [yn mɛzɔ̃] 一個房子　　　　(féminin singulier，陰性單數)
- des Taïwanais [de taiwanɛ] 一些台灣人　(masculin pluriel，陽性複數)
- des questions [de kɛstjɔ̃] 一些問題　　(féminin pluriel，陰性複數)

❸ 部分冠詞

部分冠詞指的無法計量的名詞或者抽象概念，也因此並沒有單複數之分。

例如
- du danger [dy dɑ̃ʒe] 危險　　　　　　(masculin singulier，陽性單數)
- de la glace [də la glas] 冰淇淋　　　(féminin singulier，陰性單數)

總結三種冠詞如下表：

	陽性（單數）	陰性（單數）	陽性/陰性（複數）
定冠詞	le [lə]	la [la]	les [le]
不定冠詞	un [ɛ̃]	une [yn]	des [de]
部分冠詞	du [dy]	de la [də la]	

法語 1,2 ,3

LES CHIFFRES [le ʃifr] (數字 0-9) ↘

0 zéro [zero]　　**1** un [ɛ̃]　　**2** deux [dø]　　**3** trois [trwa]

4 quatre [katr]　**5** cinq [sɛ̃k]　**6** six [sis]　**7** sept [sɛt]

8 huit [ɥit]　　**9** neuf [nœf]

LES NOMBRES [le nɔ̃br] (數字 10- ...) ↘

10 dix [dis]　　**11** onze [ɛ̃z]　　**12** douze [duz]　　**13** treize [trɛz]

14 quatorze [katɔrz]　　**15** quinze [kɛ̃z]　　**16** seize [sɛz]

17 dix-sept [di sɛt]　　**18** dix-huit [di zɥit]　　**19** dix-neuf [di znœf]

LES DIZAINES [le dizɛn] (數字 10, 20, 30, ..., 90) ↘

10 dix [dis]　　**20** vingt [vɛ̃]　　**30** trente [trɑ̃t]　　**40** quarante [karɑ̃t]

50 cinquante [sɛ̃kɑ̃t]　　　　**60** soixante [swasɑ̃t]

70 soixante-dix [swasɑ̃t dis]　　**80** quatre-vingt [katrə vɛ̃]

90 quatre-vingt-dix [katrə vɛ̃ dis]

法語中的 70, 80, 90 比較特別，70 是 "60+10"，80 是 "4×20"，90 是 "4×20+10"。
在比利時法語區還可以這樣說 **septante** [sɛptɑ̃t] (70)，**octante** [ɔktɑ̃t] (80)，
nonante [nɔnɑ̃t] (90)。

法語 1,2 ,3

> 在說 21 以後的數字時就簡單多了，21 是 20 "和 (et)"1。
> 22 是 "20-2"，23 是 "20-3"，以此類推。

21 vingt-et-un [vɛ̃ te ɛ̃]　　**22** vingt-deux [vɛ̃t dø]　　**23** vingt-trois [vɛ̃t trwa]

24 vingt-quatre [vɛ̃t katr]　　**25** vingt-cinq [vɛ̃t sɛ̃k]　　**26** vingt-six [vɛ̃t sis]

27 vingt-sept [vɛ̃t sɛt]　　**28** vingt-huit [vɛ̃ tɥit]　　**29** vingt-neuf [vɛ̃t nœf]

 70 以後的數字也相對複雜一些，例如：72 是 "60+12"，75 是 "60+15"。83 是 "4×20+3"，86 是 "4×20+6"。94 是 "4×20+14"，97 是 "4×20+17"。

100　　cent [sɑ̃] 一百　　　　　**1,000,000**　　un million [ɛ̃ miljɔ̃] 一百萬

1,000　　mille [mil] 一千　　　**1,000,000,000**　　un milliard [ɛ̃ mijar] 十億

若數字中間夾雜 0 時，不需要特別念出 0，直接說出數字即可。

 • **101**：cent un [sɑ̃ ɛ̃]　• **1006**：mille six [mil sis]

　　 • **1203**：mille deux cents trois [mil dø sɑ̃ trwa]

Euro [œro] = € = 歐元
centimes [sɑ̃tim]（有時也會用說cents [sɑ̃]）

 • **25 euros** [vɛ̃t sɛ̃k œro]

　　 • **7 euros et 50 centimes (cents)** [sɛt œro e sɛ̃kɑ̃t sɑ̃tim (sɑ̃)]

dollar [dɔlar] 美元	yen [jɛn] 日圓
livre sterling [livr stɛrliŋ] 英鎊	yuan [jɥɛn](也念 [jɥan]) 人民幣
franc suisse [frɑ̃ sɥis] 瑞士法郎	franc CFA [frɑ̃ seɛfa] 非洲法郎

 dollar taïwanais (NT dollar) [dɔlar taiwanɛ] [ɛnti dɔlar] 台幣

Section 1

La France

俯瞰法國

Les Pays Francophones

法語系國家

單字朗讀
Mp3 Track 14

- ● 以法語為官方語言的國家
- ● 法語為官方語言之一的國家
- ● 其他使用法語的國家
- ● 法國海外的行政區或屬地(les DOM-TOM)

❶ le Canada (le Québec)
[lə kanada(lə kebɛk)]
加拿大（魁北克）

❷ Haïti
[aiti]
海地

❸ la Guadeloupe
[la gwadlup]
法屬瓜地洛普

❹ la Martinique
[la martinik]
法屬馬丁尼克

❺ la Guyane
[la gɥijan]
法屬圭亞那

❻ la Polynésie française
[la polinezi frɑ̃sɛz]
法屬玻里尼西亞

❼ la France
[la frãs] 法國（包括海外大區、海外省及海外行政區域）

l'Organisation Internationale de la Francophonie，法語圈國際組織，創立於 1970 年，共有 56 個成員國。la Francophonie，「法語圈」，指的是以法語為工作、傳播媒介工具、文化的重要語言的地區。

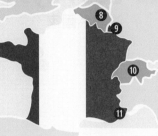

❽ la Belgique
[la bɛlʒik]
比利時

❾ le Luxembourg
[lə lyksãbur]
盧森堡

❿ la Suisse
[la sɥis]
瑞士

⓫ Monaco
[mɔnako]
摩納哥

⓬ le Maroc
[lə marɔk]
摩洛哥

⓭ l'Algérie
[l alʒeri]
阿爾及利亞

⓮ la Tunisie
[la tynizi]
突尼西亞

⓯ la Mauritanie
[la moritani]
茅利塔尼亞

⓰ le Mali
[lə mali]
馬利

⓱ le Sénégal
[lə senegal]
塞內加爾

⓲ la Guinée
[la gine]
幾內亞

⓳ la Côte d'Ivoire
[la kot d ivwar]
象牙海岸

⓴ le Burkina Faso
[lə byrkina faso]
布吉納法索

㉑ le Togo
[lə togo]
多哥共和國

㉒ le Bénin
[lə benɛ̃]
貝南

㉓ le Niger
[lə niʒɛr]
尼日

Les Pays Francophones
法語系國家

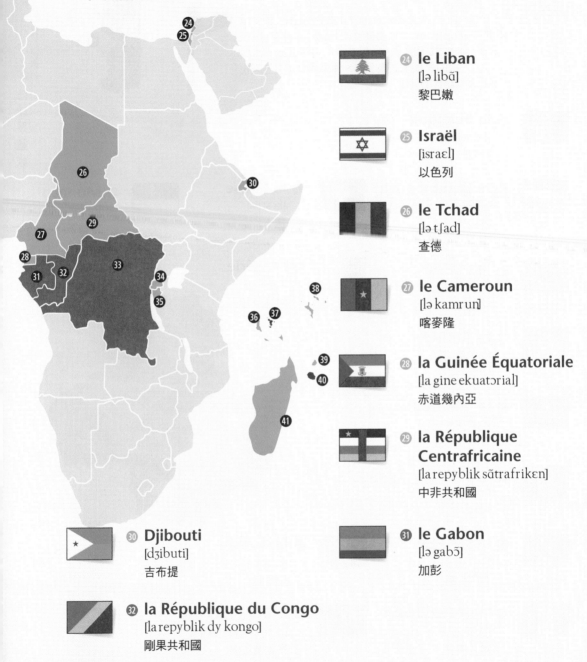

㉔ le Liban
[lə libã]
黎巴嫩

㉕ Israël
[israɛl]
以色列

㉖ le Tchad
[lə tʃad]
查德

㉗ le Cameroun
[lə kamrun]
喀麥隆

㉘ la Guinée Équatoriale
[la gine ekuatɔrial]
赤道幾內亞

㉙ la République Centrafricaine
[la repyblik sãtrafrikɛn]
中非共和國

㉚ Djibouti
[dʒibuti]
吉布提

㉛ le Gabon
[lə gabɔ̃]
加彭

㉜ la République du Congo
[la repyblik dy kongo]
剛果共和國

㉝ la République Démocratique du Congo
[la repyblik dy kongo demokratik dy kongo]
剛果民主共和國

㉞ **le Rwanda**
[lə rwãda]
盧安達

 ㉟ **le Burundi**
[lə burundi]
蒲隆地

 ㊱ **les Comores**
[le kɔmɔr]
科摩羅

 ㊲ **la Mayotte**
[la majɔt]
法屬馬約特島

 ㊳ **les Seychelles**
[le sɛʃɛl]
塞席爾

 ㊴ **Maurice**
[moris]
模里西斯

 ㊵ **la Réunion**
[la reynjɔ̃]
法屬留尼旺島

 ㊶ **Madagascar**
[madagaskar]
馬達加斯加

 ㊷ **le Laos**
[lə laos]
寮國

 ㊸ **le Vietnam**
[lə vjɛtnam]
越南

 ㊹ **le Cambodge**
[lə kãbɔdʒ]
柬埔寨

 ㊺ **la Nouvelle-Calédonie**
[la nuvɛl kaledɔni]
新喀里多尼亞

 ㊻ **Wallis et Futuna**
[walis e futuna]
瓦利斯群島和富圖納群島

 ㊼ **Vanuatu**
[vanuatu]
萬那杜共和國

La carte de France
法國地圖

①

① **la Manche** [la mɑ̃ʃ] 英吉利海峽

② **la Bretagne** [la brətaɲ] 布列塔尼（大區）

③ **la Loire** [la lwar] 羅亞爾河

④ **la Seine** [la sɛn] 塞納河

⑤ **la Normandie** [la nɔrmɑ̃di] 諾曼地（地區）

⑥ **Paris** [pari] 巴黎（市）

⑦ **l'Île de France** [l il də frɑ̃s] 法蘭西島（大巴黎地區）（大區）

⑧ **la Champagne-Ardenne** [la ʃɑ̃paɲ ardɛn] 香檳－亞丁（大區）

⑨ **Strasbourg** [strasbur] 史特拉斯堡（市）

⑩ **la Bourgogne** [la burgɔɲ] 勃艮地（大區）

⑪ **Lyon** [ljɔ̃] 里昂（市）

⑫ **Toulouse** [tuluz] 土魯斯（市）

⑬ **les Pyrénées** [le pirene] 庇里牛斯山

⑭ **Montpellier** [mɔ̃pəlje] 蒙彼利埃（市）

⑮ **le Rhône** [lə ron] 隆河

⑯ **Marseille** [marsɛj] 馬賽（市）

⑰ **le Rhône-Alpes** [lə ron alp] 隆河－阿爾卑斯山（大區）

⑱ **les Alpes** [le zalp] 阿爾卑斯山

⑲ **la Provence** [la prɔvɑ̃s] 普羅旺斯（地區）

⑳ **Nice** [nis] 尼斯（市）

㉑ **la Côte d'Azur** [la kot d azyr] 蔚藍海岸（地區）

㉒ **la Méditerranée** [la mediterane] 地中海

㉓ **la Corse** [la kɔrs] 科西嘉島（內分兩個大區）

②

③

在行政畫分上，法國本土分為 21 個大區（régions）和 96 個省（départements），並有 5 個海外大區（régions d'Outre-mer）。這裡所謂的「地區」是不在行政區域的劃分內，只是通稱。

4

5

6

7

8

9

10

11

12

13

14

15

16

17

18

19

20

21

22

23

Les jours fériés et les fêtes
法國紀念日與節慶

fêtes civiles et religieuses
紀念日與宗教節日

① le Jour de l'an
[lə ʒur də l ɑ̃]
元旦 (一月一日)

元旦的前一天晚上是跨年日 (le réveillon de la Saint-Sylvestre)，法國人會安排家庭、朋友聚餐，或是舞會，在宴會上彼此分享自己來年的計畫或心願。按照傳統，所有人在這個晚上都應該喝得酩酊大醉，這樣新的一年才會有新的開始。

② l'Épiphanie
[l epifani]
主顯節慶日 (一月六日)

這是天主教徒與基督教徒紀念耶穌首次顯露給東方三賢士的節慶日。法國人在這天與親人分享國王派 (la galette des rois)。過去習慣在國王派中放一粒蠶豆，吃到藏有蠶豆那塊的人便是當天的國王，可以戴上王冠。現在多是設計磁偶放在派中，供人收集留做紀念。

③ la Saint-Valentin
[la sɛ̃ valɑ̃tɛ̃]
情人節 (二月十四日)

在這個特殊的日子，法國的城市被濃郁的巧克力與鮮紅的玫瑰所包圍。情侶若想在巴黎找浪漫的約會景點，可以到蒙馬特高地半山腰的愛之牆 (le mur des je t'aime)，上面寫著三百多種語言的「我愛你」。或是到塞納河上的藝術橋 (pont des arts)，將自己與情人的名字刻在一個情人鎖上，把兩人的諾言鎖在橋上。

④ Lundi de Pâques

[lœ̃di də pak]

復活節翌日

復活節在每年春分月圓之後第一個星期日舉行，而 Lundi de Pâques 則是隔天的星期一。在這一天有很多活動，但有些跟宗教並沒有直接關聯。其中最有名的是尋找復活節彩蛋，大人們事先將彩蛋藏起來，孩子們在這天早上到花園裡尋找彩蛋。

⑤ la Fête du travail

[la fɛt dy travaj]

勞動節（五月一日）

法國的勞動節這天不用工作，同時全國各工會都在這天舉行大規模的遊行。傳統上，如果在當天上街遊行前，自己購買或是贈送親朋好友一束鈴蘭花，那麼就會為自己與獲贈者帶來一整年的好運。若說五月一日是法國人的鈴蘭節一點也不為過。

1939～1945

⑥ la Fête de la Victoire

[la fɛt də la viktwar]

二戰結束紀念日（五月八日）

1945 年 5 月 8 日納粹德國在柏林正式簽訂投降書，而盟軍統帥艾森豪威爾於法國漢斯接受了德軍的投降書。如今該地建了一間受降紀念館，每年二戰紀念日時，便會有許多人到此紀念館參觀那些留存下來的地圖、照片和原始信件。

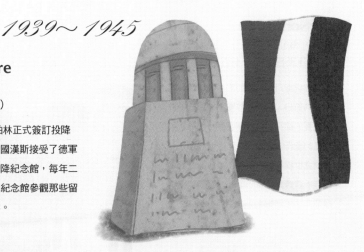

43

Les jours fériés et les fêtes
法國紀念日與節慶

⑦ **Jeudi de l'Ascension**
[ʒødi də l asɑ̃sjɔ̃]
耶穌升天日

為紀念耶穌基督復活四十天後升天,所以在每年
復活節過後的第四十日過節。由於復活節在星期
日,故耶穌升天日就會落在星期四。這一天亦是
法國的國定假日,當天股市及商店、市場等都會
休息。

⑧ **la Fête Nationale**
[la fɛt nasjɔnal]
國慶日 (七月十四日)

紀念 1789 年巴黎群眾攻克了象徵封建統治的巴士
底監獄,從而揭開法國大革命的序幕。當天早上在
巴黎的香榭大道會進行閱兵,夜間則有很多法國城
市會施放煙火及安排舞會。

⑨ **l'Assomption**
[l asɔ̃psjɔ̃]
聖母升天日 (八月十五日)

這是慶祝聖母瑪利亞的肉身與靈魂一同
升天的節日,對天主教國家來說,是非
常重要的節日。每年到這個時候,法國
著名的聖母顯靈聖地—路德 (Lourdes)
會湧進世界各地的信徒,節日當晚萬眾
信徒手執燭光,齊唱聖歌,莊嚴神聖、
熱鬧非凡。

⑩ la Toussaint

[la tusɛ̃]

諸聖節（十一月一日）

這是天主教、聖公教與東正教的節日。受到
美國文化的影響，法國人也會在諸聖節的前
一天晚上慶祝，小孩們會裝扮成鬼、巫婆、
吸血鬼等，去按鄰居的門求糖果。

1914～1918

⑪ l'Armistice

[l armistis]

一戰結束紀念日（十一月十一日）

這是紀念 1918 年 11 月 11 日，第一次世界大
戰停戰協議生效的日子。在這一天，法國每個城
市都會舉行紀念儀式，大多出席者會在衣襟上配
戴著虞美人花 (le coquelicot) 以作悼念，火紅的
花象徵著陣亡將士的鮮血。

⑫ Noël

[nɔɛl]

聖誕節（十二月二十五日）

慶祝耶穌誕生，是重要的宗教節日之
一。在聖誕節前夕，是一家人團聚、共
同品嘗聖誕大餐的日子。傳統菜餚有火
雞、鵝肝、牡蠣、甜點等，佐以香檳、
葡萄酒。家中的聖誕樹則會經過精心佈
置，並於下方堆滿聖誕禮物。

Les jours fériés et les fêtes
法國紀念日與節慶

fêtes et festivals
慶典與節日

⑬ **le Festival de la Bande Dessinée d'Angoulème**
[lə fɛstival də la bɑ̄d dɛsine d ɑ̄gulɛm]
安古蘭國際漫畫節（每年一月）

始於 1974 年，是歐洲最大、歷史最悠久的漫畫展，每年吸引二、三十萬人觀展，與美國聖地牙哥漫畫節並稱為國際兩大漫畫節。除了在固定展場外，安古蘭小城中的市政府、車站、咖啡館等各個角落亦有小型的展出。

⑭ **le Festival de Cannes**
[lə fɛstival də kan]
坎城影展（五月中旬）

為世界五大影展之一，在 1939 年首度於坎城籌辦，其後因德國入侵波蘭而取消。至 1946 年，在外交部、教育部以及電影聯合會的支持下於同地重新擴大舉辦第一屆。為期 12 天，通常於週三開幕，於隔週週日閉幕。

⑮ **la Fête de la musique**
[la fɛt də la myzik]
夏至音樂節（六月二十一日）

從 1982 年起，在每年的 6 月 21 日，夏至日照最長的這一天，法國無論是大城市、小村、大街或小巷，各個角落都會有許多專業及非專業的音樂家或樂團在路邊表演。從傍晚到凌晨，全法一個晚上有將近一萬八千場的小型音樂會。

⑯ le Festival d'Avignon
[lə fɛstival d aviˌɲɔ̄]
亞維儂藝術節（七月）

是法國藝術展中最重要的活動之一，每年都有許多
來自各國的藝術團體在亞維儂古城進行如話劇、舞
蹈、歌劇等的表演。街頭也到處是免費的小型演
出，是一個充滿嘉年華氣氛的節慶。

⑰ les journées du patrimoine
[le ʒurne dy patrimwan]
文化遺產日（九月的第三個周末）

各城市會在這天安排一些可以讓人民發現當地文化遺產的活
動。活動期間，各種文化古蹟免費開放參觀，還有機會參觀
一些平日不開放的機構，如總統府、國會等。同時搭配表演
活動，通過藝術家的表演喚起人們對遺產保護的重視。

⑱ la Fête des lumières à Lyon
[la fɛt de lymjɛr a ljɔ̄]
里昂燈節（十二月八日）

里昂燈節本為宗教節日，起因於十九世紀時法國
遭受瘟疫侵襲，當時里昂人民向聖母瑪利亞祈求
得願。從此，為了感謝瑪莉亞，里昂的居民都會
在自家窗戶外擺放點亮的蠟燭。後來，里昂的公
共建築便會在這天掛滿經過設計的燈泡，成為大
型的藝術品，而後變成一個知名的燈節。

⑲ le Festival Interceltique de Lorient
[lə fɛstival ɛ̄tɛrsɛltik də lɔrjɑ̄]
洛里昂國際凱爾特音樂節（八月）

是世界上最大的凱爾特人 (Celtes) 的大聚會，包括布列塔尼
人、愛爾蘭人、蘇格蘭人、威爾斯人等擁有共同文化傳統的
凱爾特民族會在這個時候穿著傳統服裝參加大遊行，並會有
演唱傳統的布列塔尼歌曲、演奏風笛等的表演活動。

Personnages français célèbres

單字朗讀

法國名人

Mp3 Track 17

① **Napoléon Bonaparte**
[napɔleɔ̃ bɔnapart]
拿破崙，1769－1821

法蘭西第一共和國 (1799－1804) 第一執政，法蘭西第一帝國 (1804－1814) 及百日王朝 (1815) 的皇帝。其統治下的法國，曾經佔領過西歐和中歐的廣大領土。

② **Charles de Gaulle**
[ʃarl də gol]
戴高樂，1890－1970

在二戰期間領導自由法國運動，戰後成立法蘭西第五共和國，並擔任第一任總統，被稱為戴高樂將軍 (Général de Gaulle)。

③ **Voltaire**
[vɔltɛr]
伏爾泰，1694－1778

本名 François-Marie Arouet。反對君主制度，提倡自然神論，批判天主教會，主張言論自由，被稱為「法蘭西思想之父」。

④ **Jean-Jacques Rousseau**
[ʒɑ̃ ʒak ruso]
盧梭，1712－1778

啟蒙時代的重要人物，主張主權在民，著有《社會契約論》。提倡自然主義，其著作《愛彌兒》闡現了他的教育理念。

⑤ **Jean Bernard Léon Foucault**
[ʒɑ̃ bɛrnar leɔ̃ fuko]
傅科，1819－1868

發明傅科擺 (pendule de Foucault) 以證明地球自轉，發現渦電流 (Eddy Current)，測量到的光速為 298,000 千米每秒，與精確值差僅 0.6%。

⑥ **Pierre Curie**
[pjɛr kyri]
皮埃爾居禮，1859－1906

Marie Curie
[mari kyri]
瑪莉居禮，1867－1934

皮埃爾 · 居禮與其兄長共同發現壓電效應
(Piezoelectricity)。居禮夫婦共同研究發現兩種化學
元素：釙 (Po) 和鐳 (Ra)，推動了放射化學的發展。
居禮夫人為第一位獲得諾貝爾獎的女性。

⑦ **Hector Louis Berlioz**
[ɛktɔr lwi bɛrljɔz]
白遼士，1803－1869

浪漫派作曲家，以《幻想交響
曲》聞名，這首曲子亦是柴可
夫斯基、史特勞斯等浪漫作曲
家的榜樣。

⑧ **Frédéric François Chopin**
[frederik frɑ̃swa ʃɔpɛ̃]
蕭邦，1810－1849

作曲家暨鋼琴家，父親為法國人、母
親為波蘭人。自七歲起創作樂曲，
八歲登台演奏，不足二十歲即已出
名。創作曲大多為鋼琴曲，被譽為
鋼琴詩人。

⑨ **Molière**
[mɔljɛr]
莫里哀，1622－1673

本名 Jean-Baptiste Poquelin，同時亦有演員身份，著名劇作有
《偽君子》(Tartuffe)、《吝嗇鬼》(L'Avare)。

⑩ **Georges Bizet**
[ʒɔrʒ bizɛ]
比才，1838－1875

本名 Alexandre César Léopold Bizet，著名作
品有歌劇《卡門》(Carmen)，戲劇配樂《阿萊城
的姑娘》(L'Arlésienne) 等。

49

Personnages français célèbres

法國名人

⑪ Victor Hugo
[viktɔr ygo]
雨果，1802－1885

全才作家，在詩歌、小說、戲劇等方面皆有重大建樹，亦為19世紀浪漫主義文學運動領袖，著名作品有《巴黎聖母院》(Notre-Dame de Paris)、《悲慘世界》(Les Misérables) 等。

⑫ Honoré de Balzac
[ɔnɔre də balzak]
巴爾札克，1799－1850

法國現實主義文學成就最高者之一。他創作的《人間喜劇》(Comédie Humaine) 有共91部小說，寫了兩千四百多個人物，被稱為「法國社會的百科全書」。

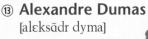

⑬ Alexandre Dumas
[alɛksɑ̃dr dyma]
大仲馬，1802－1870

為區別與他同名的兒子，故稱大仲馬 (Dumas père)。主要以小說和劇作著稱於世，《基督山恩仇記》(Le Comte de Monte-Cristo) 為其傳世之作，一生寫的各種著作達 300 卷之多。

⑭ Marcel Proust
[marsɛl prust]
普魯斯特，1871－1922

意識流作家，是二十世紀文學史上重要作家之一。其富含自傳性色彩之巨作《追憶逝水年華》(À la recherche du temps perdu) 影響文學、心理學、哲學，及藝術等領域至深。

⑮ Jean-François Millet
[ʒɑ̃ frɑ̃swa milɛ]
米勒，1814－1975

巴比松派 (École de Barbizon) 畫家，擅長描繪農村風景、刻劃平民生活，是法國偉大的農村畫家之一，代表作品有《拾穗》、《晚禱》等。

⑯ Claude Monet

[klod mɔnɛ]

莫內，1840－1926

印象主義的創立者之一，《日出．印象》為其代表作，印象派 (l'impressionnisme) 名稱的由來就是來自此作品，終其一生都堅持印象主義的原則和目標。

⑰ Pierre-Auguste Renoir

[pjɛr ogystrənwar]

雷諾瓦，1841－1919

印象派發展史上具領導地位的人物之一，以畫人物肖像為著名，作品中充滿了溫暖及歡愉的氛圍，代表作為《煎餅磨坊的舞會》、《船上的午宴》等。

⑱ Paul Gauguin

[pɔl gogɛ̃]

保羅．高更，1848－1903

大部分藝術史家將其歸為後印象派。他嚮往蠻荒生活、用色粗獷。1890 年代搬至大溪地後，繪出了經典作品《我們從哪裡來？我們是誰？我們往哪裡去？》。

⑳ Sébastien Loeb

[sebastjɛ̃ lœb]

羅伯，1974－

拉力賽 (Rallye) 賽車手，效力於雪鐵龍車隊 (Citroën World Rally Team)，與 Daniel Elena 搭檔，自 2004 年至 2011 年，連續八年獲得世界拉力錦標賽年度總冠軍。

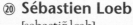

⑲ Zinedine Zidane

[zinedin zidan]

席丹，1972－

獲選三屆世界足球先生，並曾獲得世界盃、歐洲國家盃、歐洲冠軍盃等多項大型賽事冠軍，2006 年世界盃結束後退役，被譽為世界球王。

萬神殿（Panthéon）位於法國巴黎的拉丁區，歷經數次變遷以後，現在成為法國最著名的文化名人安葬地。

Paris et ses Lieux Touristiques I

巴黎觀光景點（一）

巴黎市共分為 20 個行政區 (arrondissements)，以西堤島 (la Cité) 為中心，順時針方向作螺旋狀分布。一般來說，內圈是 1 到 11 區，外圈是 12 到 20 區，最外圍則是被外環公路 (boulevard périphérique) 包圍住。有的景點可能同時存在於數個行政區中，如香榭麗舍大道就橫跨了第 8 區、第 16 區及第 17 區。

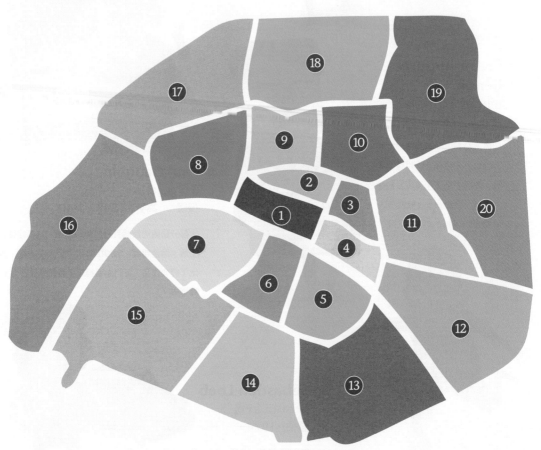

第 1 區 ⋯⋯⋯⋯⋯⋯⋯⋯

① **le jardin des Tuileries**
[lə ʒardɛ̃ de tɥilri]
杜樂麗花園

第 **4** 區

② **l'île de la Cité**
[l il də la site]
西堤島

④ **l'Hôtel de Ville**
[l otɛl də vil]
巴黎市政廳

③ **la Place des Vosges**
[la plas de voʒ]
孚日廣場

第 **5** 區

⑤ **le Panthéon**
[lə pɑ̃teɔ̃]
萬神殿

⑥ **le jardin des Plantes**
[lə ʒardɛ̃ de plɑ̃t] 植物園

第 **6** 區

⑦ **le jardin du Luxembourg**
[lə ʒardɛ̃ dy lyksɑ̃bur]
盧森堡公園

第 **7** 區

⑧ **la tour Eiffel**
[la tur ɛfɛl]
巴黎鐵塔

⑨ **les Invalides**
[le zɛ̃valid]
傷兵院

Paris et ses Lieux Touristiques I

巴黎觀光景點（一）

單字朗讀
Mp3 Track 18

第 **8** 區

⑩ **l'Arc de Triomphe**
[l ark də triɔ̃f]
凱旋門

⑪ **l'Avenue des Champs-Élysées**
[l avəny de ʃɑ̃ zelize]
香榭麗舍大道

第 **9** 區

⑫ **le passage Jouffroy**
[lə pasaʒ ʒufrwa]
茹浮華拱廊街

⑬ **l'Opéra Garnier**
[l opera garnje]
加尼葉歌劇院

⑭ **Pigalle**
[pigal]
皮加勒區

第 **12** 區

⑮ **le bois de Boulogne**
[lə bwa də bulɔɲ]
布洛尼森林

⑯ **le bois de Vincennes**
[lə bwa də vɛ̃sɛn]
文生森林

第 **14** 區

⑰ **les catacombes de Paris**
[le katakɔ̃b də pari]
巴黎地下墓穴

第 **16** 區 ⋯⋯⋯⋯⋯⋯⋯⋯ 第 **18** 區 ⋯⋯⋯⋯⋯

⑱ **le Palais de Chaillot**
[lə palɛ də ʃajo]
夏瑤宮

⑲ **le Moulin Rouge**
[lə mulɛ̃ruʒ]
紅磨坊

第 **20** 區 ⋯⋯⋯⋯⋯⋯⋯⋯⋯⋯⋯⋯⋯⋯⋯⋯

⑳ **le cimetière du Père-Lachaise**
[lə simtjɛr dy pɛr laʃɛz]
拉謝茲神父墓園

㉑ **la Place de la Concorde**
[la plas də la kɔ̃kɔrd]
協和廣場

Paris et ses Lieux Touristiques II
巴黎觀光景點（二）

單字朗讀 Mp3 Track 19

les églises
[le zegliz]
教堂

① **la cathédrale Notre-Dame de Paris**
[la katedral nɔtr dam də pari]
巴黎聖母院（第四區）

② **l'Église St. Germain des-Prés**
[l egliz sɛ̃ ʒɛrmɛ̃ de pre]
聖哲曼德佩教堂（第六區）

③ **l'Église Ste-Marie Madeleine**
[l egliz sɛ̃t mari madəlɛn]
瑪德蓮教堂（第八區）

④ **la basilique du Sacré-Coeur**
[la bazilik dy sakre kœr]
聖心堂（第十八區）

les quartiers marchands
[le kartje marʃɑ̃]
商圈

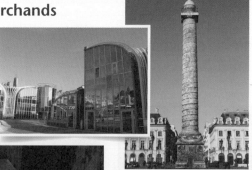

⑤ **les Halles**
[le al]
巴黎市場（第一區）

⑥ **la Place Vendôme**
[la plas vɑ̃dom]
凡登廣場（第一區）

⑦ **le Marais**
[lə marɛ]
瑪黑區
（第三、四區）

⑧ **le Quartier Latin**
[lə kartje latɛ̃]
拉丁區
（第五、六區）

⑨ **la Rive Gauche**
[la riv goʃ]
左岸（第七區）

⑩ **l'Avenue Montaigne**
[l avəny mɔ̃tɛɲ]
蒙田大道（第八區）

⑪ **l'Opéra**
[l opera]
歌劇院（第九區）

⑫ **la Place de la Bastille**
[la plas də la bastij]
巴士底廣場
（第四、八、十一區）

⑬ **le canal Saint-Martin**
[lə kanal sɛ̃ martɛ̃]
聖馬汀運河（第十區）

les musées
[le myze]
美術館、博物館

⑭ **le musée du Louvre**
[lə myze dy luvr]
羅浮宮（第一區）

⑮ **le Centre Pompidou**
[lə sɑ̃tr pɔ̃pidu]
龐畢度中心（第四區）

⑯ **le musée d'Orsay**
[lə muze d ɔrsɛ]
奧塞美術館
（第七區）

⑰ **le musée du quai Branly**
[lə myzə dy kɛ brɑ̃li]
布利碼頭博物館
（第七區）

⑱ **le Palais de Tokyo**
[lə palɛ də tokjo]
東京宮（第十六區）

Autres lieux touristiques en France

其他法國觀光景點

lieux historiques
[ljø istɔrik]
歷史古蹟

① **le Palais et le parc de Versailles**
[lə palɛ ɛ lə park də vɛrsaj]
凡爾賽宮與園林

② **le Palais et le parc de Fontainebleau**
[lə palɛ ɛ lə park də fɔ̃tenblo]
楓丹白露宮

③ **le vieux Lyon**
[lə vjø ljɔ̃]
里昂舊城區

④ **la cité de Carcassonne**
[la site də karkasɔn]
卡爾卡頌城堡

⑥ **le château de Chambord**
[lə ʃɑto də ʃɑ̃bɔr]
香波堡

⑤ **le pont du Gard**
[lə pɔ̃ dy gar]
嘉德水道橋

⑦ **le château de Chenonceau**
[lə ʃato də ʃənɔ̃so]
雪儂梭堡

⑧ **la petite France à Strasbourg**
[la pətit frɑ̃s a strasbur]
史特拉斯堡小法國

⑨ **Grasse, "la capitale mondiale du parfum"**
[gras la kapital mɔ̃djal dy parfœ̃]
格拉斯一「世界香水之都」

⑩ **la ville de Nice**
[la vil də nis]
尼斯城

⑪ **les monuments romains et romans d'Arles**
[le monymɑ̃ romɛ̃ e romɑ̃ d arl]
亞耳的羅馬遺跡與羅馬式建築

⑫ **le chemin de fer du Montenvers**
[lə ʃəmɛ̃ də fɛr dy mɔ̃tɑ̃vɛr]
蒙特維高山鐵路

Autres lieux touristiques en France

其他法國觀光景點

paysages
[pɛizaʒ]
自然風景

⑬ **les rives de la Seine à Paris**
[le riv də la sɛn a pari]
巴黎塞納河河畔

⑭ **le mont Saint-Michel**
[lə mɔ̃ sɛ̃ miʃɛl]
聖米歇爾山

⑮ **le puy de Dôme**
[lə pɥi də dom] 多姆山

⑯ **le mont Blanc**
[lə mɔ̃ blɑ̃]
白朗峰

⑰ **le lac d'Annecy**
[lə lak d ansi] 安錫湖

⑱ **le lac Leman**
[lə lak ləmɑ̃]
雷蒙湖

⑲ **les plages de la Martinique**
[le plaʒ də la martinik]
馬提尼克的海灘

⑳ **la Camargue**
[la kamarg]
卡馬格地區

monuments religieux
[mɔnymɑ̃ rəliʒjø]
宗教建築

㉒ **la cité épiscopale à Albi**
[la site episkopal a albi]
阿爾比主教城

㉑ **l'abbaye de Fontenay**
[l abei də fɔ̃tnɛ]
楓特內修道院

㉓ **le palais des papes à Avignon**
[lə palɛ de pap a aviɲɔ̃]
亞維儂教皇宮

㉔ **la cathédrale de Chartres**
[la katedral də ʃartr]
沙爾特主教座堂

61

Les plats de la gastronomie française

法國美食

① **la tapenade**
[la tapənad]
普羅旺斯橄欖醬

② **la quiche lorraine**
[la kiʃ lɔʀɛn]
洛林鄉村鹹派

③ **la salade niçoise**
[la salad niswaz]
尼斯沙拉

④ **les escargots de Bourgogne**
[le zɛskargo də burgɔɲ]
勃根地蝸牛

⑤ **la soupe à l'oignon**
[la sup a l ɔɲɔ̃]
洋蔥湯

⑥ **la ratatouille**
[la ratatuj]
法式燉菜

⑦ **le gratin dauphinois**
[lə gratɛ̃ dofinwa]
多非內焗烤馬鈴薯

⑧ **la fondue savoyarde**
[la fɔ̃dy savwajard]
瑞士起士鍋

⑨ **la brandade de morue**
[la brɑ̃dad də mɔry]
鱈魚泥

⑩ **la bouillabaisse**
[la bujabɛs]
馬賽魚湯

⑪ **le bœuf bourguignon**
[lə bœf burgiɲɔ̃]
紅酒燉牛肉

 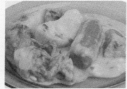  

⑫ **le pot-au-feu**
[lə pɔ to fø]
蔬菜燉肉鍋

⑬ **la blanquette de veau**
[la blɑ̃kɛt də vo]
蘑菇白醬燉小牛肉

⑭ **les moules/ frites**
[le mul frit]
淡菜鍋伴薯條

⑮ **la côte de bœuf**
[la kot də bœf]
牛肋排

⑯ **la choucroute garnie**
[la ʃukrut garni]
酸菜醃肉香腸鍋

⑰ **le lapin à la moutarde**
[lə lapɛ̃ a la mutard]
法式芥末烤兔腿

⑱ **le cassoulet**
[lə kasulɛ]
白扁豆燜肉

⑲ **le magret de canard**
[lə magrɛ də kanar]
鴨胸肉

⑳ **le confit de canard**
[lə kɔ̃fi də kanar]
油封鴨

plats d'origine étrangère
[pla d ɔriʒin etrɑ̃ʒɛr]
法國異鄉菜

㉑ **le couscous**
[lə kuskus] 北非小米飯

㉒ **les spaghettis à la bolognaise**
[le spagɛti a la bɔlɔɲɛz]
義大利肉醬麵

㉓ **le kebab**
[lə kebab]
沙威瑪

❶ 根據 **TNS-Sofres**（著名市場研究公司）的統計，2011 年法國人最喜歡的菜為：一、鴨胸肉；二、淡菜鍋伴薯條；三、北非小米飯。

㉔ **les nems**
[le nɛm]
越南春捲

㉕ **le phô**
[lə fø]
越南河粉

❷ 事實上，所謂的「法國美食」或多或少使用「異國」的材料（像馬鈴薯十七世紀才來到歐洲）。因為法國的移民歷史，上述幾道「異鄉菜」這幾十年才成為法國人常吃的桌上佳肴。

㉖ **les samossas**
[le samɔsa]
印度咖哩角

㉗ **la moussaka**
[la musaka]
茄子羊肉千層派

 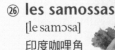

Les pains et les desserts
麵包與甜點

le pain
[lə pɛ̃]
麵包

① **la baguette**
[la bagɛt]
法式長棍麵包

② **la flûte**
[la flyt]
笛子麵包

③ **la boule**
[la bul]
圓形麵包

④ **le pain de seigle**
[lə pɛ̃ də sɛgl]
黑麥麵包

⑤ **le pain de campagne**
[lə pɛ̃ də kɑ̃paɲ]
鄉村麵包

⑥ **la brioche**
[la briɔʃ]
奶油麵包

⑦ **le croissant**
[lə krwasɑ̃]
可頌麵包

le dessert
[lə dɛsɛr]
甜點

⑨ **la tarte Tatin**
[la tart tatɛ̃]
反烤蘋果塔

⑧ **le crêpe**
[lə krɛp]
可麗餅

⑩ **la galette des rois**
[la galɛt derwa]
國王派

⑪ **la mousse au chocolat**
[la mus o ʃokola]
巧克力幕斯

⑫ **le far breton**
[lə far brətɔ̃]
布列塔尼奶油蛋糕

⑬ **les meringues**
[le mərɛ̃g]
烘蛋白脆餅

⑭ **le bugne**
[lə byɲ]
油炸甜甜圈

⑮ **le clafoutis**
[lə klafuti]
水果布丁蛋糕

⑯ **le gâteau basque**
[lə gɑto bask]
巴斯克蛋糕

⑰ **la crème brulée**
[la krɛm bryle]
焦糖布丁

⑱ **le mille-feuille**
[lə mil fœj]
千層派

⑲ **l'éclair au chocolat**
[l eklɛr o ʃokola]
巧克力閃電泡芙

⑳ **le macaron**
[lə makarɔ̃]
馬卡龍

㉑ **la madeleine**
[la madlɛn]
瑪德蓮蛋糕

根據 TNS-Sofres 2011 年的統計，法國人最喜歡的甜點為：一、冰淇淋；二、水果派；三、巧克力慕斯。

Le fromage et la charcuterie

乳酪與肉品

le fromage
[lə frɔmaʒ]
乳酪

① **le roquefort**
[lə rɔkfɔr]
洛克福乳酪

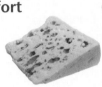

② **le comté**
[lə kɔ̃te]
鞏德乳酪

③ **le brie**
[lə bri]
布里乳酪

④ **le bleu d'Auvergne**
[lə blø d overɲ]
奧弗涅藍乳酪

⑤ **le camembert**
[lə kamãbɛr]
卡門貝爾乳酪

⑥ **l'emmental**
[l emɛ̃tal]
愛蒙塔爾乳酪

⑦ **le Saint-Marcellin**
[lə sɛ̃ marsəlɛ̃]
聖馬賽林乳酪

⑧ **le reblochon**
[lə rəblɔʃɔ̃]
魯布洛遜乳酪

⑨ **la tomme**
[la tɔm]
多姆乳酪

⑩ **le fromage de chèvre**
[lə frɔmaʒ də ʃɛvr]
羊乳酪

⑪ **l'époisses**
[l epwas]
艾波瓦塞乳酪

⑫ **le fromage blanc**
[lə frɔmaʒ blã]
新鮮白乳酪

la charcuterie
[la ʃarkytri]
肉品

⑬ **le pâté**
[lə pate]
肉醬

⑭ **le foie gras**
[lə fwa grɑ]
鵝肝 / 鴨肝

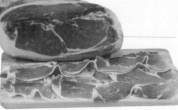

⑮ **le jambon cuit**
[lə ʒɑ̃bɔ̃ kɥi]
熟火腿

⑯ **le jambon cru**
[lə ʒɑ̃bɔ̃ kry]
生火腿

⑰ **le saucisson**
[lə sosisɔ̃]
臘腸

⑱ **la saucisse**
[la sosis]
香腸

⑳ **l'andouillette**
[l ɑ̃dujɛt]
內臟香腸

⑲ **la merguez**
[la mɛrgɛz]
辣味香腸

㉑ **le boudin**
[lə budɛ̃]
豬血香腸

㉒ **la galantine**
[la galɑ̃tin]
肉凍

㉓ **le tartare de bœuf**
[lə tartar də bœf]
生牛肉

L'alcool
酒

① **le cidre**
[lə sidʀ]
蘋果酒

② **le vin**
[lə vɛ̃]
葡萄酒

③ **le vin rouge**
[lə vɛ̃ ʀuʒ]
紅葡萄酒

④ **le vin blanc**
[lə vɛ̃ blɑ̃]
白葡萄酒

⑤ **le champagne**
[lə ʃɑ̃paɲ]
香檳

⑥ **le vin rosé**
[lə vɛ̃ʀoze]
玫瑰紅酒

⑦ **l'apéritif**
[l apəʀitif]
開胃酒

⑧ **le pastis**
[lə pastis]
茴香酒

⑨ **le digestif**
[lə diʒestif]
餐後酒

⑩ **le kir**
[lə kir]
基爾酒

俯瞰法國

酒

⑪ **le vin doux (liquoreux)**
[lə vɛ̃ du（likɔrø）]
甜白葡萄酒

⑫ **le vin sec**
[lə vɛ̃ sɛk]
乾白葡萄酒

⑬ **l'eau de vie**
[l o də vi]
白蘭地

⑭ **le cognac**
[lə kɔɲak]
干邑白蘭地

⑮ **la verveine**
[la vɛrvɛn]
馬鞭草白蘭地

⑯ **le calvados**
[lə kalvadɔs]
蘋果白蘭地

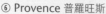

❶ 法國人有時會將水果酒加在葡萄酒或香檳（通常是白葡萄酒）裡，讓酒喝起來甜一點，例如：基爾酒是將黑醋栗香甜酒（la crème de cassis）加入白葡萄酒中；皇家基爾（kir royal）則是將櫻桃香甜酒（la liqueur de cerise）加入香檳中。

❷ 法國葡萄酒有以下幾大產區（les grands terroirs）：
① Alsace 阿爾薩斯　　　　② Beaujolais 薄酒萊
③ Bordeaux 波爾多　　　　④ Bourgogne 勃艮地
⑤ Côtes du Rhône 隆河谷地
⑥ Provence 普羅旺斯

品酒是─ 酒不入喉

法國的葡萄酒季節從十一月開始，每年此時各地會舉辦酒展，其中最富盛名的是獨立釀酒人酒展（le Salon des vins des vignerons indépendants）。

參加酒展當然是為了品酒，然而參展的酒莊有數百家之多，無法全部試喝，因此不妨參考主辦單位推薦的名單。雖說是試「喝」，但真正的品酒並不把酒吞下，只讓酒在口中停留一會兒，感受酒的口感與芳香，就將酒吐在各攤位所準備的桶子裡。酒展現場甚至有標語提醒酒客們，" Déguster, c'est recracher. "（品嚐，就是吐出來）。不過實際上選擇喝下去的人還是占多數，也因此要不了多久，場內已經大半微醺。但酒展也有貼心的設計，除了酒莊的攤位以外，還有賣食物的攤位，讓顧客們填填肚子並轉換口感。食物的選擇不少，有三明治，以及鵝肝醬、臘腸、肉醬等適合配酒的食物。在出口處提供進行酒測的機器，或可索取隨身攜帶的酒測包。

有句俗諺說：" Blanc sur rouge, rien ne bouge, rouge sur blanc tout fout le camp. "，意思是應該先喝紅酒再喝白酒，否則容易嘔吐，但也有人不同意。酒的順序應該根據每瓶酒的風味、特性判斷而決定，最理想的方法就是請酒莊主人推薦試飲的順序。此外，除了傳統所知的紅白酒，還有一種黃酒，產自 Jura，這種酒味道濃郁，並且口感強烈，一定要在最後才能品嚐。

Section 2
Les gens
人

La vie
人生

les gens
[le ʒɑ̃]
人

① **naître**
[nɛtr]
出生

② **le bébé**
[lə bebe]
嬰兒

③ **le nourrisson**
[lə nurisɔ̃]
剛學步的小孩

④ **l'enfant**
[l ɑ̃fɑ̃]
小孩

⑤ **le garçon**
[lə garsɔ̃]
男孩

⑥ **la fille**
[la fij]
女孩

⑦ **l'adolescent**
[l adɔlesɑ̃]
青少年

⑧ **le jeune**
[lə ʒœn]
年輕人

⑨ **l'adulte**
[l adylt]
成年人

⑩ **l'homme**
[l ɔm]
男人

⑪ **la femme**
[la fam]
女人

⑫ **se marier**
[sə marje]
結婚

⑬ **le mariage**
[lə marjaʒ]
結婚典禮

⑭ **la lune de miel**
[la lyn də mjɛl]
蜜月

⑮ **être enceinte**
[ɛtr ɑ̃sɛ̃t]
懷孕

⑯ **la femme enceinte**
[la fam ɑ̃sɛ̃t]
孕婦

⑰ **se disputer**
[sə dispyte]
吵架

⑱ **divorcer**
[divɔrse]
離婚

⑲ **une personne d'âge moyen**
[yn pɛrsɔn d aʒ mwajɛ̃]
中年人

⑳ **une personne âgée**
[yn pɛrsɔn aʒe]
老年人

㉑ **un homme âgé**
[ɛ̃ nɔm aʒe]
老先生

㉒ **une femme âgée**
[yn fam aʒe]
老太太

㉓ **le cercueil**
[lə sɛrkœj]
棺材

㉔ **l'enterrement**
[l ɑ̃tɛrmɑ̃]
葬禮

㉕ **mourir**
[murir]
死亡

㉖ **le cimetière**
[lə simtjɛr]
墓地

L'arbre généalogique

家庭樹

單字朗讀
Mp3 Track 26

① **le grand-père**
[lə grɑ̃ pɛr]
祖父；外公

② **la grand-mère**
[la grɑ̃ mɛr]
祖母；外婆

③ **le père** [lə pɛr]
le Papa [lə papa]
爸爸

④ **la mère** [la mɛr]
la Maman [la mamɑ̃]
媽媽

 Moi

⑤ **le mari**
[lə mari]
l'époux
[l epu]
丈夫；先生

⑥ **la femme**
[la fam]
l'épouse
[l epuz]
妻子；太太

⑦ **la sœur**
[la sœr]
姐姐；妹妹

⑧ **le beau-frère**
[lə bo frɛr]
姐夫；妹夫

⑨ **le fils**
[lə fis]
兒子

⑩ **la belle-fille**
[la bɛl fij]
媳婦

⑪ **la fille**
[la fij]
女兒

⑫ **le gendre**
[lə ʒɑ̃dr]
女婿

⑬ **la petite-fille**
[la pətit fij]
孫女；外孫女

⑭ **le petit-fils**
[lə pəti fis]
孫子；外孫

l'oncle	la tante	le beau-père	la belle-mère
也可以是：	也可以是：	也可以是：	也可以是：
舅舅、姑丈、姨丈	舅媽、姑姑、阿姨	大伯、小叔、妻舅	大姑、小姑、大姨子、小姨子

⑮ **la tante**
[la tɑ̃t]
伯母；嬸嬸

⑯ **l'oncle**
[l ɔ̃kl]
伯伯；叔叔

⑰ **le frère**
[lə frɛr]
哥哥；弟弟

⑱ **la belle-sœur**
[la bɛl sœr]
嫂嫂；弟媳

⑲ **le cousin**
[lə kuzɛ̃]
堂(表)兄弟

⑳ **la cousine**
[la kuzin]
堂(表)姐妹

㉑ **le neveu**
[lə nəvø]
姪子；外甥

㉒ **la nièce**
[la njɛs]
姪女；外甥女

 les parents
親戚

 les parents
父母

le conjoint / la conjointe
配偶

 les enfants
子女

 le beau-père
繼父；公公

la belle-mère
繼母；婆婆

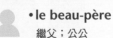 **le beau-fils**
繼子

la belle-fille
繼女

Le Corps
身體

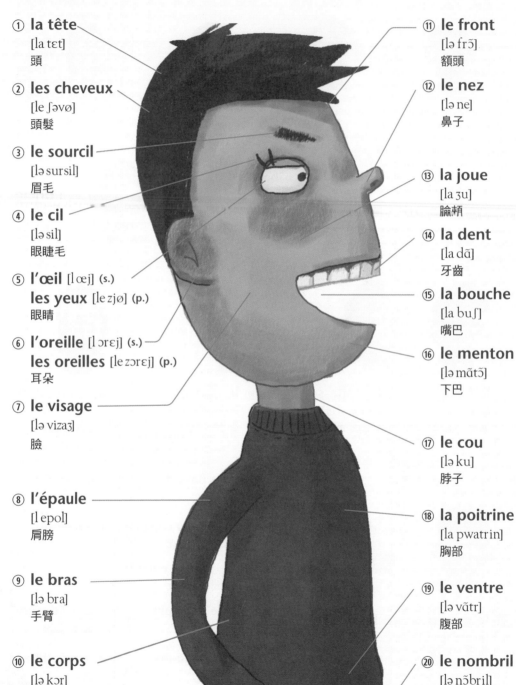

① **la tête**
[la tɛt]
頭

② **les cheveux**
[le ʃəvø]
頭髮

③ **le sourcil**
[lə sursil]
眉毛

④ **le cil**
[lə sil]
眼睫毛

⑤ **l'œil** [l œj] (s.)
les yeux [le zjø] (p.)
眼睛

⑥ **l'oreille** [l ɔrɛj] (s.)
les oreilles [le zɔrɛj] (p.)
耳朵

⑦ **le visage**
[lə vizaʒ]
臉

⑧ **l'épaule**
[l epol]
肩膀

⑨ **le bras**
[lə bra]
手臂

⑩ **le corps**
[lə kɔr]
身體

⑪ **le front**
[lə frɔ̃]
額頭

⑫ **le nez**
[lə ne]
鼻子

⑬ **la joue**
[la ʒu]
臉頰

⑭ **la dent**
[la dɑ̃]
牙齒

⑮ **la bouche**
[la buʃ]
嘴巴

⑯ **le menton**
[lə mɑ̃tɔ̃]
下巴

⑰ **le cou**
[lə ku]
脖子

⑱ **la poitrine**
[la pwatrin]
胸部

⑲ **le ventre**
[lə vɑ̃tr]
腹部

⑳ **le nombril**
[lə nɔ̃bril]
肚臍

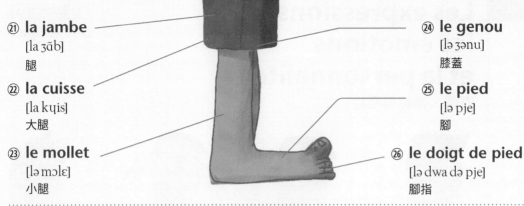

㉑ **la jambe**
[la ʒɑ̃b]
腿

㉒ **la cuisse**
[la kɥis]
大腿

㉓ **le mollet**
[lə mɔlɛ]
小腿

㉔ **le genou**
[lə ʒənu]
膝蓋

㉕ **le pied**
[lə pje]
腳

㉖ **le doigt de pied**
[lə dwa də pje]
腳指

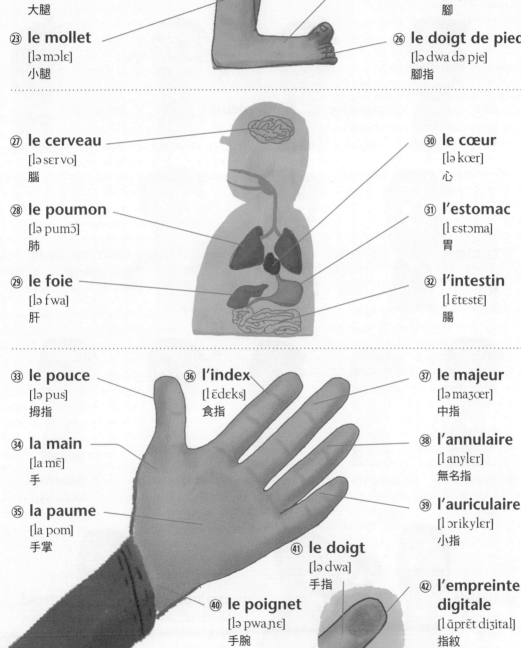

㉗ **le cerveau**
[lə sɛrvo]
腦

㉘ **le poumon**
[lə pumɔ̃]
肺

㉙ **le foie**
[lə fwa]
肝

㉚ **le cœur**
[lə kœr]
心

㉛ **l'estomac**
[l ɛstɔma]
胃

㉜ **l'intestin**
[l ɛ̃tɛstɛ̃]
腸

㉝ **le pouce**
[lə pus]
拇指

㉞ **la main**
[la mɛ̃]
手

㉟ **la paume**
[la pom]
手掌

㊱ **l'index**
[l ɛ̃dɛks]
食指

㊲ **le majeur**
[lə maʒœr]
中指

㊳ **l'annulaire**
[l anylɛr]
無名指

㊴ **l'auriculaire**
[l ɔrikylɛr]
小指

㊵ **le doigt**
[lə dwa]
手指

㊶ **le poignet**
[lə pwaɲɛ]
手腕

㊷ **l'empreinte digitale**
[l ɑ̃prɛ̃t diʒital]
指紋

Les expressions, les émotions et la personnalité

表情、情緒與個性

① **rire**
[rir]
笑

② **sourire**
[surir]
微笑

③ **pleurer**
[plœre]
哭

④ **en colère**
[ã kɔlɛr]
生氣

⑤ **content**
[kɔ̃tã]
高興

⑥ **triste**
[trist]
難過

⑦ **avoir de la peine**
[avwar də la pɛn]
痛苦

⑧ **excité**
[ɛksite]
興奮

⑨ **surpris**
[syrpri]
驚訝

⑩ **inquiet**
[inkjɛ]
擔心

⑪ **embarrassé**
[ãbarase]
尷尬

⑫ **détendu**
[detãdy]
輕鬆

⑬ **timide**
[timid]
害羞

⑭ **chaleureux**
[ʃalœrø]
熱情

⑮ **froid**
[frwa]
冷淡

⑯ **joyeux**
[ʒwajø]
開朗

⑰ **avoir confiance en soi**
[avwar kɔ̃fjɑ̃s ɑ̃ swa]
有自信

⑱ **lunatique**
[lynatik]
善變

⑲ **têtu**
[tɛty]
頑固

⑳ **conciliant**
[kɔ̃siljɑ̃]
隨和

㉑ **intéressant**
[ɛ̃terɛsɑ̃]
有趣

㉒ **enthousiaste**
[ɑ̃tusjast]
熱心

㉓ **sincère**
[sɛ̃sɛr]
誠懇

㉔ **lent**
[lɑ̃]
遲鈍

㉕ **vif**
[vif]
機靈

㉖ **compatissant**
[kɔ̃patisɑ̃]
有同情心

法文的形容詞會隨著主詞的陰陽性而變化，一般來說，若要表示陰性，在陽性的形容詞詞尾加上 e 就可以了。如：surpris ● surprise（驚訝的）
然而，還有一些其他規則：

❶ 以 e 結尾的形容詞則不需再加 e。 | 如：timide（害羞的）
❷ 字尾為 er 的，變成 ère。 | 如：irrégulier ● irrégulière（不規則的）
❸ 字尾為 el 的，變成 elle。 | 如：traditionnel ● traditionnelle（傳統的）
❹ 字尾為 en 的，變成 enne。 | 如：européen ● européenne（歐洲的）
❺ 字尾為 c 的，變成 che。 | 如：blanc ● blanche（白的）
❻ 字尾為 f 的，變成 ve。 | 如：vif ● vive（機靈的）
❼ 字尾為 eux 的，變成 euse。 | 如：joyeux ● joyeuse（開朗的）
❽ 字尾為 eau 的，變成 elle。 | 如：nouveau ● nouvelle（新的）

Les mouvements
動作

① **être assis**
[ɛtr asi]
坐

② **être debout**
[ɛtr dəbu]
站

③ **s'accroupir**
[sakrupir]
蹲

④ **se mettre à genoux**
[sə mɛtr a ʒənu]
跪

⑤ **se mettre sur les mains**
[sə mɛtr syr le mɛ̃]
倒立

⑥ **taper avec le pied**
[tape avɛk lə pje]
踢

⑦ **porter sur son dos**
[pɔrte syr sɔ̃ do]
背

⑧ **marcher**
[marʃe]
走

⑨ **courir**
[kurir]
跑

⑩ **sauter**
[sote]
跳

⑪ **ramper**
[rɑ̃pe]
爬

⑫ **trembler**
[trɑ̃ble]
抖

⑬ **s'étirer**
[s etire]
伸懶腰

⑭ **enjamber**
[ɑ̃ʒɑ̃be]
跨

⑮ **s'allonger**
[s alɔ̃ʒe]
躺

⑯ **se mettre à plat ventre**
[sə mɛtr a pla vɑ̃tr]
趴

⑰ **s'allonger sur le côté**
[s alɔ̃ʒe syr lə kote]
側躺

⑱ **tomber**
[tɔ̃be]
跌倒

⑲ **glisser**
[glise]
滑倒

⑳ **se mettre en tailleur**
[sə mɛtr ɑ̃ tajœr]
盤腿

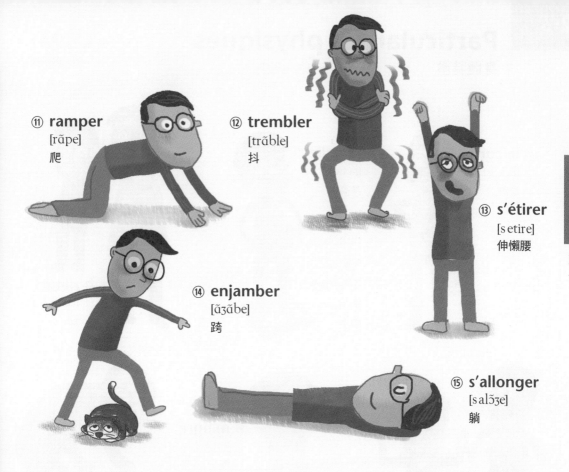

Particularités physiques

身體特徵

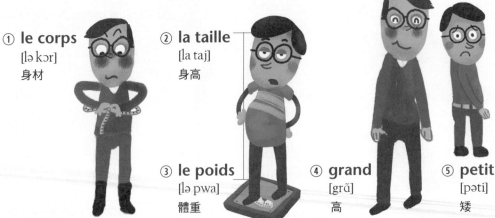

① **le corps**
[lə kɔr]
身材

② **la taille**
[la taj]
身高

③ **le poids**
[lə pwa]
體重

④ **grand**
[grã]
高

⑤ **petit**
[pəti]
矮

⑥ **gros**
[gro]
胖

⑦ **costaud**
[kɔsto]
結實

⑧ **maigre**
[mɛgr]
瘦

⑨ **mince**
[mɛ̃s]
苗條

⑩ **bossu**
[bɔsy]
駝背

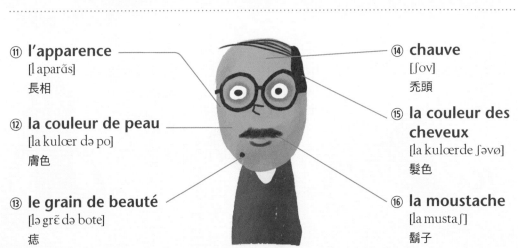

⑪ **l'apparence**
[l aparɑ̃s]
長相

⑫ **la couleur de peau**
[la kulœr də po]
膚色

⑬ **le grain de beauté**
[lə grɛ̃ də bote]
痣

⑭ **chauve**
[ʃov]
禿頭

⑮ **la couleur des cheveux**
[la kulœrde ʃəvø]
髮色

⑯ **la moustache**
[la mustaʃ]
鬍子

⑰ **la myopie**
[la mjɔpi]
近視

⑱ **l'hypermétropie**
[l ipɛrmetrɔpi]
遠視

⑲ **les rides**
[le rid]
皺紋

⑳ **les cernes**
[le sɛrn]
黑眼圈

㉑ **les taches de rousseur**
[le taʃ də rusœr]
雀斑

㉒ **le piercing**
[lə pɛrsing]
人體穿洞

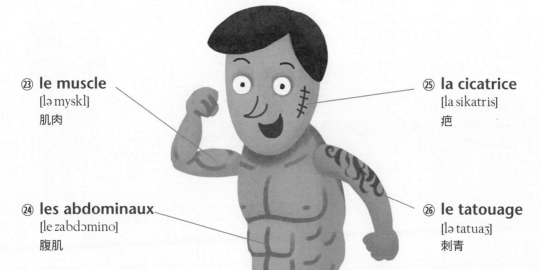

㉓ **le muscle**
[lə myskl]
肌肉

㉕ **la cicatrice**
[la sikatris]
疤

㉔ **les abdominaux**
[le zabdɔmino]
腹肌

㉖ **le tatouage**
[lə tatuaʒ]
刺青

La vie quotidienne I
日常生活（一）

① **manger**
[mɑ̃ʒe]
吃

② **boire**
[bwar]
喝

③ **s'habiller**
[s abije]
穿

④ **porter**
[pɔrte]
戴

⑤ **se déshabiller**
[sə dezabije]
脫

⑥ **se lever**
[sə ləve]
起床

⑦ **se reposer**
[sə rəpɔze]
休息

⑧ **se coucher**
[sə kuʃe]
上床睡覺

⑨ **dormir**
[dɔrmir]
睡覺

⑩ **se doucher**
[sə duʃe]
洗澡

⑪ **prendre un bain**
[prɑ̃dr ɛ̃ bɛ̃]
泡澡

⑫ **se brosser les dents**
[sə brɔse le dɑ̃]
刷牙

⑬ **se laver le visage**
[sə lave lə vizaʒ]
洗臉

⑭ **aller aux toilettes**
[ale o twalɛt]
上廁所

⑮ **laver le linge**
[lave lə lɛ̃ʒ]
洗衣服

⑯ **faire sécher le linge**
[fɛr seʃe lə lɛ̃ʒ]
晾衣服

⑰ **repasser le linge**
[rəpase lə lɛ̃ʒ]
燙衣服

⑱ **coudre**
[kudr]
縫

㉑ **avoir bien mangé**
[avwar bjɛ̃ mɑ̃ʒe]
être rassasié
[ɛtr rɑsazie]
飽

⑲ **avoir soif**
[avwar swaf]
渴

⑳ **avoir faim**
[avwar fɛ̃]
餓

La vie quotidienne II
日常生活（二）

① **faire la cuisine**
[fɛr la kɥizin]
做飯

② **faire la vaisselle**
[fɛr la vɛsɛl]
洗碗

③ **faire le ménage**
[fɛr lə menaʒ]
打掃

④ **balayer**
[baleje]
掃地

⑤ **passer la serpillère**
[pɑse la sɛrpijɛr]
拖地

⑥ **passer l'aspirateur**
[pɑse l aspiratœr]
吸地

⑦ **vider la poubelle**
[vide la pubɛl]
倒垃圾

⑧ **laver**
[lave]
洗

⑨ **arroser**
[aroze]
澆花

⑩ **regarder**
[rəgarde]
看

⑪ **regarder la télévision**
[rəgarde la televizjɔ̃]
看電視

⑫ **jouer (à un jeu)**
[ʒue (a ɛ̃ ʒø)] 玩遊戲

⑬ **regarder le journal**
[rəgarde lə ʒurnal]
看報紙

⑭ **bavarder**
[bavarde]
聊天

⑮ **écouter de la musique**
[ekute də la mysik]
聽音樂

⑯ **téléphoner**
[telefɔne]
打電話

⑰ **fumer**
[fyme]
抽煙

⑱ **ouvert**
[uvɛr]
打開

⑲ **fermé**
[fɛrme]
關上

⑳ **ouvrir**
[uvrir]
開

㉑ **fermer**
[fɛrme]
關

㉓ **sortir**
[sɔrtir]
出門

㉒ **rentrer**
[rɑ̃tre]
回家

看見法國

on se fait la bise ?
來親一下吧！

打招呼在法國可不是說聲 "Bonjour" 就結束的，而必須進行 "faire la bise" 吻頰禮。這件事聽起來容易，執行起來卻有重重細節，基本上有幾項必須注意的事。

對象

通常 "la bise" 是在女性之間，男性和男性，及不熟的異性則行握手禮。關係較親近的家人或者朋友，則是不分男女行吻頰禮。

時間

和家人、朋友見面及道別時，早上和同學、同事打招呼時，此外也會使用在表示感謝和祝福時。

方式

到底從右臉還是左臉開始，這是不少法國人也充滿疑惑的問題。其實各地的習慣不同，端看雙方的默契，因此經常上演兩人左閃右躲的戲碼。最好的方法是先按兵不動，觀察對方的行動再配合。但真的親下去嗎？一般只有親密的家人或朋友才會真正親吻，其他情況則是輕碰臉頰，並發出「啾」的親吻聲。

次數

除了搞對哪邊開始，還得知道要親幾次。兩次？三次？四次？這個問題也是眾說紛紜，光是巴黎這個地方就有兩次和四次兩種說法。有人說得看家族來自哪個地區，總之沒有定論。

就這樣，困窘的事情發生了，在第二次親吻結束以後，習慣吻四次的人還嘟著嘴巴，對方卻已經把臉收了回去。或許也可以想像在一個大辦公室裡，若是個好人緣先生 / 小姐，每天早上光是打招呼就已經地老天荒了。

如果在電話或短信中，無法面對面時怎麼辦？此時就在結尾加上 "bisous" 表示親吻。

那麼，"Gros bisous.（大大的吻）"

Section 3

La maison

居家

Autour de la maison
居家周圍

① **le mur** [lə myr] 圍牆

② **la piscine** [la pisin] 游泳池

③ **la poubelle de recyclage**
[la pubɛl də rəsiklaʒ] 資源回收桶

④ **le toit** [lə twa] 屋頂

⑤ **la fenêtre** [la fənɛtr] 窗戶

⑥ **l'immeuble** [l imœbl] 大樓

⑦ **l'extincteur** [l ɛkstɛ̃ktœr] 消防栓

⑧ **la porte** [la pɔrt] 門、大門

⑨ **le gardien** [lə gardjɛ̃] 門房

⑩ **le château d'eau** [lə ʃato d o] 水塔

⑪ **le toit-terrasse** [lə twa tɛras] 頂樓

法文中，「鑰匙」的這兩個念法 (les clefs, les clés) 是一樣的，只是寫法有兩種，這種情況在法語中並不常見。

⑫ **le voisin** [lə vwazɛ̃] 鄰居

⑬ **le balcon** [lə balkɔ̃] 陽台

⑭ **l'appartement** [l apartəmɑ̃] 公寓

⑮ **l'escalier** [l ɛskalje] 樓梯

⑯ **l'ascenseur** [l asɑ̃sœr] 電梯

⑰ **la sonnette** [la sɔnɛt] 門鈴

⑱ **les clefs / les clés** [le kle] 鑰匙

⑲ **la serrure** [la sɛryr] 門鎖

⑳ **la maison** [la mɛzɔ̃] 房子

㉑ **la cour** [la kur] 院子

㉒ **le jardin** [lə ʒardɛ̃] 花園

91

La maison
家

① **la garage** [la garaʒ] 車庫

② **la tondeuse à gazon**
[la tɔ̃dœz a gazɔ̃] 除草機

③ **la cheminée** [la ʃəmine] 煙囪

④ **la mezzanine** [la mɛdzanin] 閣樓

⑤ **la parabole** [la parabɔl] 碟型天線

⑥ **la lucarne** [la lykarn] 天窗

⑦ **les volets** [le vɔlɛ] 百葉窗

⑧ **les rideaux** [le rido] 窗簾

⑨ **la niche** [la niʃ] 狗屋

⑩ **la boîte aux lettres**
[la bwat o lɛtr] 信箱

⑪ **la lampe** [la lɑ̃p] 燈

⑫ **le range-chaussures**
[lə rɑ̃ʒ ʃosyr] 鞋架

⑬ **l'armoire à chaussures**
[larmwar a ʃosyr] 鞋櫃

⑭ **le perron** [lə pɛrɔ̃] 門前階

⑮ **l'allée** [l ale] 車道

⑯ **l'avant-toit** [l avɑ̃ twa] 遮雨棚

⑰ **la porte-fenêtre** [la pɔrt fənɛtr] 落地窗

⑱ **la terrasse** [la tɛras] 露台

⑲ **la barrière** [la barjɛr] 圍欄

⑳ **le bosquet** [lə bɔskɛ] 灌木叢

㉑ **le gazon** [lə gazɔ̃] 草坪

㉒ **l'arroseur automatique**
[l arozœr otɔmatik] 灑水器

Le salon
客廳

單字朗讀 ◗
Mp3 Track 35

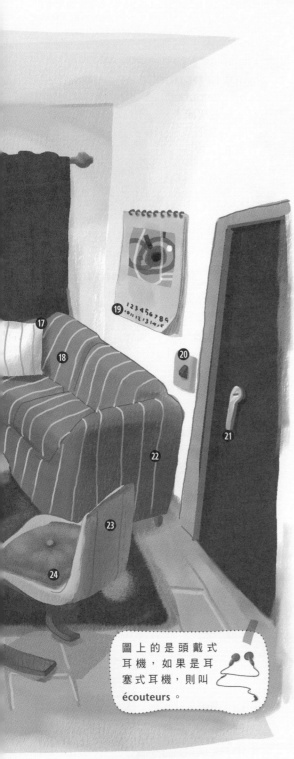

① **le plafond** [lə plafɔ̃] 天花板

② **le mur** [lə myr] 牆壁

③ **l'horloge** [l ɔrlɔʒ] 時鐘

④ **le tableau** [lə tablo] 畫

⑤ **la télévision** [la televizjɔ̃] 電視

⑥ **l'aquarium** [l akwarjɔm] 魚缸

⑦ **les objets décoratifs**
[le zɔbʒɛ dekɔratif] 裝飾品

⑧ **la bibliothèque** [la bibliɔtɛk] 書櫃

⑨ **le lampadaire** [lə lɑ̃padɛr] 落地燈

⑩ **le tiroir** [lə tirwar] 抽屜

⑪ **le sol** [lə sɔl] 地板

⑫ **le jouet** [lə ʒuɛ] 玩具

⑬ **le tapis** [lə tapi] 地毯

⑭ **le casque audio** [lə kask odio] 耳機

⑮ **la télécommande**
[la telekɔmɑ̃d] 遙控器

⑯ **la table** [la tabl] 桌子

⑰ **le coussin** [lə kusɛ̃] 抱枕

⑱ **le canapé** [lə kanape] 沙發

⑲ **le calendrier** [lə kalɑ̃drije] 月曆

⑳ **l'interrupteur** [l ɛ̃tɛryptœr] 開關

㉑ **la poignée** [la pwaɲe] 門把

㉒ **le meuble** [lə mœbl] 家具

㉓ **la chaise** [la ʃɛz] 椅子

㉔ **le coussin de chaise**
[lə kusɛ̃ də ʃɛz] 坐墊

居家

客廳

圖上的是頭戴式耳機，如果是耳塞式耳機，則叫 écouteurs。

Les objets quotidiens
生活雜貨

① **le téléphone**
[lə telefɔn]
電話

② **le vase**
[lə vaz]
花瓶

③ **la poubelle**
[la pubɛl]
垃圾桶

④ **l'ampoule**
[l ɑ̃pul]
燈泡

⑤ **le torchon**
[lə tɔrʃɔ̃]
抹布

⑥ **le balai-
serpillère**
[lə balɛ sɛrpijɛr]
拖把

⑨ **le briquet**
[lə brikɛ]
打火機

⑩ **les allumettes**
[le zalymɛt]
火柴

⑪ **le cendrier**
[lə sɑ̃drie]
煙灰缸

⑦ **le balai**
[lə balɛ]
掃把

⑧ **la pelle**
[la pɛl]
畚箕

⑫ **la pile**
[la pil]
電池

⑬ **le porte-clefs**
le porte-clés
[lə pɔrtəkle]
鑰匙圈

⑭ **le crochet**
[lə krɔʃɛ]
掛鉤

⑮ **la calculatrice**
[la kalkylatris]
計算機

⑯ **la tirelire**
[la tirlir]
存錢筒

⑰ **le bonsaï**
[lə bɔ̃zaj]
盆栽

⑱ **le porte-manteau**
[lə pɔrtmɑ̃to]
衣帽架

⑲ **la bougie**
[la buʒi]
蠟燭

⑳ **le bougeoir**
[lə buʒwar]
燭台

㉑ **l'encensoir**
[l ɑ̃sɑ̃swar]
線香台

㉒ **l'encens**
[l ɑ̃sɑ̃]
線香

㉓ **l'huile essentielle**
[l ɥil ɛsɑ̃sjɛl]
精油

㉔ **le bâton à parfum**
[lə batɔ̃ a parfœ]
馨香竹

㉕ **le sachet parfumé**
[lə saʃɛ parfyme]
香氛袋

㉖ **la rallonge**
[la ralɔ̃ʒ]
擴充插座

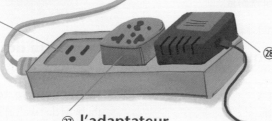

㉘ **le transformateur**
[lə trɑ̃sfɔrmatœr]
變壓器

㉗ **l'adaptateur**
[l adaptatœr]
電源轉接頭

La salle de bains

浴室

單字朗讀

Mp3 Track 37

① **le carreau** [lə karo] 磁磚

② **l'étagère** [l etaʒɛr] 置物架

③ **la cire pour cheveux**
[la sir pur ʃəvø] 髮臘

④ **le désodorisant**
[lə dezɔdɔrizɑ̃] 芳香劑

⑤ **le gant de toilette**
[lə gɑ̃ də twalɛt] 沐浴巾

⑥ **la serviette de bain**
[la sɛrviɛt də bɛ̃] 浴巾

⑦ **la serviette de toilette**
[la sɛrviɛt də twalɛt] 毛巾

⑧ **le désinfectant toilette**
[lə dezɛ̃fɛktɑ̃ twalɛt] 浴廁清潔劑

⑨ **la cuvette** [la kyvɛt] 水盆

⑩ **le miroir** [lə mirwar] 鏡子

⑪ **le verre à dents**
[lə vɛr a dɑ̃] 漱口杯

⑫ **le dentifrice** [lə dɑ̃tifris] 牙膏

⑬ **la brosse à dents** [la brɔs a dɑ̃] 牙刷

⑭ **la brosse à dents électrique**
[la brɔs a dɑ̃ elɛktrik] 電動牙刷

⑮ **le lavabo** [lə lavabo] 洗臉台

⑯ **le robinet** [lə rɔbinɛ] 水龍頭

⑰ **le papier hygiénique**
[lə papje iʒjenik]
le papier toilettes
[lə papje twalɛt] 衛生紙

⑱ **le réservoir d'eau**
[lə rezɛrvwar d o] 水箱

⑲ **la cuvette des toilettes**
[la kyvɛt de twalɛt] 馬桶

⑳ **la brosse de toilettes**
[la brɔs də twalɛt] 馬桶刷

㉑ **la lunette de toilet**
[la lynɛt də twalɛt] 馬桶坐墊

- 「上廁所」最常用說法是 aller aux toilettes，也可以說 la petite commission（小號），或是 la grosse commission（大號）。
- 口語一點的說法是 faire pipi（大便）和 faire caca（小便）。更口語一點的話，可以說 pisser 和 chier，不過不好聽。
- 最客氣的說法是 aller à la selle，或是 uriner，不過口語中不常說。

㉒ **la ventouse**
[la vɑ̃tuz] 馬桶吸盤

㉓ **le trou d'écoulement**
[lə tru d ekulmɑ̃] 排水孔

㉔ **le tapis de salle de bains**
[lə tapi də sal də bɛ̃] 腳踏墊

㉕ **le rideau de douche**
[lə rido də duʃ] 浴簾

㉖ **le pommeau de douche**
[lə pɔmo də duʃ] 蓮蓬頭

㉗ **la baignoire** [la bɛɲwar] 浴缸

99

Les produits de toilette
衛浴用品

① **le peigne**
[lə pɛɲ]
梳子

② **le nettoyant**
[lə nɛtwajɑ̃]
洗面乳

③ **le shampoing**
[lə ʃɑ̃pwɛ̃]
洗髮精

④ **l'après-shampoing**
[l aprɛ ʃɑ̃pwɛ̃]
潤髮乳

⑤ **le gel douche**
[lə ʒɛl duʃ]
沐浴乳

⑥ **le savon**
[lə savɔ̃]
香皂

⑦ **le gommage exfoliant**
[lə gɔmaʒ ɛksfɔljɑ̃]
身體去角質

⑧ **la crème pour le corps**
[la krɛm pur lə kɔr]
身體乳液

⑨ **la crème pour les mains**
[la krɛm pur le mɛ̃]
護手霜

⑩ **le sèche-cheveux**
[lə sεʃ ʃəvø]
吹風機

⑪ **le coton tige**
[lə kɔtɔ̃ tiʒ]
棉花棒

⑫ **le coupe-ongles**
[lə kup ɔ̃gl]
指甲剪

⑬ **le mouchoir**
[lə muʃwar]
面紙

❶ 法國與台灣不同，使用衛生棉條（le tampon hygiénique）的女性並不少於使用衛生棉（la serviette hygiénique）的女性，在藥妝店或大賣場也有許多不同類型與品牌的衛生棉條。

❷ 除了手動的除毛刀以外，電動拔毛刀（l'épilateur）也漸漸蔚為風氣。

⑭ **la balance**
[la balɑ̃s]
體重計

⑮ **le bonnet de bain**
[lə bɔnε də bε̃]
浴帽

⑯ **le peignoir**
[lə pεɲwar]
浴袍

⑰ **le rasoir électrique**
[lə razwar elεktrik]
電動刮鬍刀

⑱ **le rasoir**
[lə razwar]
除毛刀

Les produits cosmétiques et produits de soins

化妝品與保養品

單字朗讀
Mp3 Track 39

① **la crème solaire**
[la kʀɛm sɔlɛʀ]
防曬乳

② **le fond de teint compact**
[lə fɔ̃ də tɛ̃ kɔ̃pakt]
粉餅

③ **le fond de teint**
[lə fɔ̃ də tɛ̃]
粉底液

④ **le crayon à sourcils**
[lə kʀɛjɔ̃ a suʀsil]
眉筆

⑤ **le fard à paupières**
[lə faʀ a popjɛʀ]
眼影

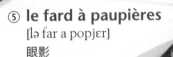

⑥ **l'eye-liner**
[l aj lajnœʀ]
眼線筆

⑦ **le mascara**
[lə maskaʀa]
睫毛膏

⑧ **le recourbe-cils**
[lə ʀəkuʀb sil]
睫毛夾

⑨ **le fard à joues**
[lə faʀ a ʒu]
腮紅

⑩ **le pinceau à poudre**
[lə pɛ̃so a pudʀ]
腮紅刷

⑪ l'anti-cernes
[l ɑ̃ti sɛrn]
遮瑕膏

⑫ le rouge à lèvres
[lə ruʒ a lɛvr]
口紅

⑬ le baume à lèvres
[lə bom a lɛvr]
護唇膏

⑭ le démaquillant
[lə demakijɑ̃]
卸妝液

⑮ le masque hydratant
[lə mask idratɑ̃]
面膜

⑯ le coton démaquillant
[lə kɔtɔ̃ demakijɑ̃]
化妝棉

⑰ l'eau hydratante
[l o idratɑ̃t]
化妝水

⑱ la crème hydratante
[la krɛm idratɑ̃t]
乳液

⑲ la crème pour le visage
[la krɛm pur lə vizaʒ]
面霜

⑳ le gel pour les yeux
[lə ʒɛl pur le zjø]
眼霜

㉑ l'essence
[l esɑ̃s]
精華液

㉒ le déodorant
[lə deɔdɔrɑ̃]
體香噴霧

㉓ le parfum
[lə parfœ̃]
香水

㉔ le vernis à ongles
[lə vɛrni a ɔ̃gl]
指甲油

㉕ le dissolvant
[lə disɔlvɑ̃]
去光水

La chambre
臥室

單字朗讀
Mp3 Track 40

① **le réveil** [lə revɛj] 鬧鐘

② **le cadre photo** [lə kadr fɔto] 相框

③ **la photo** [la fɔto] 相片

④ **la lampe de chevet**
[la lɑ̃p də ʃəvɛ] 檯燈

⑤ **la table de chevet**
[la tabl də ʃəvɛ] 床頭櫃

⑥ **la table de nuit** [la tabl də nɥi] 床頭几

⑦ **l'oreiller** [l ɔrɛje] 枕頭

⑧ **la taie d'oreiller** [la tɛ d ɔrɛje] 枕頭套

⑨ **le lit** [lə li] 床

⑩ **le matelas** [lə matla] 床墊

⑪ **le couvre-lit** [lə kuvrə li] 床單

⑫ **le drap** [lə dra] 被子

⑬ **le drap de dessus**
[lə dra də dəsy] 被單

⑭ **l'armoire** [l armwar] 衣櫃；五斗櫃

⑮ **le serre-livres** [lə sɛr livr] 書檔

⑯ **la moquette** [la mɔkɛt] 毯子

⑰ **le repose-pied** [lə rəpoz pje] 腳凳

⑱ **la garde-robe** [la gard rɔb] 衣櫥

⑲ **les produits de soins**
[le prɔdɥi də swɛ̃] 保養品

⑳ **la coiffeuse** [la kwaføz] 梳妝台

㉑ **les pantoufles** [le pɑ̃tufl] 室內拖鞋

不少法國人家裡都有沙發床 (**le canapé-lit**)，這是當有客人來借住，而房子空間又不夠時的應變方法。沙發床在一般的時候當作沙發使用，要睡覺時才將坐墊拉開變成床。

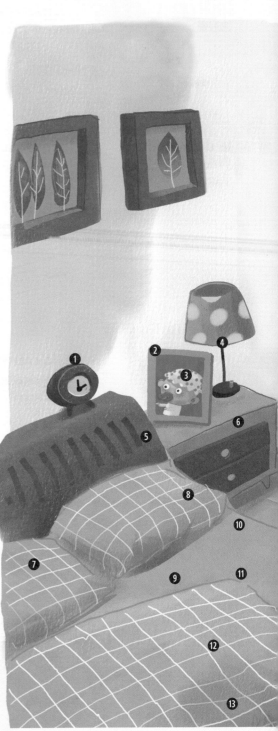

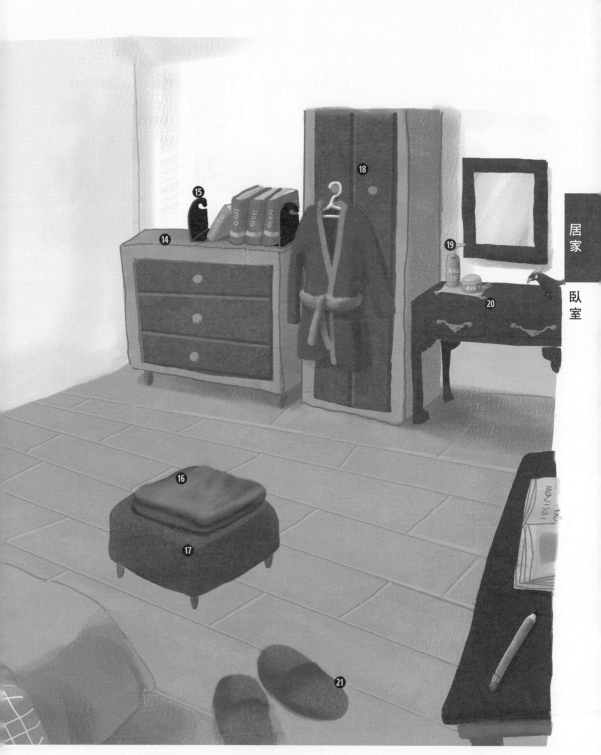

居家 臥室

La buanderie
洗衣房

① **la lessive**
[la lɛsiv]
洗衣精

② **la lessive en poudre**
[la lɛsiv ɑ̃ pudr]
洗衣粉

③ **l'assouplissant**
[l asuplisɑ̃]
柔軟精

④ **l'eau de javel**
[l o də ʒavɛl]
漂白劑

⑤ **le cintre**
[lə sɛ̃tr]
衣架

⑥ **la pince à linge**
[la pɛ̃s a lɛ̃ʒ]
衣夾

⑦ **le séchoir**
[lə seʃwar]
曬衣架

⑧ **le fer à repasser**
[lə fɛr a rəpase]
熨斗

⑨ **la planche à repasser**
[la plɑ̃ʃ a rəpase]
燙衣板

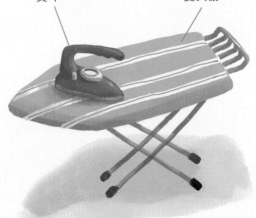

⑩ **le filet de lavage**
[lə filɛ də lavaʒ]
洗衣網

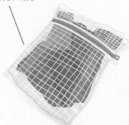

⑪ **la machine à laver**
[la maʃin a lave]
洗衣機

⑫ **le sèche-linge**
[lə sɛʃ lɛ̃ʒ]
烘乾機

⑬ **le panier à linge**
[lə panje a lɛ̃ʒ]
洗衣籃

⑭ **la machine à coudre**
[la maʃin a kudr]
縫紉機

⑮ **l'épingle à nourrice**
[l epɛ̃gl a nuris]
別針

⑯ **l'épingle-punaise**
[l epɛ̃gl pynɛz]
大頭針

⑰ **l'aiguille**
[l ɛgɥij]
針

⑱ **le fil**
[lə fil]
線

⑲ **les ciseaux**
[le sizo]
剪刀

⑳ **le tissu**
[lə tisy]
布

㉑ **la laine**
[la lɛn]
毛線

㉒ **l'aiguille à tricoter**
[l ɛgɥij a trikɔte]
毛線針

㉓ **le ruban**
[lə rubɑ̃]
皮尺

La cuisine
廚房

單字朗讀
Mp3 Track 42

① **le réfrigérateur** [lə refrigeratœr] 冰箱

② **le tablier** [lə tablie] 圍裙

③ **le moulin à café** [lə mulɛ̃ a kafe] 磨豆機

④ **la cafetière** [la kaftjɛr] 咖啡機

⑤ **la hotte** [la ɔt] 抽油煙機

⑥ **le placard** [lə plakar] 碗櫃；櫥櫃

⑦ **le four à micro-ondes**
[lə fur a mikroɔ̃d] 微波爐

⑧ **l'égouttoir** [l egutwar] 碗架

⑨ **la louche** [la luʃ] 杓子

⑩ **le couperet** [lə kuprɛ] 菜刀

⑪ **la poêle** [la pwal] 平底鍋

⑫ **la gazinière** [la gazinjɛr] 瓦斯爐

⑬ **le wok** [lə wɔk] 炒菜鍋

⑭ **l'évier** [l evje] 水槽

⑮ **le tuyau** [lə tɥijo] 水管

⑯ **le plan de travail** [lə plɑ̃ də travaj] 流理台

⑰ **la planche à découper**
[la plɑ̃ʃ a dekupe] 砧板

⑱ **le lave-vaisselle** [lə lav vɛsɛl] 洗碗機

⑲ **le sèche-vaisselle** [lə sɛʃ vɛsɛl] 烘碗機

⑳ **le four** [lə fur] 烤箱

㉑ **la commode** [la kɔmɔd] 櫃子

㉒ **la centrifugeuse** [la sɑ̃trifyʒøz] 果汁機

㉓ **l'autocuiseur** [l otɔkɥizœr] 電鍋

㉔ **le thermos** [lə tɛrmos] 熱水瓶

㉕ **le grille-pain** [lə grij pɛ̃] 烤麵包機

在口語中，冰箱還可以叫做frigo。這是從前一個冰箱的牌子，後來變成冰箱的同義詞。

Les ustensiles de cuisine
廚房用品

① **le tire-bouchon**
[lə tir buʃɔ̃]
螺旋開酒器

② **la spatule**
[la spatyl]
鍋鏟

③ **le rouleau à pâtisserie**
[lə rulo a patisri]
桿麵棍

④ **la spatule à riz**
[la spatyl a ri]
飯杓

⑤ **la manique**
[la manik]
隔熱手套

⑥ **le dessous de plat**
[lə dəsu də pla]
隔熱墊

⑦ **l'économe**
[l ekɔnɔm]
削皮刀

⑧ **le fouet**
[lə fwɛ]
攪拌器

⑨ **l'ouvre-bouteille**
[l uvr butɛj]
開瓶器

⑩ **l'ouvre-boîtes**
[l uvr bwat]
開罐器

⑪ **la passoire**
[la paswar]
濾盆

⑫ **le manche**
[lə mɑ̃ʃ]
鍋把

⑬ **le couvercle**
[lə kuvɛrkl]
鍋蓋

⑭ **la casserole**
[la kasrɔl]
鍋子

⑮ **le papier aluminium**
[lə papje alyminjɔm]
鋁箔紙

⑯ **le film étirable**
[lə film etirabl]
保鮮膜

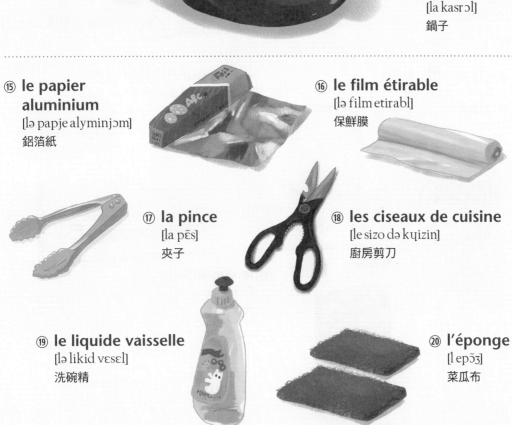

⑰ **la pince**
[la pɛ̃s]
夾子

⑱ **les ciseaux de cuisine**
[le sizo də kɥizin]
廚房剪刀

⑲ **le liquide vaisselle**
[lə likid vɛsɛl]
洗碗精

⑳ **l'éponge**
[l epɔ̃ʒ]
菜瓜布

㉑ **le Tupperware**
[lə typɛrwar]
保鮮盒

㉒ **le bac à glaçons**
[lə bak a glasɔ̃]
製冰盒

居家

廚房用品

111

Les appareils électriques

單字朗讀

Mp3 Track 44

電器

① **le déshumidificateur**
[lə desymidifikatœr]
除濕機

③ **la prise électrique**
[la priz elɛktrik]
插頭

② **le fil électrique**
[lə fil elɛktrik]
電線

④ **la prise**
[la priz]
插座

⑤ **l'humidificateur**
[l ymidifikatœr]
加濕機

⑥ **le purificateur d'air**
[lə pyrifikatœr d ɛr]
空氣清淨機

⑦ **le ventilateur**
[lə vãtilatœr]
電風扇

⑧ **le climatiseur**
[lə klimatizœr]
冷氣

⑨ **le chauffage**
[lə ʃofaʒ]
暖氣

⑩ **le lecteur MP3**
[lə lɛktœr ɛmpetrwa]
MP3播放器

⑪ **le téléphone portable**
[lə telefɔn pɔrtabl]
手機

⑫ **l'appareil photo**
[l aparɛj fɔto]
相機

⑬ **le caméscope**
[lə kameskɔp]
攝影機

⑭ **le chargeur**
[lə ʃarʒœr]
充電器

⑮ **le fax**
[lə faks]
傳真機

⑯ **le lecteur DVD**
[lə lɛktœr devede]
DVD放影機

⑰ **le lecteur Blu-ray**
[lə lɛktœr blurɛ]
藍光播放機

⑱ **le répondeur téléphonique**
[lə repɔ̃dœr telefɔnik]
電話答錄機

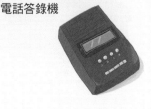

⑲ **la radio**
[la radjo]
收音機

⑳ **la chaîne Hifi**
[la ʃɛn ifi]
音響

㉑ **la console de jeux**
[la kɔ̃sɔl də ʒø]
電視遊戲機

㉒ **le distributeur d'eau**
[lə distribytœr d o]
飲水機

㉓ **la bouilloire**
[la bujwar]
熱水壺

㉔ **le gaufrier**
[lə gofrie]
鬆餅機

㉕ **le mixeur**
[lə mixœr]
食物調理機

㉖ **la plaque à induction**
[la plak a ɛ̃dyksjɔ̃]
電磁爐

㉗ **l'aspirateur**
[l aspiratœr]
吸塵器

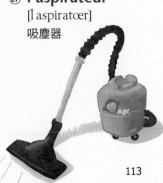

居家

電器

113

Les outils
工具

① **la boîte à outils**
[la bwat a uti]
工具箱

② **le ruban isolant**
[lə rybɑ̃ izɔlɑ̃]
絕緣膠帶

③ **le ruban d'emballage**
[lə rybɑ̃ d ɑ̃balaʒ]
封箱膠帶

④ **le tube fluorescent**
[lə tyb flyɔrɛsɑ̃]
日光燈管

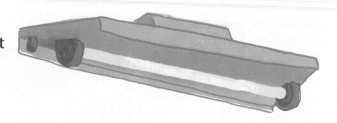

⑤ **la lampe de poche**
[la lɑ̃p də pɔʃ]
手電筒

⑥ **le clou**
[lə klu]
釘子

⑦ **la vis**
[la vis]
螺絲

⑧ **le tournevis**
[lə turnəvis]
螺絲起子

⑨ **la pince**
[la pɛ̃s]
鉗子

⑩ **la clef**
[la kle]
扳手

⑪ **le marteau**
[lə marto]
榔頭

⑫ **la perceuse**
[la pɛrsøz]
電鑽

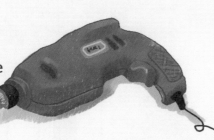

⑬ **la scie**
[la si]
鋸子

⑭ **la pelle**
[la pɛl]
鏟子

⑮ **la hache**
[la aʃ]
斧頭

⑯ **la brosse**
[la brɔs]
刷子

⑰ **le mètre ruban**
[lə mɛtr rybɑ̃]
量尺

⑱ **la peinture**
[la pɛ̃tyr]
油漆

⑲ **le pinceau**
[lə pɛ̃so]
油漆刷

⑳ **le rouleau à peinture**
[lə rulo a pɛ̃tyr]
油漆滾筒

㉑ **l'éponge**
[l epɔ̃ʒ]
海綿

㉒ **l'échelle**
[l eʃɛl]
梯子

㉓ **le seau**
[lə so]
水桶

居家

工具

115

看見法國

走進法國人的家

在法國，建築改建的法令十分嚴格，尤其是牽涉到建築物的外觀時。因為外觀屬於市容的一部份，由市政府統一管理，即便是房東也無權任意重建或粉刷。因此現今大部分的建築物大多保留了舊日風貌，特別是公寓。

多數老式公寓的室內隔間方式依然維持著從前的結構，和台灣喜歡把空間打通的偏好不同，法國的室內空間幾乎各自獨立，用門隔開並且以走廊相連結。當踏入老公寓時，迎接的並不是玄關，而是走廊，穿過走廊接著才能到達起居室。室內的木頭地板因為年代久遠而呈現出深黝的咖啡色，也因為長年使用，在走過幾處凹凸不平的縫隙時，會發出微微的聲響，這是老房子特有的風味。

許多家庭喜歡在室內鋪上地毯，一方面可以保暖，另一方面從地毯的花樣與質地也可以表現出主人的品味。老房子的起居室裡多半還保留著壁爐，雖然今日在市區為了避免空氣污染，已明文禁止使用壁爐，必須改用其他的暖氣設備，但是在鄉下的房子，還有使用壁爐的習慣。每到冬天，在郊區就可以明顯看到房子的煙囪冒著一縷縷輕煙，空氣中摻著木頭燃燒的味道。

老公寓還有一個特色，就是浴室和廁所是分開的，在浴室裡看不到馬桶。廁所是一個窄小的獨立空間，裡面沒有洗手台。在某些家庭的廁所裡，馬桶旁邊多了一樣狀似馬鞍的設備，叫坐浴桶（le bidet），是讓人在如廁後清洗用的，可以說是今日免治馬桶的古老手動版，現在有時會用來洗腳。

Section 4

La nourriture

食物

Le supermarché
超市

① **la porte tourniquet**
[la pɔrt turnikɛ] 十字轉門

② **les produits surgelés**
[le prɔdμi syrʒəle] 冷凍食品

③ **les produits laitiers**
[le prɔdμi lɛtje] 乳製品

④ **les boissons** [le bwasɔ̃] 飲料

⑤ **les produits en conserves**
[le prɔdμi ɑ̃ kɔ̃sɛrv] 罐頭食品

⑥ **les aliments emballés**
[le zalimɑ̃ ɑ̃bale] 包裝食物

⑦ **le pain** [lə pɛ̃] 麵包

⑧ **les plats à réchauffer**
[le pla a reʃofe] 微波食品

⑨ **la nourriture**
[la nurityr] 食物

⑩ **les échantillons alimentaires**
[le zeʃɑ̃tijɔ̃ alimɑ̃tɛr] 試吃品

⑪ **la viande** [la viɑ̃d] 肉品

⑫ **les fruits de mer**
[le frμi də mɛr] 海鮮

⑬ **les légumes** [le legym] 蔬菜

⑭ **les fruits** [le frμi] 水果

⑮ **la caisse enregistreuse**
[la kɛs ɑ̃rʒistrøz] 收銀機

⑯ **le lecteur de code-barres**
[lə lɛktœr də kɔd bar] 條碼掃描器

⑰ **le caissier** [lə kɛsje]
la caissière [la kɛsjɛr]
收銀員(男/女)

⑱ **la carte de fidélité** [la kart də fidelite] 會員卡

⑲ **le sac à provisions** [lə sak a prɔvizjɔ̃] 購物袋

⑳ **les produits quotidiens**
[le prɔdμi kɔtidjɛ̃] 生活用品

㉑ **le caddie** [lə kadi] 手推車

㉒ **le liquide** [lə likid] 現金

㉓ **le sac en plastique**
[lə sak ɑ̃ plastik] 塑膠袋

㉔ **le reçu** [lə rəsy] 收據

㉕ **le panier** [lə panje] 籃子

㉖ **le client** [lə kliɑ̃] 顧客

㉗ **les plats chauds** [le pla ʃo] 熟食

Les fruits

水果

① **le loquat**
[lə lɔka]
枇杷

② **la prune**
[la pryn]
李子

③ **la mirabelle**
[la mirabɛl]
黃香李

④ **la figue**
[la fig]
無花果

⑤ **le fruit de la passion**
[lə frɥi də la pasjɔ̄]
百香果

⑥ **le cantaloup**
[lə kɑ̄talu]
香瓜

⑦ **le melon**
[lə məlɛ̄]
哈密瓜

⑧ **la pastèque**
[la pastɛk]
西瓜

⑨ **la papaye**
[la papaj]
木瓜

⑩ **la mangue**
[la mɑ̄g]
芒果

⑪ **la pêche**
[la pɛʃ]
桃子

⑫ **la nectarine**
[la nɛktarin]
油桃

⑬ **le kaki**
[lə kaki]
柿子

⑭ **la poire**
[la pwar]
梨子

⑮ **le kiwi**
[lə kiwi]
奇異果

⑯ **le citron**
[lə sitrɔ̄]
檸檬

⑰ **la mandarine**
[la mɑ̄darin]
橘子

⑱ **l'orange**
[l ɔrɑ̄ʒ]
柳橙

⑲ **le pamplemousse**
[lə pɑ̄pləmus]
葡萄柚

㉒ **le raisin**
[lə rɛzɛ̃]
葡萄

㉑ **la carambole**
[la karɑ̃bɔl]
楊桃

㉒ **la pomme**
[la pɔm]
蘋果

㉓ **la banane**
[la banan]
香蕉

㉔ **la jambose**
[la ʒɑ̃bɔz]
蓮霧

㉕ **la goyave**
[la gɔjav]
芭樂

㉖ **le litchi**
[lə litʃi]
荔枝

㉗ **la noix de coco**
[la nwa də koko]
椰子

㉘ **le longane**
[lə lɔ̃gan]
龍眼

㉙ **le durian**
[lə dyrjɑ̃]
榴槤

㉚ **l'ananas**
[l ananɑs]
鳳梨

食物

水果

㉛ **l'abricot**
[l abriko]
杏桃

㉜ **la grenade**
[la grənad]
石榴

㉝ **la fraise**
[la frɛz]
草莓

㉞ **la cerise**
[la səriz]
櫻桃

㉟ **la myrtille**
[la mirtij]
藍莓

草莓、藍莓、櫻桃、覆盆子等又叫做
les fruits rouges（紅色水果），泛指只
在野外生長的小型紅色或黑色水果。
另外，梅乾（**le pruneau**）也是在法國
很常見的水果製
零食。

㊱ **la framboise**
[la frɑ̃bwaz]
覆盆子

4-3

Les légumes I
蔬菜(一)

① **la ciboule**
[la sibul]
蔥

② **l'oignon**
[l ɔɲɔ̃]
洋蔥

③ **le gingembre**
[lə ʒɛ̃ʒɑ̃br]
薑

④ **l'ail**
[l aj]
蒜頭

⑤ **l'oignon vert**
[l ɔɲɔ̃ vɛr]
青蔥；大蔥

⑥ **le piment**
[lə pimɑ̃]
辣椒

⑦ **le poivron**
[lə pwavrɔ̃]
青椒

⑧ **la citrouille**
[la sitruj]
南瓜

⑨ **le maïs**
[lə mais]
玉米

⑩ **la patate douce**
[la patat dus]
蕃薯；地瓜

⑪ **le taro**
[lə taro]
芋頭

⑫ **la pomme de terre**
[la pɔm də tɛr]
馬鈴薯

⑬ **la racine de lotus**
[la rasin də lɔtys]
蓮藕

⑭ **le champignon**
[lə ʃɑ̃piɲɔ̃]
蘑菇

⑮ **le champignon parfumé**
[lə ʃɑ̃piɲɔ̃ parfyme]
香菇

⑯ **le concombre**
[lə kɔ̃kɔ̃br]
黃瓜

⑰ **la courgette**
[la kurʒɛt]
櫛瓜

食物

蔬菜（一）

⑱ **la tomate**
[la tɔmat]
蕃茄

⑲ **le céleri**
[lə selri]
芹菜

⑳ **le poireau**
[lə pwaro]
韭菜

㉑ **la carotte**
[la karɔt]
紅蘿蔔

㉒ **le navet**
[lə navɛ]
白蘿蔔

㉓ **le radis**
[lə radi]
櫻桃小蘿蔔

J'ai pas un radis.

法文有句話叫 "J'ai pas un radis." （我連一個櫻桃小蘿蔔都沒有），是沒有錢的意思。

123

Les légumes II
蔬菜(二)

① **le loofa**
[lə lufa]
絲瓜

② **l'aubergine**
[l obɛrʒin]
茄子

③ **les pousses de bambou**
[le pus də bãbu]
竹筍

④ **l'asperge**
[l aspɛrʒ]
蘆筍

⑤ **les épinards**
[le zepinard]
菠菜

⑥ **les germes de soja**
[le ʒɛrm də sɔʒa]
豆芽菜

⑦ **la laitue**
[la lɛty]
萵苣；生菜

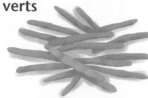

⑧ **les haricots verts**
[le ariko vɛr]
四季豆

⑨ **le chou-fleur**
[lə ʃu flœr]
花菜

⑩ **le chou**
[lə ʃu]
高麗菜

⑪ **le chou chinois**
[lə ʃu ʃinwa]
大白菜

⑫ **le brocoli**
[lə brɔkɔli]
花椰菜

⑬ **la truffe**
[la tryf]
松露

法國的生菜種類繁多，走一趟超市或市集，肯定讓你看得目不暇給。

la laitue romaine
蘿蔓萵苣

le radicchio
紫葉萵苣

l'iceberg
結球萵苣

la feuille de chêne rouge
紅橡木葉生菜

le chou frisé
羽衣甘藍

la chicon rouge
紅菊苣

l'endive
菊苣

la roquette
芝麻菜

le cresson
西洋菜

la mâche
野苣

le pissenlit
蒲公英

食物

蔬菜（二）

La viande
肉類

① **l'agneau**
[l aɲo]
羊肉

② **le gigot**
[lə ʒigo]
羊腿

③ **le bœuf**
[lə bœf]
牛肉

④ **la poitrine de bœuf**
[la pwatrin də bœf]
牛腩

⑤ **le tendon de bœuf**
[lə tɑ̃dɔ̃ də bœf]
牛腱

⑥ **le filet**
[lə filɛ]
(豬)里脊；(牛)菲力

⑦ **l'entrecôte**
[l ɑ̃trəkot]
牛肋排

⑧ **le faux-filet**
[lə fo filɛt]
沙朗

⑨ **le poulet**
[lə pulɛ]
雞肉

⑩ **l'aile de poulet**
[l ɛl də pulɛ]
雞翅

⑪ **la cuisse de poulet**
[la kɥis də pulɛ]
雞腿

⑫ **le blanc de poulet**
[lə blɑ̃ də pulɛ]
雞胸肉

⑬ **la dinde**
[la dɛ̃d]
火雞

⑭ **le bacon**
[lə bɛkœn]
培根

⑮ **le porc**
[lə pɔr]
豬肉

⑯ **le lapin**
[lə lapɛ̃]
兔肉

⑰ **le canard**
[lə kanar]
鴨肉

⑱ **la poitrine de porc**
[la pwatrin də pɔr]
五花肉

⑲ **le pied de porc**
[lə pje də pɔr]
豬腳

⑳ **le jambon**
[lə ʒɑ̃bɔ̃]
火腿

㉑ **le hot dog**
[lə ɔt dɔg]
熱狗

㉒ **le salami**
[lə salami]
義大利臘腸

㉓ **la viande séchée**
[la viɑ̃d seʃe]
肉乾

㉔ **la boulette de viande**
[la bulɛt də viɑ̃d]
肉丸

㉕ **le steak**
[lə stɛk]
肉排

㉖ **la côtelette**
[lə kotlɛt]
排骨

㉗ **la viande hachée**
[la viɑ̃d aʃe]
絞肉

❶ 到肉店（la boucherie）買肉的時候，可以告訴老闆你要的是肥肉（viande grasse）或是瘦肉（viande maigre）。

❷ 法國人喜歡野味（le gibier），所謂的野味泛指所有非人工飼養的野生肉品，像是兔肉、野豬肉（le sanglier）、野雞肉（le faisan）、西方狍肉（le chevreuil）等。

食物

肉類

127

Les fruits de mer

海鮮

① **la seiche**
[la sɛʃ]
烏賊；墨魚；花枝

② **le calmar**
[lə kalmar]
le calamar
[lə kalamar]
魷魚

③ **le poulpe**
[lə pulp]
章魚

④ **le thon**
[lə tɔ̃]
鮪魚

⑤ **le saumon**
[lə somɔ̃]
鮭魚

⑥ **la morue**
[la mory]
鱈魚

⑦ **l'anguille**
[l ɑ̃gij]
鰻魚

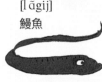

⑧ **la carpe**
[la karp]
鯉魚

⑨ **la truite**
[la trɥit]
鱒魚

⑩ **la lotte**
[la lɔt]
鮟鱇

⑪ **le silure**
[lə silyr]
鯰魚

⑫ **le mérou**
[lə meru]
石斑魚

⑬ **le mulet**
[lə mylɛ]
烏魚

⑭ **la loche**
[la lɔʃ]
泥鰍

⑮ **la coquille Saint-Jacques**
[la kɔkij sɛ̃ ʒɑk]
扇貝

⑯ **la noix de pétoncle**
[la nwa də petɔ̃kl]
干貝

⑰ **la palourde**
[la palurd]
蛤蜊

⑱ **l'huître**
[l ɥitr]
蠔

⑲ **l'ormeau**
[l ɔrmo]
鮑魚

⑳ **la boulette de poisson**
[la bulɛt də pwasɔ̃]
魚丸

㉑ **l'aileron de requin**
[l ɛlrɔ̃ də rəkɛ̃]
魚翅

㉒ **la crevette**
[la krəvɛt]
蝦
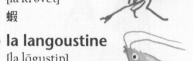

㉓ **la langoustine**
[la lɑ̃gustin]
明蝦

㉔ **la langouste**
[la lɑ̃gust]
龍蝦

㉕ **le homard**
[lə ɔmar]
螯蝦；小龍蝦

㉖ **le crabe**
[lə krab]
螃蟹

㉗ **l'oursin**
[l ursɛ̃]
海膽

㉘ **le poisson**
[lə pwasɔ̃]
魚

㉙ **les nageoires**
[le naʒwar]
魚鰭

㉚ **la queue du poisson**
[la kø dy pwasɔ̃]
魚尾

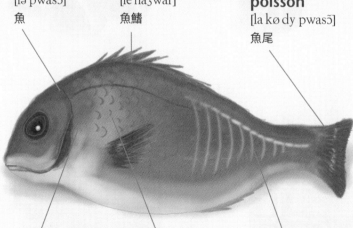

㉛ **les branchies**
[le brɑ̃ʃi]
魚鰓

㉜ **les écailles**
[le zekaj]
魚鱗

㉝ **les arêtes du poisson**
[le zarɛt dy pwasɔ̃]
魚骨；魚刺

魚分為淡水魚（les poissons d'eau douce）和海水魚（les poissons de mer）。在法國，靠大西洋與地中海的西部和南部，較常有機會吃到新鮮的海水魚。也可看到從北歐、美洲，或太平洋進口的冷凍亞洲魚。

Les boissons
飲料

① **l'eau minérale**
[l o mineral]
礦泉水

② **l'eau gazeuse**
[l o gazøz]
氣泡水

③ **la citronnade**
[la sitrɔnad]
檸檬水

④ **la boisson énergisante**
[la bwasɔ̃ enɛrʒizɑ̃t]
機能性飲料

⑤ **le cola**
[lə kola]
可樂

⑥ **la boisson à la salsepareille**
[la bwasɔ̃ a la salsparɛj]
沙士

⑦ **le soda**
[lə sɔda]
汽水

⑧ **le jus de fruit**
[lə ʒy də frɥi]
果汁

⑨ **le smoothie**
[lə smusi]
冰沙

⑩ **le sorbet**
[lə sɔrbɛ]
雪泥

⑪ **le chocolat chaud**
[lə ʃɔkɔla ʃo]
熱巧克力

⑫ **le thé noir**
[lə te nwar]
紅茶

⑬ **le thé vert**
[lə te vɛr]
綠茶

⑭ **le thé oolong**
[lə te wulɔ̃ŋ]
烏龍茶

⑮ **l'infusion**
[l ɛ̃fyzjɔ̃]
花草茶

⑯ **le thé au lait**
[lə te o lɛ]
奶茶

⑰ **le thé aux perles**
[lə te o pɛrl]
珍珠奶茶

⑱ **le lait de soja**
[lə lɛ də sɔʒa]
豆漿

⑲ **le lait de riz**
[lə lɛ də ri]
米漿

如果不想喝酒，可以告訴
服務生你想要 **sans alcool**
（無酒精）的飲料。

Le café, le thé et l'alcool
咖啡、茶、酒

le café
[lə kafe]
咖啡

走　進法國的咖啡館，你會發現飲料單上並沒有台灣人所熟悉的「咖啡歐蕾」。其實 "café au lait" 指的是早晨在家中用像碗一樣大大的杯子，將牛奶和咖啡加在一起。在咖啡館裡，「牛奶咖啡」寫的是 "café crème"（直譯為「咖啡奶油」），這是因為用蒸汽打出來的牛奶，奶泡就像奶油一樣蓬蓬的。在法國，雖然不管你説 "café au lait" 或 "café crème"，拿到的東西都是相同的。不過既然在當地，就學學當地人的説法吧！"Un crème, s'il vous plait." 如果你想喝奶一點的話，就説 "Un grand crème"。

① **le café instantané**
[lə kafe ɛ̃stɑ̃tane]
即溶咖啡

② **le café en poudre**
[lə kafe ɑ̃ pudr]
咖啡粉

③ **le café en grains**
[lə kafe ɑ̃ grɛ̃]
咖啡豆

④ **l'expresso**
[l ɛksprɛso]
濃縮咖啡

⑤ **le café noir**
[lə kafe nwar]
黑咖啡

⑥ **le cappuccino**
[lə kaputʃino]
卡布奇諾

⑦ **le café au lait**
[lə kafe o lɛ]
拿鐵

⑧ **le moka**
[lə mɔka]
摩卡

le thé
[lə te]
茶

⑨ **les feuilles de thé**
[le fœj də te]
茶葉

⑩ **le thé en sachet**
[lə te ɑ̃ saʃɛ]
茶包

⑪ **la boîte à thé**
[la bwat a te]
茶罐

l'alcool
[l alkɔl]
酒

⑫ **le cocktail**
[lə kɔktɛl]
雞尾酒

⑬ **la liqueur**
[la likœr]
水果酒

⑭ **le saké**
[lə sake]
清酒

⑮ **la bière**
[la biɛr]
啤酒

⑯ **le whisky**
[lə wiski]
威士忌

⑰ **la vodka**
[la vɔdka]
伏特加

⑱ **le rhum**
[lə rœm]
蘭姆酒

⑲ **le gin**
[lə dʒin]
琴酒

食物

咖啡、茶、酒

133

Les produits laitiers
乳製品

① **le beurre**
[lə bœr]
奶油

② **la crème**
[la krɛm]
鮮奶油

③ **la crème chantllly**
[la krɛm ʃɑ̃tiji]
泡打奶油

④ **le milk-shake**
[lə milkʃɛk]
奶昔

⑤ **le yaourt**
[lə jaurt]
優格

⑥ **le yaourt à boire**
[lə jaurt a bwar]
優酪乳

⑦ **le fromage**
[lə frɔmaʒ]
乳酪；起司

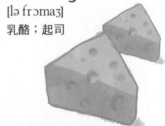

⑧ **la glace à l'italienne**
[la glas a litaliɛn]
霜淇淋

⑨ **la glace**
[la glas]
冰淇淋

⑩ **la glace italienne**
[la glas italjɛn]
義式冰淇淋

⑪ **le bâtonnet glacé**
[lə bɑtɔnɛ glase]
雪糕；冰棒

⑫ **le panna cotta**
[lə pana kɔta]
奶酪

⑬ **le lait**
[lə lɛ]
牛奶

⑭ **le lait UHT**
[lə lɛ y aʃ te]
保久乳

⑮ **le lait écrémé**
[lə lɛ ekreme]
脱脂牛奶

⑯ **le lait demi-écrémé**
[lə lɛ dəmie krɛme]
低脂牛奶

⑰ **le lait entier**
[lə lɛ ɑ̃tje]
全脂牛奶

⑱ **le lait en poudre**
[lə lɛ ɑ̃ pudr]
奶粉

⑲ **le lait condensé**
[lə lɛ kɔ̃dɑ̃se]
煉乳

食物

乳製品

看見法國

市場買菜去

露天市集是法國居民購買食材的好去處，這種市集通常就在街區的小廣場、人行道或者河邊，搭上棚架擺上攤位，就開賣了。不同街區的市集營業時間也不相同，通常一週固定有兩天，從上午九點、十點營業到下午兩三點。這種市集越往南方越多，一是由於觀光客較多，二是因為季節水果、蔬菜的種類也較多。

如同台灣的傳統市場，去露天市集的多半是街坊鄰居，到市場除了買菜還可以話家常。一般來說，露天市集的蔬果，外形不見得美觀，但比較新鮮，可以買到最當令的蔬菜。蔬果產地相異影響了產期與價格，來自鄰近國家西班牙、摩洛哥的產期通常最早，價錢較便宜。產自本地的較為可口，但價格也相對較高。除了蔬果、海鮮類等生食，市集也販售醃製品和奶製品，如臘腸、醃橄欖和乳酪等。此外還有熟食及異國美食，如烤雞、德國酸菜、非洲庫斯庫斯或是亞洲料理。除了外帶，某些攤販也提供現場食用。吃著生蠔配香檳，在市場亦是可見景象。

在法國，人們並不習慣殺價，尤其露天市集的價格已較便宜。其實攤販也常隨興計價，常常少算個幾分或者多送個蔬果。有趣的是攤販的叫賣聲，通常離市場老遠就會聽見攤販扯開嗓子飛快地喊著 "cinq euros le kilo, cinq euros le kilo（一公斤五歐）"。隨著時間越晚，價格越便宜，就會慢慢聽見 "deux euros, deux euros（兩歐）... un euro, un euro...（一歐）"，這時可能已不是以公斤計，而是以籃或箱計，所以一個不小心就會買回成山的蔬果。

如果想知道市集的時間和地點，可以上網查詢。
http://marches.equipements.paris.fr/

136

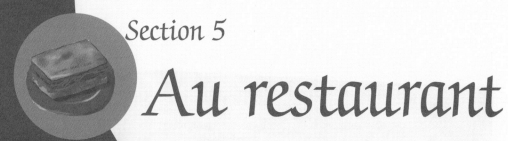

Section 5

Au restaurant

餐廳

Le fast-food
速食餐廳

① **le rince-doigts**
[lə rɛ̃s dwa] 濕紙巾

② **les cornichons** [le kɔrniʃɔ̃] 酸黃瓜

③ **la serviette en papier**
[la sɛrvjɛt ɑ̃ papje] 紙巾

④ **la paille** [la paj] 吸管

⑤ **le pancake** [lə pɛnkɛk] 煎餅

⑥ **le sac de vente à emporter**
[lə sak də vɑ̃t a ɑ̃pɔrte] 打包袋

⑦ **le nugget de poulet**
[lə nœɡet də pulɛ] 雞塊

⑧ **la pizza** [la pidza] 披薩

⑨ **le beignet** [lə bɛɲɛ] 甜甜圈

⑩ **à emporter** [a ɑ̃pɔrte] 外帶

像法國可頌麵包（croissant）這類的奶油麵包卷，是法國人通稱的「維也納甜麵包或甜點」（viennoiserie），可以放入不同的配料，像巧克力、果醬、奶油、葡萄乾等多種口味。

⑪ **le tabouret** [lə taburɛ] 凳子

⑫ **le hamburger** [lə ãbœrgœr] 漢堡

⑬ **sur place** [syr plas] 內用

⑭ **les frites** [le frit] 薯條

⑮ **le plateau** [lə plato] 餐盤

⑯ **le poulet frit** [lə pulɛ fri] 炸雞

⑰ **le bagel** [lə bɛgəl] 貝果

⑱ **le sirop** [lə siro] 糖漿

⑲ **la gaufre** [la gofr] 鬆餅

⑳ **le taco** [lə tako] 玉米餅

㉑ **le sandwich** [lə sãdwitʃ] 三明治

㉒ **le muffin** [lə mœfin] 瑪芬

Le restaurant
餐廳

① **la salle à manger privée**
[la sal a mɑ̃ʒe prive] 包廂

② **la machine à café**
[la maʃin a kafe] 咖啡機

③ **la cafetière** [la kaftjɛr] 咖啡壺

④ **la tasse à café** [la tɑs a kafe] 咖啡杯

⑤ **le barman** [lə barman] 調酒師

⑥ **le shaker** [lə ʃɛkœr] 調酒器

⑦ **la théière** [la tejɛr] 茶壺

⑧ **le glaçon** [lə glasɔ̃] 冰塊

⑨ **le seau à glace** [lə so a glas] 冰桶

⑩ **le serveur** [lə sɛrvœr] 男服務生

⑪ **le chariot de service**
[lə ʃarjo də sɛrvis] 餐車

⑫ **l'eau** [l o] 水

⑬ **la carafe d'eau** [la karaf d o] 水壺

在法國，當你拿到餐廳帳單時，上面已經加了服務費了，因此一般來說並不需要再另外給小費。但若是你很滿意他們的服務的話，可以給一到十塊的小費，端看個人。值得注意的是，付錢時最好算好零錢，因為有時服務生可能會自動將零頭當成小費而不再找錢。

⑭ **la serveuse** [la sɛrvøz] 女服務生

⑮ **le set de table** [lə sɛt də tabl] 餐墊

⑯ **le cure-dents** [lə kyr dɑ̃] 牙籤

⑰ **la serviette de table**
[la sɛrviɛt də tabl] 餐巾

⑱ **la salière** [la saliɛr] 鹽罐

⑲ **le poivrier** [lə pwavrie] 胡椒罐

⑳ **l'addition** [lɑdisjɔ̃] 帳單

㉑ **la carte** [la kart] 菜單

㉒ **la nappe** [la nɑp] 桌巾

㉓ **le comptoir** [lə kɔ̃twar] 結帳處

㉔ **le pourboire** [lə purbwar] 小費

㉕ **le maître d'hôtel**
[lə mɛtr d otɛl] 領班

㉖ **la carte de visite**
[la kart də visit] 名片

La carte et les plats
菜單與菜肴

① **le menu**
[lə məny]
套餐

② **les plats**
[le pla]
菜肴

③ **le hors d'œuvre**
[lə ɔr d œvr]
開胃菜

④ **l'entrée**
[l ãtre]
前菜

⑤ **la salade**
[la salad]
沙拉

⑥ **la soupe**
[la sup]
湯

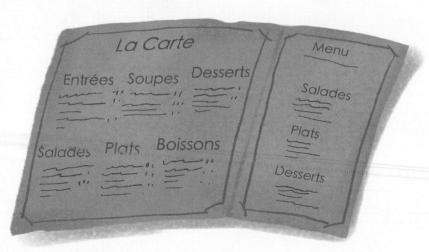

⑦ **le plat principal**
[lə pla prẽsipal]
主菜

⑧ **le nom du plat**
[lə nɔ̃ dy pla]
菜名

⑨ **le prix**
[lə pri]
價格

⑩ **les ingrédients**
[le zẽgrediã]
食材

⑪ **le riz**
[lə ri]
飯

⑫ **les pâtes**
[le pat]
麵

⑬ **la purée**
[la pyre]
(馬鈴薯或蔬菜)泥

⑭ **les spaghettis**
[le spagɛti]
義大利麵

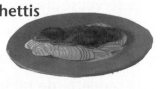

⑮ **les lasagnes**
[le lasaɲ]
千層麵

⑯ **les raviolis**
[le ravjoli]
義大利餃

⑰ **le risotto**
[lə risoto]
燉飯

⑱ **la paella**
[la paɛla]
西班牙海鮮飯

⑲ **le poulet rôti**
[lə pulɛ roti]
烤雞

⑳ **le steak**
[lə stɛk]
牛排

㉑ **végétarien**
[veʒetarjɛ̃]
素食

㉒ **le kebab**
[lə kɛbab]
串燒

㉓ **le sushi**
[lə suʃi]
壽司

㉔ **le sashimi**
[lə saʃimi]
生魚片

㉕ **la flan**
[la flɑ̃]
布丁

㉖ **la gelée de fruits**
[la ʒəle də frɥi]
果凍

㉗ **le chou à la crème**
[lə ʃu a la krɛm]
泡芙

㉘ **la tarte aux pommes**
[la tart o pɔm]
蘋果派

㉙ **le gâteau**
[lə gɑto]
蛋糕

法國菜餚的食材與烹調法通常從菜名就可以看得出來，像油封鴨，它是把肉放在油脂中用低溫小火慢慢煮熟的一種料理法。大量的油脂可以把肉密封，隔絕食材與空氣的接觸。油封 **confit** 在法文裡是一種料理法，是「用糖煮的」、「用糖漬的」，現在看到 **confit** 就知道是這樣的料理法（在糖、蜂蜜、油中保存的）。其它如紅酒燉牛肉、法式芥末烤兔腿等法國經典名菜，都是以此原則來命名的。

Les couverts
餐具

① **les baguettes**
[le bagɛt]
筷子

② **la saucière**
[la sosiɛr]
醬料盅

③ **le couteau à beurre**
[lə kuto a bœr]
奶油刀

④ **la cuillère à soupe**
[la kɥijɛr a sup]
湯匙

⑤ **la fourchette**
[la furʃɛt]
叉子

⑥ **le couteau de table**
[lə kuto də tabl]
餐刀

⑦ **le couteau de cuisine**
[lə kuto də kɥizin]
刀子

⑧ **le couteau à viande**
[lə kuto a viɑ̃d]
牛排刀

⑨ **la cuillère à café**
[la kɥijɛr a kafe]
茶匙

⑩ **la fourchette à dessert**
[la furʃɛt a dɛsɛr]
甜點叉

⑪ **la cuillère à salade**
[la kɥijɛr a salad]
沙拉匙

⑫ **le couvert à salade**
[lə kuvɛr a salad]
沙拉攪拌棒

⑬ **la touillette**
[la tujɛt]
飲料攪拌棒

⑭ **la roulette à pizza**
[la rulɛt a pidza]
披薩刀

⑮ **la bague de serviette**
[la bag də sɛrvjɛt]
餐巾環

⑯ **le bol**
[lə bɔl]
碗

⑰ **l'assiette**
[l asiɛt]
盤子

⑱ **la soucoupe**
[la sukup]
碟子

⑲ **l'assiette creuse**
[l asiɛt krøz]
湯盤

⑳ **le plateau**
[lə plato]
大淺盤

㉑ **le verre**
[lə vɛr]
杯子

㉒ **le mug**
[lə mœg]
馬克杯

㉓ **le sous-verre**
[lə su vɛr]
杯墊

㉔ **le verre à vin**
[lə vɛr a vɛ̃]
酒杯

㉕ **le verre à cocktail**
[lə vɛr a kɔktɛl]
雞尾酒杯

㉖ **la flûte à champagne**
[la flyt a ʃɑ̃paɲ]
香檳杯

餐廳

餐具

Les méthodes de cuisine

烹調方式

單字朗讀
Mp3 Track 59

① **cuire au four**
[kɥir o fur]
烤

② **rôtir**
[rotir]
火烤

③ **cuire au barbecue**
[kɥir o barbəkju]
燒烤

④ **frire**
[frir]
炸

⑤ **sauter**
[sote]
炒

⑥ **poêler**
[pwɛle]
煎

⑦ **mijoter**
[miʒote]
熬

⑧ **bouillir**
[bujir]
煮

⑨ **blanchir**
[blɑ̃ʃir]
燙

⑩ **cuire à petit feu**
[kɥir a pətit fø]
cuire à feu doux
[kɥir a fø du]
燉

⑪ **cuire à la vapeur**
[kɥir a la vapør]
蒸

⑫ **saler**
[sale]
滷

⑬ **fumer**
[fyme]
燻

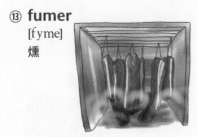

⑭ **mélanger**
[melãʒe]
拌

⑮ **mariner**
[marine]
醃

⑯ **hacher**
[aʃe]
剁

⑰ **couper**
[kupe]
切

⑱ **trancher**
[trãʃe]
切片

⑲ **éplucher**
[eplyʃe]
削

⑳ **râper**
[rape]
刨

㉑ **peler**
[pəle]
剝

㉒ **presser**
[prɛse]
磨

㉓ **saupoudrer**
[sopudre]
撒

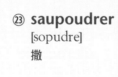

㉔ **envelopper**
[ãvələpe]
包

㉕ **décongeler**
[dekɔ̃ʒle]
解凍

㉖ **battre les œufs**
[batr le zø]
打蛋

㉗ **malaxer la pâte**
[malakse la pat]
揉麵糰

餐廳

烹調方式

147

Les assaisonnements

調味料

單字朗讀

Mp3 Track 60

① **le sucre glace**
[lə sykr glas]
冰糖

② **le sucre en poudre**
[lə sykr ɑ̃ pudr]
砂糖

③ **le miel**
[lə mjɛl]
蜂蜜

④ **le sel**
[lə sɛl]
鹽

⑤ **le poivre**
[lə pwavr]
胡椒

⑥ **le vinaigre**
[lə vinɛgr]
醋

⑦ **l'alcool de riz**
[l alkɔl də ri]
米酒

⑧ **la sauce à salade**
[la sos a salad]
沙拉油

⑨ **l'huile d'olive**
[l ɥil d ɔliv]
橄欖油

⑩ **la sauce soja**
[la sos sɔʒa]
醬油

⑪ **l'huile de noix**
[l ɥil də nwa]
核桃油

⑫ **l'huile d'arachide**
[l ɥil d araʃid]
花生油

⑬ **l'huile de sésame**
[l ɥil də sezam]
麻油

⑭ **la sauce aux huitres**
[la sos o zɥitr]
蠔油

⑮ **la sauce nuoc mam**
[la sos njɔk mam]
魚露

⑯ **la farine de maïs**
[la farin də mais]
玉米粉

⑰ **la fécule de pomme de terre**
[la fekyl də pɔm də tɛr]
太白粉
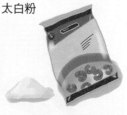

⑱ **le curry**
[lə kyri]
咖哩

⑲ **le ketchup**
[lə kɛtʃəp]
番茄醬

⑳ **la sauce pimentée**
[la sos pimãte]
辣椒醬

㉑ **la menthe**
[la mãt]
薄荷

㉒ **la vanille**
[la vanij]
香草

㉓ **la muscade**
[la myskad]
肉荳蔻

㉔ **la cannelle**
[la kɑnɛl]
肉桂

㉕ **le safran**
[lə safrã]
番紅花

㉖ **les herbes de Provence**
[le zɛrb də prɔvãs]
普羅旺斯香草

㉗ **le romarin**
[lə rɔmarɛ̃]
迷迭香

㉘ **le basilic**
[lə basilik]
羅勒

㉙ **la moutarde**
[la mutard]
芥末醬

㉚ **le wasabi**
[lə wazabi]
綠色芥末醬

㉛ **le caviar**
[lə kavjar]
魚子醬

❶ 芥末醬和老式芥末醬(**la moutarde à l'ancienne**)不同的地方是，老式芥末醬並未將芥末籽殼去除，所以顏色較深。與芥末醬相比，老式芥末醬的芥末味道較不強烈，但香氣較重。

❷ 法國常見的醬料還有：胡椒醬(**la sauce poivre**)、紅酒醬(**la sauce bordelaise**)、美乃滋(**la mayonnaise**)、蒜泥蛋黃醬(**l'aïoli**)。

具有東南亞風味的醬料則有：沙嗲醬(**la saute satay**)、椰漿(**le lait de coco**)。

其他常見的醬料則有：白醬(**la sauce béchamel**)、紅醬(**la sauce tomate**)、青醬(**la sauce pesto**)、塔塔醬(**la sauce tartare**)、莎莎醬(**la sauce salsa**)、油醋汁(**la vinaigrette**)。

Les goûts et les textures
味道與口感

le goût
[lə gu]
味道

① **acide**
[asid]
酸

② **sucré**
[sykre]
甜

③ **amer**
[amɛr]
苦

④ **épicé**
[epise]
辣

⑤ **pimenté**
[pimãte]
辛辣

⑥ **salé**
[sale]
鹹

⑦ **bon** [bɔ̃]
délicieux [delisjø]
好吃

⑧ **mauvais**
[movɛ]
難吃

⑨ **infect**
[ɛ̃fɛkt]
噁心

⑩ **ça sent fort**
[sa sã fɔr]
味道強烈；味道重

⑪ **rafraichissant**
[rafrɛʃisã]
清香

⑫ **parfumé**
[parfyme]
香

⑬ **puant**
[pyã]
臭

⑭ **avarié**
[avarje]
腥味

la texture
[la tɛkstyr]
口感

⑮ **léger**
[leʒe]
清淡

⑯ **gras**
[gra]
油膩

⑰ **difficile à digérer**
[difisil a diʒere]
難消化

⑱ **difficile à mâcher**
[difisil a maʃe]
有嚼勁

⑲ **croustillant**
[krustijɑ̃]
爽脆

⑳ **croquant**
[krɔkɑ̃]
酥脆

㉑ **frais**
[frɛ]
清涼

㉒ **raffiné**
[rafine]
香醇

㉓ **fort**
[fɔr]
濃

㉔ **doux**
[du]
淡

餐廳

味道與口感

當在餐廳點牛排時，服務生會詢問顧客**Quelle cuisson?**（您要幾分熟？）依照個人的喜好，熟度通常可分為**bien cuit**（全熟）、**à point**（五分熟）、**saignant**（三分熟）。有些喜歡吃生一點的人，甚至會要求**bleu**（一、二分熟）。

Bon appétit!

法國人飯前要說 "Bon appétit !"，先祝福有好胃口才開始用餐，然而繁複的禮節和極長的用餐時間常讓人有吃到天荒地老之感。其實，吃飯隱含了法國人慢活的生命態度。

平日用餐可以簡單、不拘小節，但如有宴客就必須注意禮節和程序。首先，在等待賓客到來時，先在客廳喝開胃酒。等賓客到齊，待女主人邀請，就移駕到餐桌旁準備用餐，這時桌上已經擺好了所有餐具以及切成片的棍子麵包。入座後就上前菜，常見的兩項選擇是沙拉和肉凍。主菜由男主人端上桌切開分給賓客，若有兩道，則先上海鮮類，再上肉類，中間有時會再上一道冰沙轉換口感。飯後，先上一盤乳酪，由賓客選擇想品嚐的口味。最後永遠結束在甜點，再搭配咖啡或茶。

原則上吃完一道菜就收一次盤，接著才上下一道。有時菜的最後處理工作在前一道收盤後才進行，所以等待是常事，閒談就變成用餐的重點。也因此一餐差不多要三、四個小時才能結束，但這種馬拉松式的用餐時間是星期天或假日才會出現的情況。

在餐廳吃飯的順序大致相同，但如何點菜就是一門學問了。在餐廳裡通常會拿到菜單及酒單，如不需要開胃酒，就直接點菜。甜點一般是用完主菜後才點，有些餐廳將乳酪歸在甜點下。但在高級餐廳，乳酪是獨立的選項，選取的方式也很特別，由服務生推著餐車到桌邊，顧客挑選後才切。

除了套餐，也可以單點。最常見的是兩道或三道菜的套餐，通常就是前菜加主菜，或主菜加甜點，或是前菜、主菜加甜點。飲料必須另外點，如果不點飲料，就跟服務生要個免費的桌邊水 (de l'eau en carafe / de l'eau plate) 囉。

Les vêtements et les accessoires

服飾

Les vêtements I
衣服（一）

① **la robe**
[la rɔb]
洋裝

② **la robe de cérémonie**
[la rɔb də seremɔni]
禮服

③ **le costume occidental**
[lə kɔstym ɔksidɑ̃tal]
西裝；套裝

④ **la chemise**
[la ʃəmiz]
襯衫

⑤ **le col**
[lə kɔl]
領子；衣領

⑥ **la manche**
[la mɑ̃ʃ]
袖子

⑦ **le chemisier**
[lə ʃəmizje]
女用襯衫

⑧ **le gilet**
[lə ʒilɛ]
背心

⑨ **le bouton**
[lə butɔ̃]
扣子；鈕扣

⑩ **le T-shirt**
[lə ti∫œrt]
T 恤

⑪ **le polo**
[lə polo]
polo 衫

衣服依照袖子長短，有長袖（manches longues）、七分袖（manches trois-quart）、短袖（manches courtes）、無袖（sans manches）之分。

⑫ **le sweat à capuche**
[lə swit a kapy∫]
帽 T

⑬ **le pull**
[lə pyl]
毛衣

⑭ **le pull tricoté**
[lə pyl trikɔte]
針織衫

⑮ **la jupe**
[la ʒyp]
裙子

⑯ **le pantalon**
[lə pɑ̃talɔ̃]
褲子

⑰ **le jean**
[lə dʒin]
牛仔褲

⑱ **la salopette**
[la salɔpɛt]
吊帶褲

⑲ **le short**
[lə ∫ɔrt]
短褲

Les vêtements II
衣服（二）

① **la blouse**
[la bluz]
罩衫

② **le manteau**
[lə mɑ̃to]
大衣

③ **la veste**
[la vɛst]
外套；夾克

④ **la fermeture éclair**
[la fɛrmtyr eklɛr]
拉鍊

⑤ **la poche**
[la pɔʃ]
口袋

⑥ **la doudoune**
[la dudun]
羽絨外套

⑦ **le trench coat**
[lə trɛnʃ kot]
風衣

⑧ **le survêtement**
[lə syr vɛtmɑ̃]
運動服

⑨ **l'uniforme**
[l ynifɔrm]
制服

⑩ **l'imperméable**
[l ɛ̃pɛrmeabl]
雨衣

⑪ **le pyjama**
[lə piʒama]
睡衣

⑫ **le soutien-gorge**
[lə sutjɛ̃ gɔrʒ]
內衣；胸罩

⑬ **la culotte**
[la kylɔt]
（女）內褲

⑭ **le caleçon**
[lə kalsɔ̃]
（男）內褲

⑮ **le bonnet de bain**
[lə bɔɲɛ də bɛ̃]
泳帽

⑰ **le bikini**
[lə bikini]
比基尼泳裝

⑯ **le maillot de bain**
[lə majo də bɛ̃]
泳衣；泳裝

男生的內褲有三角褲（**le slip**）和四角褲（**le boxer**）之分，而在游泳時穿的三角褲就是泳褲（**le slip de bain**）。

⑱ **la chemise col Mao**
[la ʃəmiz kɔl mao]
中山裝

⑲ **la** *qipao*
[la tʃipao]
la robe mandchoue
[la rɔb mɑ̃dʃu]
旗袍

服飾

衣服（二）

Les accessoires

飾品配件

單字朗讀
Mp3 Track 64

① **le bandeau**
[lə bɑ̃do]
頭巾

② **le voile**
[lə vwal]
面紗

③ **le foulard**
[lə fular]
絲巾

④ **l'écharpe**
[l eʃarp]
圍巾

⑤ **le châle**
[lə ʃal]
披肩

⑥ **le collier**
[lə kɔlje]
項鍊

⑦ **la gourmette**
[la gurmɛt]
手鍊

⑧ **le bracelet**
[lə braslɛ]
手鐲

⑨ **l'élastique à cheveux**
[l elastik a ʃəvø]
髮束

⑩ **l'épingle à cheveux**
[l epɛ̃gl a ʃəvø]
髮夾

⑪ **le bandeau pour les cheveux**
[lə bɑ̃do pur le ʃəvø]
髮帶

⑫ **le serre-tête**
[lə sɛr tɛt]
髮箍

⑬ **la fleur pour les cheveux**
[la flœr pur le ʃəvø]
頭花

⑭ **le cache-oreilles**
[lə kaʃ ɔrɛj]
耳罩

⑮ **la bague**
[la bag]
戒指

⑯ **la montre**
[la mɔ̃tr]
手錶

⑰ **le bouton de manchette**
[lə butɔ̃ də mɑ̃ʃɛt]
袖扣

⑱ **la broche**
[la brɔʃ]
胸針

⑲ **les lunettes**
[le lynɛt]
眼鏡

⑳ **les lunettes de soleil**
[le lynɛt də sɔlɛj]
太陽眼鏡

㉑ **la sangle de téléphone portable**
[la sɑ̃gl də telefɔn pɔrtabl]
手機吊飾

㉒ **le porte-cartes de visites**
[lə pɔrt kart də visit]
名片盒

㉓ **le porte-cartes**
[lə pɔrt kart]
卡片夾

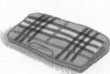

㉔ **la boucle d'oreille**
[la bukl d ɔrɛj]
耳環

㉕ **l'étui porte-clefs**
[l etɥi pɔrtə kle]
鑰匙包

㉖ **le portefeuille**
[lə pɔrtfœil]
皮夾

㉗ **le sac à main**
[lə sak a mɛ̃]
(女用)皮包

㉘ **le sac à dos**
[lə sak a do]
背包

㉙ **la ceinture**
[la sɛ̃tyr]
皮帶；腰帶

㉚ **le nœud papillon**
[lə nø papijɔ̃]
領結

㉛ **la cravate**
[la kravat]
領帶

㉜ **l'épingle de cravate**
[l epɛ̃gl də kravat]
領帶夾

㉝ **le mouchoir en tissu**
[lə muʃwar ɑ̃ tisy]
手帕

㉞ **le gant**
[lə gɑ̃]
手套

㉟ **la moufle**
[la mufl]
連指手套

㊱ **le parapluie**
[lə paraplɥi]
傘

服飾

飾品配件

159

Les chapeaux, les chaussettes et les chaussures

帽、襪與鞋

le chapeau
[lə ʃapo]
帽子

① **la casquette**
[la kaskɛt]
棒球帽；鴨舌帽

② **le bonnet de laine**
[lə bɔnɛ də lɛn]
毛線帽

③ **le chapeau de cow-boy**
[lə ʃapo də kɔ boj]
牛仔帽

④ **le chapeau de paille**
[lə ʃapo də paj]
草帽

⑤ **le casque de chantier**
[lə kask də ʃɑ̃tje]
工程帽

⑥ **le béret**
[lə berɛ]
貝雷帽

⑦ **le casque**
[lə kask]
安全帽

⑧ **le bob**
[lə bɔb]
漁夫帽

⑨ **la casquette gavroche**
[la kaskɛt gavrɔʃ]
報童帽

les chaussettes
[le ʃosɛt]
襪子

⑩ **les bas**
[le ba]
絲襪

⑪ **les collants**
[le kɔlɑ̃]
褲襪

les chaussures
[le ʃosyr]
鞋子

⑫ **le lacet**
[lə lasɛ]
鞋帶

⑬ **la semelle**
[la səmɛl]
鞋底

⑭ **les chaussures en cuir**
[le ʃosyr ɑ̃ kɥir]
皮鞋

⑮ **les chaussures à talon**
[le ʃosyr a talɔ̃]
高跟鞋

⑯ **les souliers à bout pointu**
[le sulje a bu pwɛ̃ty]
尖頭鞋

⑰ **les chaussures de sport**
[le ʃosyr də spɔr]
les baskets
[le baskɛt] 運動鞋

⑱ **les espadrilles**
[le zɛspadrij]
帆布鞋

⑲ **les bottines**
[le bɔtin]
靴子

⑳ **les sandales**
[le sɑ̃dal]
涼鞋

㉑ **les tongs**
[le tɔ̃g]
夾腳拖鞋

㉒ **les pantoufles**
[le pɑ̃tufl]
(室外)拖鞋

㉓ **les bottes de pluie**
[le bɔt də plɥi]
雨鞋

㉔ **les raquettes**
[le rakɛt]
雪鞋

㉕ **les chaussons**
[le ʃosɔ̃]
芭蕾舞鞋

㉖ **les palmes**
[le palm]
蛙鞋

Les couleurs, les motifs et les tailles

顏色、圖案與尺寸

les couleurs
[le kulœr]
顏色

① **rouge**
[ruʒ]
紅色

② **rose**
[roz]
粉紅色

③ **orange**
[ɔrɑ̃ʒ]
橘色

④ **jaune**
[ʒon]
黃色

⑤ **vert**
[vɛr]
綠色

⑥ **turquoise**
[tyrkwaz]
藍綠色；土耳其藍

⑦ **bleu**
[blø]
藍色

⑧ **violet**
[viɔlɛ]
紫色

⑨ **mauve**
[mov]
淡紫色

⑩ **marron**
[marɔ̃]
咖啡色；棕色

⑪ **noir**
[nwar]
黑色

⑫ **blanc**
[blɑ̃]
白色

⑬ **gris**
[gri]
灰色

⑭ **beige**
[bɛʒ]
米色

⑮ **argenté**
[arʒɑ̃te]
銀色

⑯ **doré**
[dɔre]
金色

⑰ **foncé**
[fɔ̃se]
深色

⑱ **clair**
[klɛr]
淺色

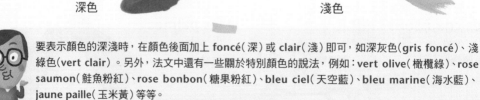

要表示顏色的深淺時，在顏色後面加上 foncé（深）或 clair（淺）即可，如深灰色（gris foncé）、淺綠色（vert clair）。另外，法文中還有一些關於特別顏色的說法，例如：vert olive（橄欖綠）、rose saumon（鮭魚粉紅）、rose bonbon（糖果粉紅）、bleu ciel（天空藍）、bleu marine（海水藍）、jaune paille（玉米黃）等等。

les motifs
[le motif]
圖案

⑲ les carreaux
[le karo]
方格紋

⑳ les damiers
[le damje]
棋盤格

㉑ les losanges
[le lozɑ̃ʒ]
菱格紋

㉒ les pois
[le pwa]
圓點

㉓ les rayures
[le rɛjyr]
條紋

㉔ les fleurs
[le flœr]
小碎花

㉕ la couleur unie
[la kulœr yni]
素色

les tailles
[le taj]
尺寸

㉖ taille XS
[taj iks ɛs]
XS 號

㉗ taille S
[taj ɛs]
S 號

㉘ taille M
[taj ɛm]
M 號

㉙ taille L
[taj ɛl]
L 號

㉚ taille XL
[taj iks ɛl]
XL 號

越夜越美麗

和 亞洲動不動就是二十四小時營業的商店比起來，法國人的夜晚不是拿來購物的。

在法國，大部份商店及百貨公司只營業到晚上七點或八點，如果是想購買日常用品，部份中型超市會營業到九點。但如果更晚一點，就只剩下售價較高的小型超商和雜貨店了。不過在巴黎則略有不同，因為觀光客多，許多超市營業到晚間十點，尤其在觀光區，比如香榭大道或龐畢度中心附近，部份商店甚至營業至午夜以後。

那麼法國人的夜生活在哪裡？在法國，人們最重視的是人與人之間的相處，夜生活亦然。所以一天的工作結束後，和三兩好友在酒吧、咖啡館先喝一杯後再各自回家吃晚飯是常事。如果時間充裕的話，就約去餐廳慢慢地享受豐盛的晚餐。但無論如何，重點在於共進晚餐的對象。舞廳也是常見的夜生活選項，但即使在舞廳，法國人也多半和自己原有的朋友在一起。對法國人來說，多數人去舞廳的主要目的是為了朋友之間的消遣，而不是發展新的人際關係。

除了餐廳、舞廳，法國還有許多電影院和劇場，再加上電影票及戲票的優惠多，因此選擇去觀賞電影及表演的人也不少。若是在巴黎，則還可以去夜總會看秀，不過那是觀光客的行程，當地人並不常去。

想知道更多巴黎夜生活的訊息，可以上巴黎市政府所設的網頁查詢，可以針對時間、區域，還有種類做不同的搜尋：http://www.parisnightlife.fr/。

Section 7

Dans la ville

城市

Le centre ville
市中心

① **la ville** [la vil] 城市；市區

② **le supermarché**
[lə sypεrmarʃe] 大賣場

③ **la rue** [la ry] 街道

④ **le restaurant** [lə rεstorã] 餐廳

⑤ **la banque** [la bãk] 銀行

⑥ **le parc** [lə park] 公園

⑦ **le magasin d'électroménager**
[lə magazẽ d elεktrɔmenaʒe] 電器行

⑧ **la supérette**
[la sypεrεt] 便利商店

⑨ **le salon de thé** [lə salɔ̃ də te] 茶館

⑩ **le café** [lə kafe] 咖啡店

⑪ **l'hôtel** [l otεl] 飯店

⑫ **la salle de gymnastique**
[la sal də ʒymnastik] 健身房

⑬ **la librairie** [la librεri] 書店

⑭ **le magasin de meubles**
[lə magazẽ də mœbl] 家具店

⑮ **le musée** [lə myze] 博物館

⑯ **la place** [la plas] 廣場

⑰ **les bureaux** [le byro] 辦公大樓

⑱ **la poissonnerie**
[la pwasɔnri] 魚店

⑲ **le primeur**
[lə primœr] 蔬果店

⑳ **l'épicerie** [l episri] 雜貨店

㉑ **la pharmacie** [la farmasi] 藥局

㉒ **le cinéma** [lə sinema] 電影院

㉓ **l'hôpital** [l opital] 醫院

㉔ **la poste** [la pɔst] 郵局

㉕ **le distributeur automatique**
[lə distribytœr otɔmatik] 自動販賣機

㉖ **le poste de police**
[lə pɔst də pɔlis] 警察局

㉗ **le salon de coiffure**
[lə salɔ̃ də kwafyr] 美髮院

㉘ **le magasin de jouets**
[lə magazɛ̃ də ʒuɛ] 玩具店

㉙ **la boulangerie**
[la bulɑ̃ʒri] 麵包店

㉚ **la pâtisserie**
[la pɑtisri] 蛋糕店

㉛ **l'épicerie fine**
[l episri fin] 熟食店

La route

街景

單字朗讀
Mp3 Track 68

① **la rue** [la ry] 街道

② **la fontaine** [la fɔ̃tɛn] 噴水池

③ **la route départementale**
[la rut departmɑ̃tal] 省道

④ **l'îlot-refuge**
[l ilo rəfyʒ] 安全島

⑤ **le transport** [lə trɑ̃spɔr] 交通

⑥ **le bateau de croisière**
[lə bato də krwazjɛr] 郵輪

⑦ **le musée des Beaux-Arts**
[lə myze de bo zar] 美術館

⑧ **l'opéra** [l ɔpera] 歌劇院

⑨ **le club** [lə klœb] 俱樂部

⑩ **la passerelle** [la pɑsrɛl] 天橋

⑪ **la bouche de métro**
[la buʃ də metro] 地鐵入口

⑫ **le trottoir** [lə trɔtwar] 人行道

⑬ **l'arrêt de bus**
[l arɛ də bys] 公車站牌

⑭ **la station essence**
[la stasjɔ̃ ɛsɑ̃s] 加油站

⑮ **l'autoroute** [l otɔrut] 高速公路

⑯ **la route nationale**
[la rut nasjɔnal] 國道

⑰ **le viaduc** [lə vjadyk] 高架橋

⑱ **le tunnel** [lə tynɛl] 隧道

⑲ **l'échangeur autoroutier**
[l eʃɑ̃ʒœr otɔrutje] 交流道

⑳ **le carrefour** [lə karfur] 十字路口

㉑ **le panneau de signalisation routière**
[lə pano də siɲalizasjɔ̃rutjɛr] 道路標示

㉒ **la voiture de sport**
[la vwatyr də spɔr] 跑車

㉓ **le lampadaire** [lə lɑ̃padɛr] 路燈

㉔ **le feu tricolore**
[lə fø trikɔlɔr] 紅綠燈

㉕ **le passage piéton**
[lə pɑsaʒ pjetɔ̃] 斑馬線

㉖ **l'arcade** [l arkad] 騎樓

㉗ **la route** [la rut] 馬路

㉘ **la bordure de route**
[la bɔrdyr də rut] 路緣石

㉙ **le passage souterrain**
[lə pɑsaʒ suterɛ̃] 地下道

㉚ **la place (de parking)**
[la plas (də parkiŋ)] 停車位

169

Le centre commercial
百貨公司

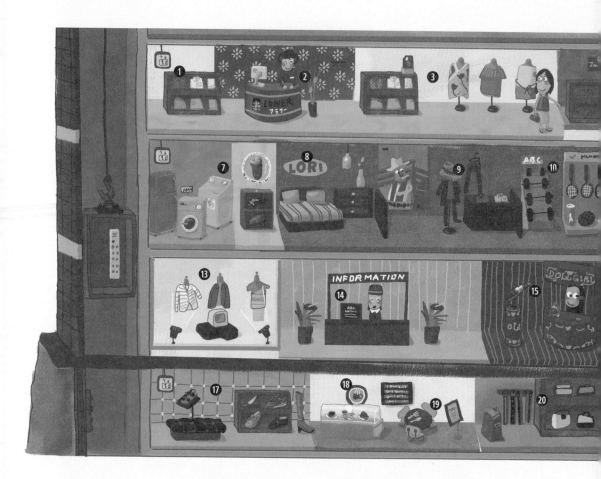

① **la vitrine** [la vitrin] 展示櫃

② **l'employé** [lãplwaje] 店員

③ **les vêtements pour femme**
[le vɛtmã pur fam] 女裝部

④ **les sous-vêtements**
[le su vɛtmã] 內衣部

⑤ **la cabine d'essayage**
[la kabin d ɛsɛjaʒ] 更衣室

⑥ **l'Escalator**
[l ɛskalatɔr] 手扶梯

⑦ **l'électroménager**
[l elɛktrɔmenaʒe] 家電用品部

⑧ **le mobilier**
[lə mɔbilje] 家具部

⑨ **les vêtements pour adolescent**
[le vɛtmã pur adɔlɛsã] 青少年服飾部

⑩ **les articles de sport**
[le zartikl də spɔr] 運動用品部

⑪ **les vêtements pour enfant**
[le vɛtmã pur ãfã] 童裝部

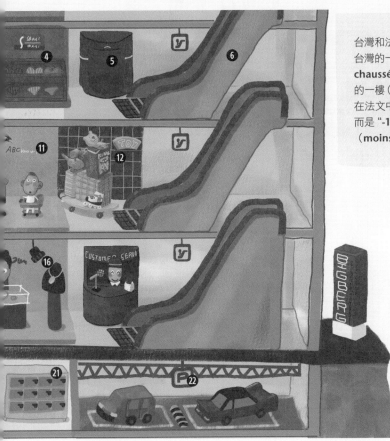

台灣和法國對樓層的概念不同，台灣的一樓是法國的 **le rez-de-chaussée**，而二樓才是法文說的一樓（**le premier étage**）。在法文中，地下樓層不說 **B1**，而是 "**-1（moins un）**"、"**-2（moins deux）**" 等。

le troisième étage
[lə trwazjɛm etaʒ] 四樓

le deuxième étage
[lə døzjɛm etaʒ] 三樓

le premier étage
[lə prəmje etaʒ] 二樓

le rez-de-chaussée
[lə re də ʃose] 一樓

-1, moins un
[mwɛ̃ zɛ̃] 地下室

⑫ **les jouets** [le ʒuɛ] 玩具部

⑬ **les vêtements pour homme**
[le vɛtmɑ̃ pur ɔm] 男裝部

⑭ **le point accueil** [lə pwɛ̃ akœj]
le point informations
[lə pwɛ̃ ɛ̃fɔrmasjɔ̃] 服務台

⑮ **les cosmétiques**
[le kɔsmetik] 化妝品區

⑯ **les bijoux** [le biʒu] 珠寶區

⑰ **les chaussures** [le ʃosyr] 鞋類區

⑱ **l'alimentation**
[l alimɑ̃tasjɔ̃] 食品區

⑲ **la restauration**
[la rɛstorasjɔ̃] 美食街

⑳ **les articles en cuir**
[le zartikl ɑ̃ kɥir] 皮件區

㉑ **la consigne**
[la kɔ̃siɲ] 置物櫃

㉒ **le parking souterrain**
[lə parkiŋ suterɛ̃] 地下停車場

城市

百貨公司

L'hôtel
飯店

① **le portier** [lə pɔrtje] 門僮

② **le comptoir** [lə kɔ̃twar] 櫃台

③ **le réceptionniste**
[lə resɛpsjɔnist] 接待員

④ **la réservation** [la rezɛrvasjɔ̃] 預訂

⑤ **l'enregistrement**
[l ɑ̃rəʒistrəmɑ̃] 住房登記

⑥ **rendre la chambre**
[rɑ̃dr la ʃɑ̃br] 退房

⑦ **le voyage en groupe**
[lə vwajaʒ ɑ̃ grup] 旅行團

⑧ **l'accompagnateur de voyage**
[l akɔ̃paɲatœr də vwajaʒ] 領隊

⑨ **le hall** [lə ol] 大廳

⑩ **le bagagiste** [lə bagaʒist] 行李員

⑪ **le chariot à bagages**
[lə ʃarjo a bagaʒ] 行李推車

⑫ **le service de réveil**
[lə sɛrvis də revɛj] 起床服務

⑬ **la chambre simple**
[la ʃɑ̃br sɛ̃pl] 單人房

⑭ **le lit pour une personne**
[lə li pur yn pɛrsɔn] 單人床

⑮ **le service de chambre**
[lə sɛrvis də ʃɑ̃br] 客房服務

⑯ **le client** [lə kliɑ̃] 房客

在法國的飯店不一定要給小費，除非是入住的飯店真的非常高級，或是服務讓你感動不已，否則基本上是不需要給小費的。

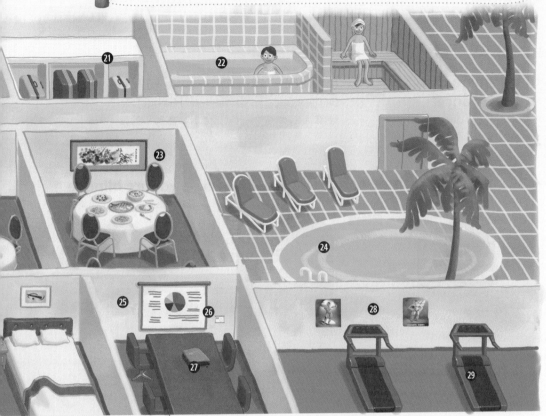

⑰ **le lit pour deux personnes**
[lə li pur dø pɛrsɔn] 雙人床

⑱ **la chambre double**
[la ʃɑ̃br dubl] 雙人房

⑲ **la chambre** [la ʃɑ̃br] 客房

⑳ **le nettoyage de la chambre**
[lə nɛtwajaʒ də la ʃɑ̃br] 客房清理

㉑ **le consigne** [la kɔ̃siɲ] 行李寄存處

㉒ **le jacuzzi** [lə ʒakuzi] 按摩池

㉓ **la salle de buffet**
[la sal də byfɛ] 宴會廳

㉔ **la piscine intérieure**
[la pisin ɛ̃terjœr] 室內游泳池

㉕ **le centre d'affaires**
[lə sɑ̃tr d afɛr] 商務中心

㉖ **l'écran du rétroprojecteur**
[l ekrɑ̃ dy retroprɔʒɛktœr]
投影布幕

㉗ **le rétroprojecteur**
[lə retroprɔʒɛktœr] 投影機

㉘ **le centre de fitness**
[lə sɑ̃tr də fitnɛs] 健身中心

㉙ **le tapis roulant d'exercice**
[lə tapi rulɑ̃ d ɛgzɛrsis] 跑步機

單人床也可以説 **le lit simple**，
雙人床也可以叫 **le lit double**。

La banque
銀行

① **la caméra de surveillance**
[la kamera də syrvɛjɑ̃s]
監視器

② **la pièce**
[la pjɛs]
硬幣

③ **le billet**
[lə bijɛ]
紙鈔；鈔票

④ **le coffre**
[lə kɔfr]
保險箱

⑤ **le coffre-fort**
[lə kɔfr fɔr]
保險櫃

⑥ **la voiture blindée**
[la vwatyr blɛ̃de]
運鈔車

⑦ **la fenêtre du guichet**
[la fənɛtr dy giʃɛ]
窗口

⑧ **le caissier**
[lə kɛsje]
la caissière
[la kɛsjɛr]
出納員(男/女)

⑬ **l'alarme**
[l alarm]
警鈴

⑨ **le retrait**
[lə rətrɛ]
提款

⑭ **le dépôt**
[lə depo]
存款

⑩ **l'échange de devises**
[l eʃɑ̃ʒ də dəviz]
外幣兌換

⑪ **le transfert d'argent**
[lə trɑ̃sfɛr d arʒɑ̃]
匯款

⑫ **ouvrir un compte**
[uvrir ɛ̃ kɔ̃t]
開戶

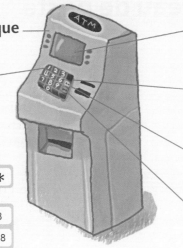

⑮ **le distributeur automatique**
[lə distribytœr ɔtɔmatik]
自動提款機

⑯ **la touche**
[la tuʃ]
按鍵

⑰ **le mot de passe**
[lə mo də pɑs]
密碼

```
********
```

⑱ **le virement**
[lə virmɑ̃]
轉帳

```
185540064078
$ 888, 888, 888
```

⑲ **l'écran**
[l ekrɑ̃]
螢幕

⑳ **annuler**
[anyle]
取消

㉑ **correction**
[kɔrɛksjɔ̃]
更正

㉒ **valider**
[valide]
確認

㉓ **le mandat**
[lə mɑ̃da]
匯票

㉔ **le chèque**
[lə ʃɛk]
支票

㉕ **le chèque-voyage**
[lə ʃɛk vwajaʒ]
旅行支票

㉖ **le tampon**
[lə tɑ̃pɔ̃]
印章

❶ 在法文中，**pièce d'identité**(證件) 泛指護照、身分證、駕照等能證明個人身份的文件。

❷ 「國際帳號」**l'IBAN** 其實是英文 "**International Bank Account Number**" 的縮寫。而「銀行帳戶」, **le RIB**, 則是 **le Relevé d'Identité Bancaire**。

㉗ **le livret bancaire**
[lə livrɛ bɑ̃kɛr]
存摺

㉘ **le numéro de compte**
[lə nymero də kɔ̃t]
帳號

㉙ **le titulaire du compte**
[lə titylɛr dy kɔ̃t]
戶名

㉚ **la carte de retrait**
[la kart də rətrɛ]
提款卡

㉛ **la carte de paiement**
[la kart də pɛmɑ̃]
信用卡

㉜ **la pièce d'identité**
[la pjɛs d idɑ̃tite]
身分證

㉝ **la signature**
[la siɲatyr]
簽名

㉞ **le taux de change**
[lə to də ʃɑ̃ʒ]
匯率

USD	33.400	33.940	34.440
JPY	28.440	28.740	29.340
EUR	45.520	45.770	46.620
TWD	0.840	—	1.150

城市

銀行

Le bureau de poste
郵局

① **le facteur**
[lə faktœr]
郵差

② **la lettre en recommandé**
[la lɛtr ɑ̃ rəkɔmɑ̃de]
掛號信

③ **la boîte aux lettres**
[la bwat o lɛtr]
郵筒

④ **le colis**
[lə kɔli]
包裹

⑤ **la lettre ordinaire**
[la lɛtr ɔrdinɛr]
平信

⑥ **le courrier express**
[lə kurje ɛksprɛs]
快捷郵件

⑦ **la livraison express**
[la livrɛzɔ̃ ɛksprɛs]
快遞

⑧ **le cachet de la poste**
[lə kaʃɛ də la pɔst]
郵戳

⑨ **le timbre**
[lə tɛ̃br]
郵票

⑩ **le courrier aérien**
[lə kurje aerjɛ̃]
航空信

⑬ **l'adresse de l'expéditeur**
[l adrɛs də l ekspeditœr]
寄件人地址

⑪ **l'expéditeur**
[l ekspeditœr]
寄件人

⑫ **la lettre**
[la lɛtr]
信件

⑭ **l'enveloppe**
[l ɑ̃vlɔp]
信封

⑮ **le code postal**
[lə kɔd pɔstal]
郵遞區號

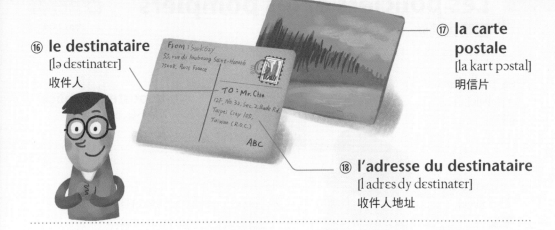

⑯ **le destinataire**
[lə dɛstinatɛr]
收件人

⑰ **la carte postale**
[la kart pɔstal]
明信片

⑱ **l'adresse du destinataire**
[l adrɛs dy dɛstinatɛr]
收件人地址

⑲ **le Chronopost**
[lə krɔnɔpɔst]
限時郵件

⑳ **la carte**
[la kart]
卡片

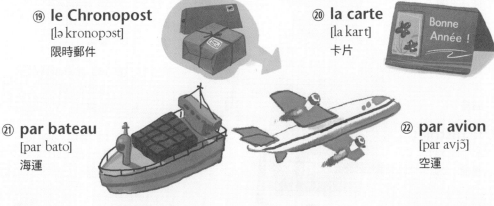

㉑ **par bateau**
[par bato]
海運

㉒ **par avion**
[par avjɔ̃]
空運

㉓ **la boîte postale**
[la bwat pɔstal]
郵政信箱

㉔ **la balance**
[la balɑ̃s]
磅秤

㉕ **la voiture postale**
[la vwatyr pɔstal]
郵務車

㉖ **la radio**
[la radjo]
廣播

㉗ **le mail**
[lə mɛjl]
電子郵件

㉘ **le sms** [lə ɛsɛmɛs]
le texto [lə tɛksto]
簡訊

電子郵件的正式名稱是 **le courrier électronique**，但口語上說 **le mail** 就可以了。

郵局

Les policiers et les pompiers

警察與消防

單字朗讀
Mp3 Track 73

les policiers
[lə pɔlisje]
警察

① **le poste de police**
[lə pɔst də pɔlis]
警察局

② **le policier**
[lə pɔlisje]
警察

⑥ **le sifflet**
[lə siflɛ]
口哨

③ **le képi**
[lə kepi]
警帽

⑦ **le badge**
[lə badʒ]
警徽

④ **le brassard**
[lə brasar]
臂章

⑧ **les menottes**
[le mənɔt]
手銬

⑤ **le pistolet**
[lə pistɔlɛ]
手槍

⑨ **la matraque**
[la matrak]
警棍

⑩ **le policier en civil**
[lə pɔlisje ɑ̃ sivil]
便衣警察

⑪ **l'agent de circulation**
[l aʒɑ̃ də sirkylasjɔ̃]
交通警察

⑫ **la patrouille**
[la patruj]
巡警

⑬ **le voleur**
[lə vɔlœr]
小偷

⑭ **le bandit**
[lə bɑ̃di]
強盜

⑮ **faire une déposition**
[fɛr yn depɔsisjɔ̃]
做筆錄

在法國有兩種「警察」，一是「警察（policiers）」，一是「憲兵（gendarmes）」。兩者的工作其實很相似，只是掌管的事情稍有不同。簡單來說，police 屬內政部，執勤的區域在城市裡。而 gendarmes 屬國防部，他們通常在鄉下或在兩個城市間，法國約有一半的人口受其管轄。

⑯ **le chien policier**
[lə ʃjɛ̃ pɔlisie]
警犬

⑰ **le motard**
[lə mɔtar]
警用摩托車

⑱ **porter plainte**
[pɔrte plɛ̃t]
報警

⑲ **la voiture de police**
[la vwatyr də pɔlis]
警車

⑳ **la sirène**
[la sirɛn]
警笛

les pompiers
[le pɔ̃pje]
消防

㉑ **la caserne de pompiers**
[la kasɛrn də pɔ̃pje]
消防局

㉒ **l'échelle aérienne**
[l eʃɛl aerjɛn]
雲梯

㉓ **le camion de pompiers**
[lə kamjɔ̃ də pɔ̃pje]
消防車

㉔ **l'extincteur**
[l ɛkstɛ̃ktœr]
滅火器

㉕ **l'alarme incendie**
[l alarm ɛ̃sɑ̃di]
警鈴

㉖ **le pompier**
[lə pɔ̃pje]

le sapeur-pompier
[lə sapœr pɔ̃pje]
消防員

㉗ **le tuyau**
[lə tɥjo]
水管

城市

警察與消防

179

我們擁有同一個地址

在法國，我們和陌生人擁有同一個地址，這些熟悉的陌生人不是別人，是住在同一棟樓的鄰居們。

即使城市裡的街道、巷弄十分複雜，法國的地址卻是相當簡略。除了必備的城市名、郵遞區號外，只有路名跟門牌號碼，並不標明樓層或房號。所以同一扇大門的背後，就算並列了幾棟公寓，也只有一個地址。那麼郵差如何送信呢？通常大門入口旁設有全部住戶的信箱，郵差只需找到有該收件人姓名的信箱即可。正因如此，投錯信箱的事情時有所聞，普通郵件遺失的機率很高。尤其是公寓的房間並不一定標明房號或住戶的姓氏，如果需要寄送包裹的時候，郵差只能先按對講機，確認住戶的樓層跟房間的位置後再送。萬一收件人不在，則會在信箱留下通知單，讓收件人直接到郵局領取。有些不想白跑一趟的郵差，會直接請鄰居代收。至於沒有對講機的公寓，就只能摸摸鼻子自己去郵局領取。

因此，郵件一旦遺失，追查起來就有相當的難度。在系統上登錄為已送達的信件，我們無法確定它到底是還在郵局倉庫的某處，還是在某位不知名人士的信箱，又或者是正在樓上鄰居的手裡。

到郵局辦事又是另一回事，法國人的「慢」是出了名的，尤其是任何坐在櫃台後面或窗口裡面的人。在法國，面對問題的處理方法只有一句話：「急不得。」這跟法國人不動如山的工作態度有關，在郵局最常出現的場景就是，櫃台前已大排長龍了，職員們還是不疾不徐地處理手邊的工作，慢慢地為郵件秤重、確認郵資，中間夾雜著跟同事的抬槓，或跟民眾開開玩笑，完全無視後頭急得跳腳的人，

不過，大多數的法國人早已習慣這樣的模式，還是默默地排隊等著。

Section 8

L'école

學校

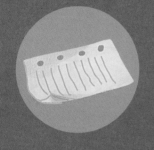
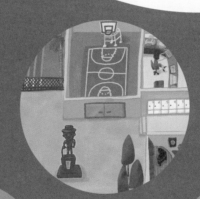

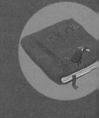

L'éducation scolaire
學校教育

l'école : **l'éducation**
[l ekɔl] : [l edykasjɔ̃]
學校 : 教育

① **l'école primaire**
[l ekɔl primɛr] 小學

② **le directeur de l'école**
[lə dirɛktœr də l ekɔl] 校長

③ **sortir de l'école**
[sɔrtir də l ekɔl] 放學

④ **l'école maternelle**
[l ekɔl matɛrnɛl] 幼稚園

⑤ **la crèche**
[la krɛʃ] 托兒所

⑥ **aller à l'école**
[ale a l ekɔl] 上學

⑦ **la cour de récréation**
[la kur dərekreasjɔ̃] 遊樂場

⑧ **la rentrée**
[la rɑ̃tre] 開學

⑨ **le lycée**
[lə lise] 高中

⑩ **la fin du cours**
[la fɛ̃ dy kyr] 下課

⑪ **l'école privée**
[l ekɔl prive] 私立學校

⑫ **le collège**
[lə kɔlɛʒ] 國中

⑬ **le transfert de scolarité**
[lə trɑ̃sfɛr də skɔlarite] 轉學

⑭ **l'ancien élève** [l ɑ̃sjɛn elɛv] 校友

⑮ **l'école publique**
[l ekɔl pyblik] 公立學校

⑯ **le/la camarade**
[lə /la kamarad] 同學

⑰ **la pause de midi** [la poz də midi] 午休

⑱ **la grande école**
[la grɑ̃d ekɔl] 高等學院

⑲ **l'institut** [l ɛ̃stity] 研究所

20 **la division de la formation continue**
[la divizjɔ̃ də la fɔrmasjɔ̃ kɔ̃tiny]
進修推廣部

21 **la licence** [la lisɑ̃s] 學士

22 **le master** [lə mastœr] 碩士

23 **le doctorat** [lə dɔktɔra] 博士

24 **le doyen** [lə dwajɛ̃] 院長

25 **le directeur du département**
[lə dirɛktœr dy departəmɑ̃] 系主任

26 **le chercheur** [lə ʃɛrʃœr] 學者

27 **l'université** [l ynivɛrsite]
la faculté [la fakylte]
la fac [la fak]
大學

28 **la classe de bachotage**
[la klas də baʃɔtaʒ]
補習班

29 **être en cours**
[ɛtr ɑ̃ kur] 上課

Le campus
校園

① **le stade** [lə stad] 操場

② **la piste d'athlétisme**
[la pist d atletism] 跑道

③ **le terrain de basket**
[lə tɛrɛ̃ də baskɛt] 籃球場

④ **la statue** [la staty] 雕像

⑤ **la porte de l'école**
[la pɔrt də l ekɔl] 校門

⑥ **le tableau d'affichage**
[lə tablo d afiʃaʒ] 布告欄

⑦ **le bureau** [lə byro] 辦公室

⑧ **le bureau du directeur**
[lə byro dy dirɛktœr] 校長室

⑨ **le casier** [lə kazje] 置物櫃

⑩ **l'auditorium** [l oditɔriɔm] 禮堂

⑪ **le gymnase** [lə ʒymnaz] 體育館

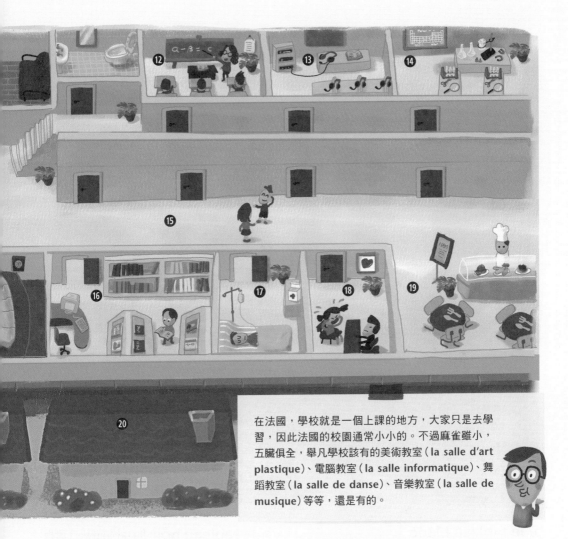

在法國，學校就是一個上課的地方，大家只是去學習，因此法國的校園通常小小的。不過麻雀雖小，五臟俱全，舉凡學校該有的美術教室（**la salle d'art plastique**）、電腦教室（**la salle informatique**）、舞蹈教室（**la salle de danse**）、音樂教室（**la salle de musique**）等等，還是有的。

⑫ **la salle de classe**
[la sal də klas] 教室

⑬ **la maison des langues**
[la mɛzɔ̃ de lɑ̃g] 語言教室

⑭ **le laboratoire (de chimie)**
[lə labɔratwar (də ʃimi)] （化學)實驗室

⑮ **le couloir** [lə kulwar] 走廊

⑯ **la bibliothèque** [la biblijɔtɛk] 圖書館

⑰ **l'infirmerie**
[l ɛ̃firməri] 保健室

⑱ **le bureau du conseiller d'orientation**
[lə byro dy kɔ̃sɛje d ɔriɑ̃tasjɔ̃] 輔導室

⑲ **la cafétéria**
[la kafetarja] 學校餐廳

⑳ **le dortoir** [lə dɔrtwar] 宿舍

校園

學校

185

La salle de classe
教室

① **le tableau blanc**
[lə tablo blɑ̃] 白板

② **le feutre pour tableau blanc**
[lə fœtr pyr tablo blɛ̃] 白板筆

③ **l'aimant**
[l ɛmɑ̃] 磁鐵

④ **le porte bloc-notes**
[lə pɔrt blɔk nɔt] 板夾

⑤ **la feuille** [la fœj] 紙

⑥ **le tableau noir** [lə tablo nwar] 黑板

⑦ **la craie** [la krɛ] 粉筆

⑧ **l'éponge** [l epɔ̃ʒ] 板擦

⑨ **l'estrade** [l ɛstrad] 講台

⑩ **la boîte à crayons**
[la bwat a krɛjɔ̃] 鉛筆盒

⑪ **la gomme** [la gɔm] 橡皮擦

⑫ **le sous-main** [lə su mɛ̃] 墊板

在法國的教室中，標語或是教室布置並不常見。不過在具宗教性的私立學校中，會有一些跟宗教有關的東西，像是十字架、耶穌聖像等。

在小學時，跟台灣一樣，學生有「班」。同一班的學生會在同一個教室上不同的課。但是到了國中以後，學生跟老師都會換教室上課。當然，如果需要特別設備的課，通常老師會在同一個教室上課。

⑬ **l'emploi du temps**
[l ɑ̃plwa dy tɑ̃] 功課表

⑭ **le globe**
[lə glɔb] 地球儀

⑮ **le marque-page**
[lə mark paʒ] 書籤

⑯ **l'étagère** [l etaʒɛr] 書架

⑰ **le livre**
[lə livr] 書

⑱ **le pupitre**
[lə pypitr] 講桌

⑲ **la trousse**
[la trus] 筆袋

⑳ **le manuel**
[lə manyɛl] 教科書；課本

㉑ **la carte** [la kart] 地圖

㉒ **la devise nationale**
[la dəviz nasjɔnal] 標語

La bibliothèque
圖書館

① **le bureau des emprunts**
[lə byro de zɑ̃prɛ] 借書處

② **emprunter un livre**
[ɑ̃prɛ̃te ɛ̃ livr] 借書

③ **la carte de bibliothèque**
[la kart də bibliɔtɛk] 借書證

④ **prolonger le prêt**
[prɔlɔ̃ʒe lə prɛ] 續借

⑤ **le bureau des retours**
[lə byro de rətur] 還書處

⑥ **rendre un livre**
[rɑ̃dr ɛ̃ livr] 還書

⑦ **le titre** [lə titr] 書名

⑧ **l'auteur** [l otœr] 作者

⑨ **l'éditeur**
[l editœr] 出版社

⑩ **expirer** [ɛkspire] 過期

⑪ **rechercher**
[rəʃɛrʃe] 檢索

⑫ **les ouvrages en langue étrangère**
[le zuvraʒ ɑ̃ lɑ̃g etrɑ̃ʒɛr] 外文書

⑬ **les ouvrages de référence**
[le zuvraʒ də referɑ̃s] 工具書

⑭ **la photocopieuse**
[la fɔtɔkɔpjøz] 影印機

⑮ **la salle de photocopies**
[la sal də fɔtɔkɔpi] 影印室

⑯ **la salle de lecture**
[la sal də lɛktyr] 閱覽室

⑰ **le dictionnaire**
[lə diksjɔnɛr] 字典

⑱ **l'encyclopédie**
[l ɑ̃siklɔpedi] 百科全書

⑲ **la thèse** [la tɛz] 博士論文

⑳ **le mémoire**
[lə memwar] 碩士論文

㉑ **les livres illustrés**
[le livr ilystre] 畫冊

隨著載具及科技的進步，資料數位化是現今的趨勢。隨之衍生的有電子報(la newsletter)、電子書(le livre numérique)，當然也有電子期刊(la revue numérique)和電子論文(la thèse numérique)。

㉒ **les livres rares**
[le livr rar] 珍本部

㉓ **l'employé de la bibliothèque**
[l ɛ̃plwaje də la bibliotek] 圖書管理員

㉔ **le roman** [lə rɔmɑ̃] 小說

㉕ **la revue** [la rəvy] 期刊

㉖ **le magazine** [lə magazin] 雜誌

㉗ **le journal** [lə ʒurnal] 報紙

㉘ **le scanner** [lə skanɛr] 掃描機

㉙ **la couverture** [la kuvɛrtyr] 封面

㉚ **la cote du livre**
[la kɔt dy livr] 書背

㉛ **la quatrième de couverture**
[la katriɛm də kuvɛrtyr] 封底

㉜ **perdre** [pɛrdr] 遺失

㉝ **la pellicule en bobine**
[la pɛlikyl ɑ̃ bɔbin] 縮微捲片

Le cours
課程

單字朗讀
Mp3 Track 78

la matière
[la matjɛr]
科目

① **le français**
[lə frɑ̃sɛ]
法語

② **la langue étrangère**
[la lɑ̃g etrɑ̃ʒɛr]
外語

③ **le chinois**
[lə ʃinwa]
中文

④ **l'anglais**
[l ɑ̃glɛ]
英語

⑤ **le japonais**
[lə ʒapɔnɛ]
日語

⑥ **l'espagnol**
[l ɛspaɲɔl]
西班牙語

⑦ **l'allemand**
[l almɑ̃]
德語

⑧ **l'italien**
[l italjɛ̃]
義大利語

⑨ **la linguistique**
[la lɛ̃gɥistik]
語言學

⑩ **la philosophie**
[la filɔzɔfi]
哲學

⑪ **la littérature**
[la literatyr]
文學

⑫ **la géographie**
[la ʒeɔgrafi]
地理

⑬ **l'histoire**
[l istwar]
歷史

⑭ **les mathématiques**
[le matematik]
數學

⑮ **l'économie**
[l ekɔnɔmi]
經濟學

⑯ **les études commerciales**
[le zetyd kɔmɛrsjal]
企業概論

⑰ **l'ingénierie**
[l ɛ̃ʒeniri]
工程

⑱ **l'architecture**
[l arʃitɛktyr]
建築

⑲ **la science**
[la sjɑ̃s]
科學

⑳ **l'astronomie**
[l astrɔnɔmi]
天文

㉑ **la physique**
[la fizik]
物理

㉒ **la chimie**
[la ʃimi]
化學

㉓ **la biologie**
[la bjɔlɔʒi]
生物

㉔ **la médecine**
[la medsin]
醫學

㉕ **le droit**
[lə drwa]
法律

㉖ **le design**
[lə dizajn]
設計

㉗ **les sciences politiques**
[le sjɑ̃s pɔlitik]
政治學

㉘ **la sociologie**
[la sɔsjɔlɔʒi]
社會學

㉙ **l'agriculture**
[l agrikyltyr]
農學

㉚ **la musique**
[la myzik]
音樂

㉛ **le sport**
[lə spɔr]
體育

㉜ **l'art**
[l ar]
藝術

㉝ **l'anthropologie**
[l ɑ̃trɔpɔlɔʒi]
人類學

㉞ **les sciences de l'information**
[le sjɑ̃s də l ɛ̃fɔrmasjɔ̃]
資訊

㉟ **la gestion**
[la ʒɛstjɔ̃]
管理

㊱ **l'archéologie**
[l arkeɔlɔʒi]
考古學

㊲ **les sciences de la communication**
[le sjɑ̃s də la kɔmynikasjɔ̃]
傳播

㊳ **les sciences de l'éducation**
[le siɑ̃s də l edykasjɔ̃]
教育

課程

學校

La vie dans le campus

校園生活

單字朗讀
Mp3 Track 79

① **l'année scolaire** [l ane skɔlɛr] 學年

② **le semestre** [lə səmɛstr] (六個月)學期

③ **le trimestre** [lə trimɛstr] (三個月)學期

④ **le devoir** [lə dəvwar] 作業

⑤ **la composition** [la kɔ̃pozisjɔ̃] 作文

⑥ **l'examen** [l ɛgzamɛ̃] 考試

⑦ **l'examen oral** [l ɛgzamɛ̃ ɔral] 口試

⑧ **l'examen écrit** [l ɛgzamɛ̃ ekri] 筆試

⑨ **la dictée** [la dikte] 聽寫

⑩ **l'examen surprise** [l ɛgzamɛ̃ syrpriz] 小考

⑪ **le contrôle continu** [lə kɔ̃trol kɔ̃tiny] 月考

⑫ **l'examen de mi-semestre** [l ɛgzamɛ̃ də mi səmɛstr] 期中考試

⑬ **l'examen de fin semestre** [l ɛgzamɛ̃ də fɛ̃ səmɛstr] 期末考試

⑭ **le brevet des collèges** [lə brəvɛ de kɔlɛʒ] 中學畢業會考

⑮ **le baccalauréat** [lə bakalorea] **le bac** [lə bak] 高考(大學考試)

⑯ **l'exposé** [l ɛkspoze] 口頭報告

⑰ **le groupe de discussion** [lə grup də diskysjɔ̃] 小組討論

⑱ **tricher** [triʃe] 作弊

⑲ **la note** [la nɔt] 成績

⑳ **le carnet de notes** [lə karnɛ də nɔt] 成績單

㉑ **la publication des résultats** [la pyblikasjɔ̃ de rezylta] 放榜

㉒ **réussi** [reysi] 及格

㉓ **échoué** [eʃue] 不及格

㉔ **redoubler** [rəduble] 留級

㉕ **rattraper** [ratrape] 補考

㉖ **abandonner** [abɑ̃dɔne] 退學

㉗ **la bourse** [la burs] 獎學金

㉘ **l'examen d'entrée**
[l ɛgzamɛ̃ d ɑ̃tre] 入學考試

㉙ **l'inscription**
[l ɛ̃skripsjɔ̃] 申請

㉚ **les activités extra-scolaires**
[le zaktivite ɛkstra skɔlɛr] 課外活動

㉛ **choisir les cours**
[ʃwazir le kur] 選課

㉜ **le crédit** [lə kredi] 學分

在法國，國立的國中與高中都是以三個月為一學期。每個 trimestre，學校發給學生成績單。

㉝ **demander une absence**
[dəmɑ̃de yn absɑ̃s] 請假

㉞ **avoir un petit boulot**
[avwar ɛ̃ pəti bulo]
un job étudiant
[ɛ̃ dʒɔb etydjɑ̃] 打工

㉟ **être diplômé**
[ɛtr diplome] 畢業

㊱ **le diplôme** [lə diplom] 畢業證書

㊲ **la majeure** [la maʒœr] 主修

㊳ **la mineure** [la minœr] 選修

㊴ **faire l'appel** [fɛr l apɛl] 點名

校園生活

學校

La papeterie
文具

① **le trombone**
[lə trɔ̃bɔn]
迴紋針

② **la punaise**
[la pynɛz]
圖釘

③ **la colle**
[la kɔl]
膠水

④ **le pinceau**
[lə pɛ̃so]
毛筆

⑤ **le stylo plume**
[lə stilo plym]
鋼筆

⑥ **le stylo bille**
[lə stilo bij]
原子筆

⑦ **le crayon à papier**
[lə krɛjɔ̃ a papje]
鉛筆

⑧ **le portemine**
[lə pɔrtmin]
自動鉛筆

⑨ **la mine**
[la min]
筆芯
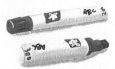

⑩ **la craie grasse**
[la krɛ grɑs]
蠟筆

⑪ **le crayon de couleur**
[lə krɛjɔ̃ də kulœr]
彩色筆

⑫ **le marqueur**
[lə markœr]
麥克筆

⑬ **le surligneur**
[lə syrliɲœr]
螢光筆

⑭ **le porte-crayons**
[lə pɔrt krɛjɔ̃]
筆筒

⑮ **le cutter**
[lə kytɛr]
美工刀

⑯ **l'encre**
[l ɑ̃kr]
墨水

⑰ **les ciseaux**
[le sizo]
剪刀

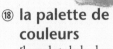

⑱ **la palette de couleurs**
[la palɛt də kulœr]
調色盤

⑲ **le pigment**
[lə pigmɑ̃]
顏料

⑳ **le taille-crayon**
[lə taj krɛjɔ̃]
削鉛筆機

㉑ **le scotch**
[lə skɔtʃ]
le ruban adhésif
[lə rybɑ̃ adezif]
膠帶

㉒ **le scotch à double face**
[lə skɔtʃ a dublə fas]
雙面膠帶

㉓ **l'agrafeuse**
[l agraføz]
釘書機

㉔ **la règle**
[la rɛgl]
尺

㉕ **le feuillet mobile**
[lə fœjɛ mɔbil]
活頁紙

㉖ **le compas**
[lə kɔ̃pa]
圓規

㉗ **l'autocollant**
[l otɔkɔlɑ̃]
貼紙

㉘ **le correcteur liquide**
[lə kɔrɛktœr likid]
修正液

㉙ **la perforatrice**
[la pɛrfɔratris]
打洞機

㉚ **le bloc-notes**
[lə blɔk nɔt]
筆記本

㉜ **le post-it**
[lə pɔst it]
便利貼

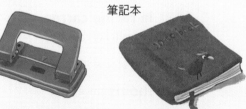

㉛ **le classeur**
[lə klasœr]
文件夾

㉝ **le papier à lettres**
[lə papje a lɛtr]
便條紙

Les formes géométriques et les symboles

形狀與符號

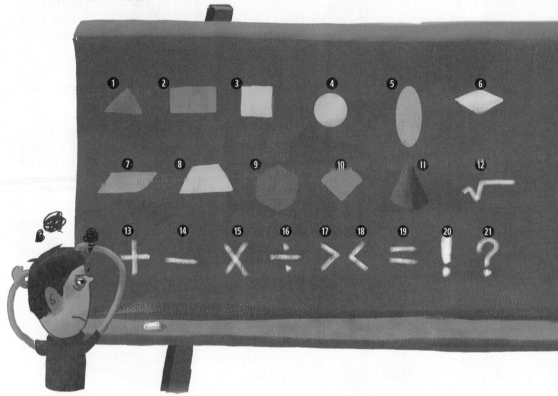

① **le triangle** [lə triãgl] 三角形

② **le rectangle** [lə rɛktãgl] 長方形

③ **le carré** [lə kɑre] 正方形

④ **le cercle** [lə sɛrkl] 圓形

⑤ **l'ovale** [l ɔval] 橢圓形

⑥ **le losange** [lə lɔzãʒ] 菱形

⑦ **le parallélogramme** [lə paralelɔgram] 平行四邊形

⑧ **le trapèze** [lə trapɛz] 梯形

⑨ **le polygone** [lə pɔligɔn] 多角形

⑩ **le secteur circulaire** [lə sɛktœr sirkylɛr] 扇形

⑪ **le cône** [lə kon] 圓錐體

⑫ **la racine carrée** [la rasin kɑre] 平方根

⑬ **plus** [plys] 加號

⑭ **moins** [mwɛ̃] 減號

⑮ **multiplier** [myltiplije] 乘號

⑯ **diviser** [divize] 除號

⑰ **supérieur à** [syperjœr a] 大於號

⑱ **inférieur à** [inferjœr a] 小於號

les formes géométriques
[le fɔrm ʒeɔmetrik]
形狀

les symboles
[le sɛ̃bɔl]
符號

⑲ **égal** [egal] 等號

⑳ **le point d'exclamation**
[lə pwɛ̃ d ɛksklamasjɔ̃] 驚嘆號

㉑ **le point d'interrogation**
[lə pwɛ̃ d ɛ̃tɛrɔgasjɔ̃] 問號

㉒ **les parenthèses**
[le parɑ̃tɛz] 小括號

㉓ **les crochets** [le krɔʃɛ] 方括號

㉔ **les accolades** [le zakɔlad] 大括號

㉕ **le point** [lə pwɛ̃] 句號

㉖ **la virgule** [la virgyl] 逗號

㉗ **le tiret** [lə tirɛ] 破折號

㉘ **le trait d'union** [lə trɛ d ynjɔ̃] 連字號

㉙ **les deux points** [le dø pwɛ̃] 冒號

㉚ **le point-virgule** [lə pwɛ̃ virgyl] 分號

㉛ **les guillemets** [le gijmɛ] 引號

㉜ **les points de suspension**
[le pwɛ̃ də syspɑ̃sjɔ̃] 省略號

㉝ **la slash gauche**
[la slaʃ goʃ] 左斜線

㉞ **la slash droit**
[la slaʃ drwa] 右斜線

㉟ **l'arobase** [l arɔbaz] 小老鼠

㊱ **dièse** [diɛz] 井號

形狀與符號

學校

197

法國的教育制度

法國的義務教育從小學 (école primaire) 開始，不過大部分的孩子滿三歲以後就去上幼稚園 (école maternelle)。小學一共有五個年級，從六歲到十一歲。這個階段的孩童，一週只上四天課，課後時間較長，因此部份家庭會聘請保姆負責接送及陪伴。除此之外也讓小孩學習才藝，但重點在興趣的培養，所以多為音樂類、運動類，或是語言類。

義務教育一直到十六歲，包含國中 (collège) 四年以及高中 (lycée) 第一年。國中最後一年必須參加會考 (brevet)，取得正式文憑之後，才有資格進入高中。高中從十五歲到十八歲，共有三年。為了進入下一階段的高等教育，高中結束時必須通過業士文憑考試 (baccalauréat，又稱為 bac)，憑著考試的成績分發到大學就讀。這也是非常受矚目的考試，特別是哲學科，考題以申論題為主，學生要憑三年來的邏輯思考訓練來作答。每年題目公佈後，報紙總邀請各方作家、哲學家來分析討論一番。

高等教育主要分成三個系統：學院 (école)、大學 (université) 跟高等學院 (grand école)。學院與大學都是三年制，但學院偏重實務的課程，如美術學院等；大學則重視理論研究。兩者畢業後都可再進修兩年的碩士，如想繼續從事研究工作，還可申請進入博士班。

至於高等學院系統，在通過業士文憑考試後，得先就讀兩年的高等學院預備班，在修業完成後參加各個學校所舉辦的聯合入學考試，再依照成績分發入學。高等學院畢業後的文憑等同於大學系統的碩士班，想繼續從事研究工作者，可選擇進入博士班。

Section 9

La santé

健康

Les maladies
疾病

單字朗讀
Mp3 Track 82

être malade
[εtr malad]
生病

tomber malade
[tɔ̃be malad]
生病了

① être enrhumé
[εtr ɑ̃ryme]
感冒

② avoir de la fièvre
[avwar də la fjεvr]
發燒

③ avoir le nez qui coule
[avwar lə ne ki kul]
流鼻涕

④ tousser
[tuse]
咳嗽

⑤ éternuer
[etεrnye]
打噴嚏

⑥ avoir mal à la tête
[avwar mal a la tεt]
頭痛

⑦ avoir des vertiges
[avwar de vεrtiʒ]
頭暈

⑧ se sentir faible
[sə sɑ̃tir fεbl]
全身無力

⑨ avoir le nez bouché
[avwar lə ne buʃe]
鼻塞

⑩ avoir mal à la gorge
[avwar mal a la gɔrʒ]
喉嚨痛

⑪ avoir mal au ventre
[avwar mal o vɑ̃tr]
肚子痛

⑫ avoir la diarrhée
[avwar la djare]
拉肚子

⑬ avoir des picotements
[avwar de pikɔtmɑ̃]
發癢

⑭ avoir des nausées
[avwar de noze]
噁心

⑮ vomir
[vɔmir]
嘔吐

⑯ être allergique
[εtr alεrʒik]
過敏

⑰ **l'inflammation**
[l ɛ̃flamasjɔ̃]
發炎

⑱ **l'ampoule**
[l ɑ̃pul]
水泡

⑲ **l'éruption**
[l erypsjɔ̃]
疹子

有一些不屬於疾病，算身心障礙(handicapé)的，例如：耳聾(sourd)、啞巴(muet)、失明(aveugle)。

⑳ **rouge et enflé**
[ruʒ e ɑ̃fle]
紅腫

㉑ **saigner**
[sɛɲe]
流血

㉒ **saigner du nez**
[sɛɲe dy ne]
流鼻血

㉓ **la contusion**
[la kɔ̃tysjɔ̃]
瘀血

㉔ **la fracture**
[la fraktyr]
骨折

㉕ **l'orgelet**
[l ɔrʒəlɛ]
針眼

㉖ **la carie dentaire**
[la kari dɑ̃tɛr]
蛀牙

㉗ **l'hyperthermie**
[l ipɛrtɛrmi]
中暑

㉘ **l'hypertension**
[l ipɛrtɑ̃sjɔ̃]
高血壓

㉙ **la maladie cardiovasculaire**
[la maladi kardiovaskylɛr]
心臟病

㉚ **le cancer**
[lə kɑ̃sɛr]
癌症

㉛ **la luxation**
[la lykasjɔ̃]
脫臼

㉜ **l'entorse**
[l ɑ̃tɔrs]
扭傷

㉝ **la brûlure**
[la brylyr]
燙傷

㉞ **la coupure**
[la kupyr]
割傷

L'hôpital
醫院

① **l'ambulance**
[l ãbylãs] 救護車

② **la chambre d'hôpital**
[la ʃãbr d opital] 病房

③ **le médecin** [lə medəsɛ̃] 醫生

④ **le patient** [lə pasjã] 病人

⑤ **l'oto-rhino-laryngologie**
[l ɔtɔ rinɔ larɛ̃gɔlɔʒi] 耳鼻喉科

⑥ **l'ORL** [l ɔɛrɛl] 耳鼻喉科醫生

⑦ **le kinésithérapeute**
[lə kineziterapœt] 物理治療師

⑧ **la salle d'opération**
[la sal d ɔperɑsjɔ̃] 手術室

⑨ **l'unité de soins intensifs**
[l ynite də swɛ̃ ɛ̃tãsif] 加護病房

⑩ **la médecine dentaire**
[la medsin dãtɛr] 牙科

⑪ **le dentiste** [lə dãtist] 牙科醫生

⑫ **la pédiatrie** [la pedjatri] 小兒科

⑬ **le pédiatre** [lə pedjatr] 小兒科醫生

⑭ **la gynécologie-obstétrique**
[la ʒinekɔlɔʒi ɔbstetrik] 婦產科

⑮ **l'obstétricien** [l ɔbstetrisjɛ̃] 婦產科醫生

⑯ **l'ophtalmologie** [l ɔftalmɔlɔʒi] 眼科

⑰ **l'ophtalmologue**
[l ɔftalmɔlɔg] 眼科醫生

❶ 法國的醫院並沒有領藥處，如果醫生開藥的話，通常是看診後醫生或是護士直接
給藥，或是讓病人自行到藥局購買。

❷ 婦產科又分為婦科(**la gynécologie**)與產科(**la maternité**)。

⑱ **la médecine interne**
[la medsin ɛ̃tɛrn] 內科

⑲ **le médecin interne**
[lə medsɛ̃ ɛ̃tɛrn] 內科醫生

⑳ **le service de chirurgie**
[lə sɛrvis də ʃiryrʒi] 外科

㉑ **le chirurgien** [lə ʃiryrʒjɛ̃] 外科醫生

㉒ **l'infirmier spécialiste**
[l ɛ̃firmje spesjalist] 護理師

㉓ **l'infirmerie** [l ɛ̃firməri] 護理站

㉔ **l'infirmier** [l ɛ̃firmje]
l'infirmière [l ɛ̃firmjɛr] 護士(男/女)

㉕ **les béquilles** [le bekij] 拐杖

㉖ **le déambulateur**
[lə deɑ̃bylatœr] 步行器

㉗ **le fauteuil roulant** [lə fotœj rulɑ̃] 輪椅

㉘ **le guichet d'inscription**
[lə giʃe d ɛ̃skripsjɔ̃] 掛號處

㉙ **le dossier médical**
[lə dɔsje medikal] 病歷表

㉚ **la salle d'attente** [la sal d atɑ̃t] 候診室

㉛ **la salle d'urgences**
[la sal d yrʒɑ̃s] 急診室

㉜ **le brancard** [lə brɑ̃kar] 擔架

㉝ **le lit d'hôpital** [lə li d opital] 推床

㉞ **les urgences** [le zyrʒɑ̃s] 急診

Les soins médicaux et les services hospitaliers

醫療照顧與醫療服務

單字朗讀
Mp3 Track 84

① **prendre un numéro**
[prɑ̃dr ɛ̃ nymero]
掛號

② **remplir les informations**
[rɑ̃plir le zɛ̃fɔrmasjɔ̃]
填資料

③ **le numéro**
[lə nymero]
號碼牌

④ **passer un examen médical**
[pase ɛ̃ nɛgzamɛ̃ medikal]
問診

⑤ **consulter un médecin**
[kɔ̃sylte ɛ̃ medsɛ̃]
看病

⑥ **prendre le poids**
[prɑ̃dr lə pwa]
se peser
[sə pəse]
量體重

⑦ **prendre le pouls**
[prɑ̃dr lə pu]
量脈搏

⑧ **passer un examen cardiaque**
[pase ɛ̃ nɛgzamɛ̃ kardjak]
測心跳

⑨ **passer un test de vue**
[pase ɛ̃ tɛst də vy]
測視力

⑩ **faire une radiographie**
[fɛr yn radjɔgrafi]
照X光

⑪ **faire une scannographie**
[fɛr yn skanɔgrafi]
照斷層掃描

⑫ **l'IRM**
[l iɛrɛm]
磁共振造影檢查

投保法國的「國家社會健康保險」（la sécurité sociale）的資格是持有法國居留證三個月以上者。可至國家社會健康保險局申請，待保險局人員確認資料無誤後會通知投保人付款，若投保成功便會收到證明書與保險卡（la carte vitale）。看病前需先打電話向診所預約（prendre un rendez-vous）時間看診，並攜帶健康保險卡就診，請醫師填寫補助單後，此次的看診即可獲得給付費用。倘若居留證到期，就會即刻停保。

⑬ **mettre une compresse glacée**
[mɛtr yn kɔ̃prɛs glase]
冰敷

⑭ **la compresse glacée**
[la kɔ̃prɛs glase]
冰敷袋

⑮ **faire une piqûre**
[fɛr yn pikyr]
打針

⑯ **la prise de sang**
[la priz də sɑ̃]
抽血

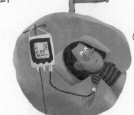

⑰ **la transfusion sanguine**
[la trɑ̃sfysjɔ̃ sɑ̃gin]
輸血

⑱ **la respiration artificielle**
[la rɛspirasjɔ̃ artifisjɛl]
人工呼吸

⑲ **être hospitalisé**
[ɛtr ɔspitalize]
住院

⑳ **la perfusion**
[la pɛrfysjɔ̃]
點滴

㉑ **faire une perfusion**
[fɛr yn pɛrfysjɔ̃]
打點滴

㉒ **se faire opérer**
[sə fɛr ɔpere]
接受手術

㉓ **opérer**
[ɔpere]
動手術

㉔ **arracher une dent**
[araʃe yn dɑ̃]
拔牙

㉕ **bander**
[bɑ̃de]
包紮

㉖ **changer les bandages**
[ʃɑ̃ʒe le bɑ̃daʒ]
換藥

㉗ **la physiothérapie**
[la fizjɔterapi]
物理療法

㉘ **la chimiothérapie**
[la ʃimjɔterapi]
化學療法

㉙ **prendre des médicaments**
[prɑ̃dr de medikamɑ̃]
服藥

㉚ **récupérer les médicaments**
[rekypere le medikamɑ̃]
拿藥

PHARMACIE

㉛ **l'ordonnance**
[l ɔrdɔnɑ̃s]
處方

㉜ **sortir de l'hôpital**
[sɔrtir də l opital]
出院

205

Les médicaments
醫藥用品

① **la pommade**
[la pɔmad]
藥膏

② **le mercurochrome**
[lə mɛrkyrɔkrɔm]
碘酒

③ **le désinfectant**
[lə dezɛ̃fɛktɑ̃]
消毒藥水

④ **le coton**
[lə kɔtɔ̃]
棉棒

⑤ **la solution physiologique (saline)**
[la sɔlysjɔ̃ fizjɔlɔʒik (salin)]
生理食鹽水

⑥ **la gaze**
[la gaz]
紗布

⑦ **la boule de coton**
[la bul də kɔtɔ̃]
棉球

⑧ **la pince à épiler**
[la pɛ̃s a epile]
鑷子

⑨ **le pansement**
[lə pɑ̃smɑ̃]
OK繃

⑩ **le bandage**
[lə bɑ̃daʒ]
繃帶

⑪ **le bandage triangulaire**
[lə bɑ̃daʒ triɑ̃gylɛr]
三角巾

⑫ **le thermomètre auriculaire**
[lə tɛrmɔmɛtr orikylɛr]
耳溫槍

⑬ **le patch**
[lə patʃ]
貼布

⑭ **le masque**
[lə mask]
口罩

⑮ **le stéthoscope**
[lə stetɔskɔp]
聽診器

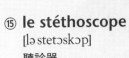

⑯ **la seringue**
[la sərɛ̃g]
注射器

⑰ **le thermomètre**
[lə tɛrmɔmɛtr]
體溫計

⑱ **le tensiomètre**
[lə tɑ̃sjɔmɛtr]
血壓計

⑲ **l'appareil auditif**
[l aparɛj oditif]
助聽器

⑳ **le défibrillateur**
[lə defibrijatœr]
電擊器

㉑ **le médicament contre le rhume**
[lə medikamɑ̃ kɔ̃tr lə rym]
感冒藥

㉒ **le médicament contre la gastro-entérite**
[lə medikamɑ̃ kɔ̃tr la gastro ɑ̃terit]
腸胃藥

㉓ **l'analgésique**
[l analʒesik]
止痛藥

㉔ **par voie orale**
[par vwa ɔral]
口服藥

㉕ **la pilule**
[la pilyl]
藥丸

㉖ **la capsule**
[la kapsyl]
膠囊

㉗ **la tablette**
[la tablɛt]
藥片

㉘ **l'alimentation diététique**
[l alimɑ̃tasjɔ̃ djetetik]
l'alimentation saine
[l alimɑ̃tasjɔ̃ sɛn]
健康食品

㉙ **à usage externe**
[a ysaʒ ɛkstɛrn]
外用藥

❶ 口服藥的服用時間多為飯前(avant le repas)
或飯後(après le repas)，但也有些藥是在用
餐時(pendant le repas)服用的。

❷ 在醫院常被使用的醫藥用品還有麻醉藥
(l'anesthésie)和抗生素(l'antibiotique)。

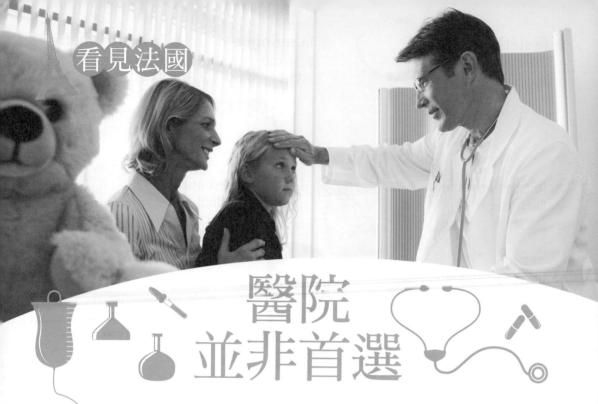

醫院
並非首選

法國向來擁有完善社會保險制度，凡有合法居留權者，並且在法國境內居住滿三個月即可提出申請。社會保險的項目很多，其中包括醫療保險。醫療保險是由社會保險給付看診及藥品費用，給付的比例按照每個人的收入而有所不同，所以必須另外買私人保險以補足差額，但經濟條件不佳者也可以申請由社會保險全額給付。

即使法國的醫療保險制度如此完備，但在法國看醫生仍是件麻煩事。首先，大多數的診所都不明顯，它們隱身在一般住宅裡，只在大門上釘著一小面告示牌，寫明醫生姓名、科別、看診時間跟電話。想找醫生只能打電話，這時黃頁便成了查詢醫生資訊的好方法。雖然黃頁上可以找到各種專科醫生，不過在第一次就診之前還是要先看家庭醫生 (le médecin généraliste / le médecin de famille)，由家醫來決定是否需要轉診。

這樣的建議轉診系統其實是由於複雜的預約制度所致，因為大部分的醫生只接受預約的病人，在沒有預約的情況下，甚至連診所大門都進不去。就算能預約，但能夠看診的時間短則兩週或一個月以後，長到半年都有可能。而且有些醫生只為「熟客」看診，除非病人得到其他醫生的介紹，而家醫正是最適合的介紹人。所以每個人選定家醫以後，都必須向社會保險系統指明對方為你正式的家醫。

在這個情況下，家醫一週會保留幾個時段給現場等候的患者。在緊急的情況下，還能去急診室掛號，但是被留在急診室裡五六個小時以後才看到醫生的，也時有所聞。

就是因為預約等待的過程太漫長，因此大部分人在家中多半會自備藥品，就是避免為了小病上醫院。或是就近在藥局諮詢藥劑師，購買不需處方簽的藥品。因此，相對的每年會固定找醫生做進行例行性的檢查。

Les véhicules

Section 10

Les transports

交通

Les véhicules
交通工具

① **le taxi**
[lə taksi]
計程車

② **le bus**
[lə bys]
公車

③ **le car**
[lə kar]
巴士；遊覽車

④ **le car à deux étages**
[lə kar a dø zetaʒ]
雙層巴士

⑤ **le train**
[lə trɛ̃]
火車

⑥ **le métro**
[lə metro]
地鐵

⑦ **le train à sustentation magnétique**
[lə trɛ̃ a systɑ̃tasjɔ̃ maɲetik]
磁浮列車

⑧ **le vélo**
[lə velo]
腳踏車

⑨ **la charrette** [la ʃarɛt]
le carrosse [lə karɔs]
馬車

⑩ **le scooter**
[lə skutœr]
機車

⑪ **la moto**
[la moto]
重型機車

⑫ **le camion**
[lə kamjɔ̃]
卡車

⑬ **la grue**
[la gry]
起重機

⑭ **le camion à ordures**
[lə kamjɔ̃ a ɔrdyr]
le camion poubelle
[lə kamjɔ̃ pubɛl]
垃圾車

⑮ **le monorail**
[lə monoraj]
單軌電車

⑯ **le tramway**
[lə tramwɛ]
有軌電車

⑰ **le trolley**
[lə trɔlɛ]
無軌電車

⑱ **le téléphérique**
[lə teleferik]
纜車

⑲ **l'hélicoptère**
[l elikɔptɛr]
直升機

⑳ **le voilier**
[lə vwalje]
帆船

㉑ **le sous-marin**
[lə su marɛ̃]
潛水艇

㉒ **le ferry**
[lə fɛri]
渡輪

㉓ **le bateau à moteur**
[lə bato a mɔtœr]
汽艇

法國高速列車（le TGV, le train à grande vitesse）是全球高速鐵路之一，其路線以巴黎市中心的六大車站為中心點，輻射至各大城市與周邊國家，亦是法國與周邊國家接通的重要交通工具。而高速近郊地鐵（le RER）是由巴黎市交通公團（RATP）、法國國鐵（SNCF）與地鐵公司所聯合經營的，行駛於巴黎市區的地下與巴黎市郊的地上，對要前往戴高樂機場或凡爾賽宮等近郊景點的旅客來說，RER 是不可或缺的交通工具。

Les symboles de circulation
交通號誌

les symboles de circulation
[le sε̃bɔl də sirkylasjɔ̃]
交通號誌

① **montée à forte inclinaison**
[mɔ̃te a fɔrt ε̃klinεzɔ̃]
險升坡

② **descente dangereuse**
[dεsɑ̃t dɑ̃ʒrøz]
險降坡

③ **circulation dans les deux sens**
[sirkylasjɔ̃ dɑ̃ le dø sɑ̃s]
雙向道

④ **circulation à sens unique**
[sirkylasjɔ̃ a sɑ̃s ynik]
單行道

⑤ **attention aux piétons**
[atɑ̃sjɔ̃ o pjetɔ̃]
當心行人

⑥ **panneau d'annonce de feux tricolores**
[panɔ̃ danɔ̃s də fø trikɔlɔr]
注意號誌

⑦ **route en travaux**
[rut ɑ̃ travo]
道路施工

⑧ **interdit de faire demi-tour**
[ε̃tεrdi də fεr dəmi tur]
禁止迴轉

⑨ **accès interdit à tout véhicule**
[aksε ε̃tεrdi a tu veikyl]
禁止進入

⑩ **interdit de tourner à droite**
[ε̃tεrdi də turne a drwat]
禁止右轉

⑪ **interdit de tourner à gauche**
[ε̃tεrdi də turne a goʃ]
禁止左轉

⑫ **le Stop**
[lə stɔp]
停車再開

⑬ **le rond-point**
[lə rɔ̃ pwɛ̃]
圓環遵行方向

⑭ **attention aux chutes de pierre**
[atɑ̃sjɔ̃ o ʃyt də pjɛr]
注意落石

⑮ **le dos d'âne**
[lə do dɑn]
路面顛簸

⑯ **le parking**
[lə parkiŋ]
停車場

⑰ **la voie d'arrêt pour les bus**
[la vwa d arɛ pur le bys]
公車停靠處

⑱ **signaux sonores interdits**
[siɲo sɔnɔr ɛ̃tɛrdi]
禁鳴喇叭

⑲ **cédez le passage**
[sede lə pɑsaʒ]
讓路

⑳ **le marquage au sol**
[lə markaʒ o sɔl]
標線

㉑ **la ligne de stop**
[la liɲ də stɔp]
停止線

les signaux lumineux
[le siɲo lyminø]
信號

㉒ **le feu rouge**
[lə fø ruʒ]
紅燈

㉓ **le feu orange**
[lə fø ɔrɑ̃ʒ]
黃燈

㉔ **le feu vert**
[lə fø vɛr]
綠燈

213

Le train et le métro

火車與地鐵

① **la gare** [la gar] 車站

② **le quai** [lə kɛ] 月台

③ **le hall d'attente**
[lə ol d atɑ̃t] 候車室

④ **le service après-vente**
[lə sɛrvis aprɛ vɑ̃t] 票務中心

⑤ **la sortie** [la sɔrti] 出口

⑥ **la consigne** [la kɔ̃siɲ] 行李房

⑦ **le bureau des objets trouvés**
[lə byro de zɔbʒɛ truve]
失物招領處

⑧ **les horaires** [le zɔrɛr] 時刻表

⑨ **le guichet** [lə giʃɛ] 售票處

⑩ **l'itinéraire** [l itinerɛr] 路線圖

⑪ **le distributeur de billets**
[lə distribytœr də bijɛ] 自動售票機

⑫ **le portillon** [lə pɔrtijɔ̃] 剪票口

⑬ **l'entrée** [l ɑ̃tre] 入口

⑭ **le bureau d'accueil**
[lə byro d akœj] 服務台

⑮ **le billet (de train)**
[lə bijɛ (də trɛ̃)] (火車)車票

⑯ **le billet aller-retour**
[lə bijɛ ale rətur] 來回票

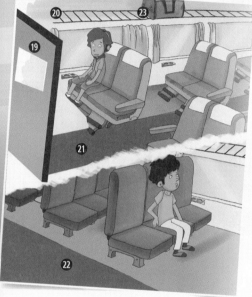

❶ billet 跟 ticket 有大小上的差別，billet 像火車票那樣，是大張長條狀。而 ticket 較像地鐵票，是小張長方形的。

❷ 到歐洲旅遊，可以買歐洲火車通行證（**Eurail Pass**）。這是由歐洲鐵路發行，包含法國、英國等歐洲國家，還有土耳其、突尼西亞、俄羅斯聯邦等二十多國聯合發行的票證。依照購買天數及票種，可在效期內不限次數搭乘任選相鄰 3~5 國之國家鐵路及部分渡輪。

❸ 法國地鐵票與旅遊券可用於搭乘 **Métro**、**RER**（巴黎）或公車，地鐵車票有單程票（**ticket**）及回數票（**carnet**），回數票十張一組，不限定同一人使用。旅遊券有三種：一日票（**Mobilis**）、週月票（**Carte Orange**）與巴黎觀光票（**Paris Visite**）。一日票和週月票皆是在有效區域內不限次數搭乘。週月票的票期固定在週日或月底失效，購買時需要照片與製票費。觀光票有 1、2、3 或 5 天通行的選擇，購買時也會拿到觀光景點的折扣券，但需出示護照才能購買。

⑰ **le billet aller** [lə bijɛ ale] 單程票

⑱ **le casier** [lə kazje] 寄物櫃

⑲ **la porte du train**
[la pɔrt dy trɛ̃] 車門

⑳ **la voiture** [la vwatyr] 車廂

㉑ **la première classe**
[la prəmjɛr klɑs] 頭等艙

㉒ **la seconde classe**
[la səgɔ̃d klɑs] 二等艙；普通車廂

㉓ **le porte-bagages**
[lə pɔrt bagaʒ] 行李架

La voiture
車子

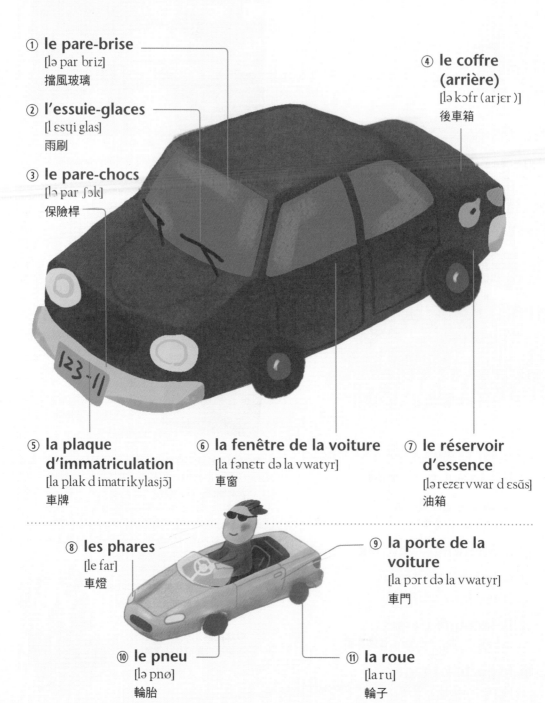

① **le pare-brise**
[lə par briz]
擋風玻璃

② **l'essuie-glaces**
[l ɛsɥi glas]
雨刷

③ **le pare-chocs**
[lə par ʃɔk]
保險桿

④ **le coffre (arrière)**
[lə kɔfr (arjɛr)]
後車箱

⑤ **la plaque d'immatriculation**
[la plak d imatrikylasjɔ̃]
車牌

⑥ **la fenêtre de la voiture**
[la fənɛtr də la vwatyr]
車窗

⑦ **le réservoir d'essence**
[lə rezɛrvwar d ɛsɑ̃s]
油箱

⑧ **les phares**
[le far]
車燈

⑨ **la porte de la voiture**
[la pɔrt də la vwatyr]
車門

⑩ **le pneu**
[lə pnø]
輪胎

⑪ **la roue**
[la ru]
輪子

⑫ **le rétroviseur**
[lə retrɔvizœr]
後視鏡

⑬ **la boîte de vitesses**
[la bwat də vitɛs]
排檔桿

⑭ **le frein à main**
[lə frɛ̃ a mɛ̃]
手煞車

⑮ **la ceinture de sécurité**
[la sɛ̃tyr də sekyrite]
安全帶

⑯ **la boucle (de ceinture)**
[la bukl (də sɛ̃tyr)]
(安全帶)扣環

⑰ **le volant**
[lə vɔlɑ̃]
方向盤

⑱ **le klaxon**
[lə klaksɔn]
喇叭

⑲ **le frein**
[lə frɛ̃]
煞車

⑳ **le tableau de bord**
[lə tablo də bɔr]
儀表板

㉑ **la pédale d'accélération**
[la pedal d akselerasjɔ̃]
油門

㉒ **la place du conducteur**
[la plas dy kɔ̃dyktœr]
駕駛座

㉓ **la place avant**
[la plas avɑ̃]
副駕駛座

L'aéroport
機場

① **le terminal** [lə tɛrminal] 航廈

② **la borne d'enregistrement automatique**
[la bɔrn d ɑ̃rəʒistrəmɑ̃ otɔmatik]
自助式登機

③ **le bureau de change**
[lə byro də ʃɑ̃ʒ] 外幣兌換處

④ **le comptoir des assurances**
[lə kɔ̃twar de zasyrɑ̃s] 保險櫃台

⑤ **le comptoir d'enregistrement**
[lə kɔ̃twar d ɑ̃rəʒistrəmɑ̃] 登機報到櫃台

⑥ **le guichetier** [lə giʃətje] 櫃台人員

⑦ **le hall des départs**
[lə ol de depar] 出境大廳

⑧ **le transit** [lə trɑ̃zit]
l'escale [l ɛskal] 轉機；過境

⑨ **le comptoir de la compagnie aérienne**
[lə kɔ̃twar də la kɔ̃paɲi aerjɛn]
航空公司服務櫃台

⑩ **l'agent (d'escale)**
[l aʒɑ̃ (d ɛskal] 地勤人員

⑪ **le passager** [lə pɑsaʒe] 旅客

⑫ **la douane** [la dwan] 海關

⑬ **le tapis roulant**
[lə tapi rulɑ̃] 電動走道

⑭ **la valise** [la valiz] 行李箱

⑮ **le chariot** [lə ʃarjo] 手推車

⑯ **le bagagier** [lə bagaʒje] 行李搬運員

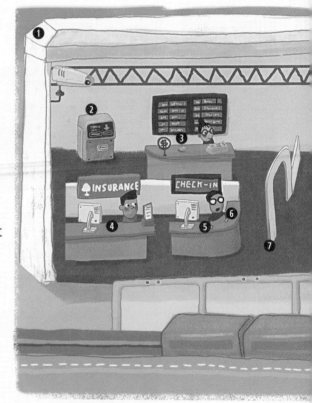

⑰ **le tramway (de l'aéroport)**
[lə tramwɛ (də l aerɔpɔr)] 機場電車

⑱ **l'immigration** [l imigrasjɔ̃] 出入境

⑲ **le bagage** [lə bagaʒ] 行李

⑳ **le carrousel à bagages**
[lə karusɛl a bagaʒ] 行李輸送帶

㉑ **l'aire de délivrance des bagages**
[l ɛr də delivrɑ̃s de bagaʒ] 行李提領處

㉒ **le comptoir de remboursement des taxes**
[lə kɔ̃twar də rɑ̃bursəmɑ̃ de taks]
退稅服務台

㉓ **le hall des arrivées**
[lə ol de zarive] 入境大廳

㉔ **la tour de contrôle**
[la tur də kɔ̃trol] 塔台

㉕ **le magasin hors taxe**
[lə magazɛ̃ ɔr taks] 免稅商店

㉖ **la plateforme** [la platfɔrm] 觀景台

㉗ **accompagner (qqn) à l'aéroport**
[akɔ̃paɲe a l aerɔpɔr] 送機

㉘ **aller chercher (qqn) à l'aéroport**
[ale ʃɛrʃe a l aerɔpɔr] 接機

㉙ **le produit hors taxe**
[lə prodɥi ɔr taks] 免稅商品

㉚ **le bus (de l'aéroport)**
[lə bys (də l aerɔpɔr)] 機場巴士

㉛ **la navette** [lə navɛt] 接駁車

行李又分為「隨身行李(le bagage de cabine)」、
「手提行李(le bagage à mains)」和「託運
行李(le bagage en soute)」。打包
(faire les bagages)時可要小心，
要注意行李的限重(le poids limite;
le poids maximum)，別超重(la
surcharge)了！

L'embarquement
登機

① **la zone d'embarquement**
[la zɔn d ɑ̃barkəmɑ̃] 登機區

② **faire la queue** [fɛ la kø] 排隊

③ **le détecteur de rayons X**
[lə detɛktœr də rɛjɔ̃ iks] X光檢測器

④ **le détecteur de métaux**
[lə detɛktœr də meto] 金屬探測器

⑤ **l'annonce** [l anɔ̃s] 廣播

⑥ **les horaires de vol**
[le zɔrɛr də vɔl] 班機時刻表

⑦ **la porte d'embarquement**
[la pɔrt d ɑ̃barkəmɑ̃] 登機門

⑧ **la salle d'attente** [la sal d atɑ̃t] 候機室

⑨ **l'étiquette à bagage**
[l etikɛt a bagaʒ] 行李吊牌

⑩ **les informations de vol**
[le zɛ̃fɔrmasjɔ̃ də vɔl] 航班資訊

⑪ **la zone WIFI** [la zɔn wifi] 無線上網區

⑫ **le salon VIP** [lə salɔ̃ viajpi] 貴賓室

⑬ **le passeport**
[lə paspɔr] 護照

⑭ **le visa**
[lə viza]
簽證

⑮ **la destination**
[la dɛstinasjɔ̃]
目的地

⑯ **le numéro du vol**
[lə nymero dy vɔl]
班機編號

Destination	Flight	Time	Remarks
London	M62051	9:31 a	On time
Paris	C58402	8:45 a	Departed 8:30 a
Warsaw	Z12313	10:57 a	Cancelled
Rome	G20354	12:05 p	Delayed

⑰ **à l'heure** [a l œr] 準時

⑱ **en avance** [ɑ̃ navɑ̃s] 提早

⑲ **annulé** [anyle] 取消

⑳ **en retard** [ɑ̃ rətar] 延誤

㉑ **le billet d'avion**
[lə bijɛ d avjɔ̃]
機票

㉒ **la carte d'embarquement**
[la kart d ɑ̃barkəmɑ̃]
登機證

㉓ **la déclaration**
[la deklarasjɔ̃]
海關申報單

㉔ **la carte de débarquement**
[la kart də debarkəmɑ̃]
入境表格

㉕ **les animaux et plantes en quarantaine**
[le zanimo e plɑ̃t ɑ̃ karɑ̃tɛn]
動植物檢疫

❶ 幾乎所有的航空公司目前已採用電子機票(**le billet électronique**，也叫 **l'e-ticket**)。

❷ 歐洲國家自 1990 年開始加入「申根公約」(**Convention de Schengen**)，取消參與協定之成員國間的邊境管制，只要持有任一成員國的有效身分證或申根簽證(**Visa Schengen**)，即可在所有成員國境內自由流動。在法國，於機場搭機出境或過境時分國際區(**zone internationale**)與申根區(**espace Schengen**)。若飛至非申根國家就進入國際區，往其他申根國家則進入申根區。

L'avion
飛機

① **les toilettes** [le twalɛt] 盥洗室

② **l'hôtesse de l'air**
[l otɛs də l ɛr] 女空服員

③ **la sortie de secours**
[la sɔrti də səkur] 緊急出口

④ **les produits duty free**
[le prɔdɥi djuti fri] 機上免稅商品

⑤ **le repas en vol** [lə rəpa ã vɔl] 飛機餐

⑥ **la visière** [la vizjɛr] 遮陽板

⑦ **le masque à oxygène**
[lə mask a ɔksiʒɛn] 氧氣面罩

⑧ **le casier à bagage** [lə kasje a bagaʒ]
le compartiment à bagages
[lə kɔ̃partimã a bagaʒ] 行李櫃

⑨ **le kit de divertissement**
[lə kit də divertismã] 個人視聽娛樂系統

⑩ **la tablette** [la tablɛt] 摺疊餐桌

⑪ **le sac à vomi**
[lə sak a vɔmi] 嘔吐袋

⑫ **la pochette du siège**
[la pɔʃɛt dy sjɛʒ] 置物袋

⑬ **le gilet de sauvetage**
[lə ʒilɛ də sovtaʒ] 救生衣

⑭ **la place côté hublot**
[la plas kote yblo] 靠窗座位

⑮ **la place côté couloir**
[la plas kote kulwar] 靠走道座位

⑯ **l'accoudoir** [l akudwar] 扶手

❶ 除了 **les toilettes** 以外，也可以用 **les cabinets** 和 **les WC** 來表示「廁所」。

❷ 法文的男空服員叫 **le steward**，若是要兼指男女的中性稱呼，可以說 **le personnel navigant**。

❸ 在歐洲有不少廉價航空（**les compagnies aériennes à bas prix**），如 **Easyjet** 和 **Ryanair**。這類航空公司的特色就是，所有的服務都是要另外收費的。機上不供餐，任何吃的喝的東西都得付錢買。還有，只接受一定重量和大小的手提行李，要託運行李得付錢。更有趣的是，沒有劃位這回事，乘客基本上就是拿著有效的機票到登機門排隊，先上飛機的人就能先選自己喜歡的座位。

⑰ **le toboggan** [lə tɔbɔgɑ̃] 滑行

⑱ **l'atterrissage** [l atɛrisaʒ] 降落

⑲ **la piste d'atterrissage**
[la pist d atɛrisaʒ] 跑道

⑳ **le décollage** [lə dekɔlaʒ] 起飛

㉑ **l'aile** [l ɛl] 機翼

㉒ **le pilote** [lə pilɔt] 機長

㉓ **le copilote** [lə kɔpilɔt] 副機長

㉔ **le fuselage** [lə fyslaʒ] 機身

㉕ **première classe** [prəmjɛr klas] 頭等艙

㉖ **la cabine** [la kabin] 機艙

㉗ **classe business** [klas biznɛs] 商務艙

㉘ **classe économique**
[klas ekɔnɔmik] 經濟艙

㉙ **la porte de la cabine**
[la pɔrt də la kabin] 艙門

223

綠色移動

法國國鐵 SNCF: http://sncf.com/
欲知更多資訊可上：
http://www.velib.paris.fr/
https://www.autolib.eu/

印象中的法國交通工具，應該就是地鐵了，故事經常由此開始或者結束。除了地鐵，大眾運輸系統還有輕軌電車、無軌電車、巴士、區域快鐵和火車等，因為分布密集成了多數人的主要交通工具。在巴黎，由於歷史悠久，相對地機械故障的機率也高，再加上平均每週兩次的旅客闖入軌道意外，導致大眾運輸系統問題頻傳，特別是郊區火車經常誤點。然而，這僅僅是技術層面的問題。對大眾運輸系統的使用者來說，罷工是另一項難題。

在法國，罷工已是一種常態，因此也很有規畫。罷工的消息通常會事先公佈，並且會儘量保持最低限量的通車數。不過對乘客來說，還是得花比原來多上幾倍的交通時間。如果目的地近的話，還可以選擇走路，目的地太遠的就只能花大錢搭計程車了。為了因應問題層出不窮的大眾運輸，以及日漸抬頭的環保意識，部份法國人選擇自備交通工具，譬如滑板車或自行車，或者使用公用租借系統。

法國從 2007 年開始公用自行車系統，最早在里昂，稱為 Vélov'。後來巴黎也效法，稱為 Vélib (Vélos en libre-service)，即可以自由使用的自行車之意。因為自行車站數量多，自動售票系統操作簡單，又提供甲地借乙地還的服務，只要找到有空位的自行車站就可以還車，再加上各個城市積極規劃自行車專用道，提供騎士更安全的使用空間，因此成為一種便利的選擇。在巴黎，2011 年末開始出現公用電動車系統 (Autolib')，以低污染的電動車提供租借服務，目前已有 250 個租借站，如同公用自行車系統，也提供甲地借乙地還的服務，十分方便。

在法國及歐洲境內長途旅行時，人們選擇飛機或高速火車 (TGV) 作為移動的方式，通常訂票的時間越早，價格就越便宜。網站也經常推出優惠活動，提供比平常更低的票價，若能提早安排假期的人，可省下一大筆錢呢。

Section 11
Les loisirs

娛樂

Les passe-temps et les hobbies

休閒嗜好

① **jouer aux échecs**
[ʒue o zeʃɛk]
下西洋棋

② **jouer aux échecs chinois**
[ʒue o zeʃɛk ʃinwa]
下象棋

③ **jouer aux cartes**
[ʒue o kart]
打牌

④ **jouer au mah-jong**
[ʒue o ma ʒɔ̃ŋ]
打麻將

⑤ **jouer au jeu de société**
[ʒue o ʒø də sɔsjete]
玩桌上遊戲

⑥ **faire de la calligraphie**
[fɛr də la kaligrafi]
寫書法

⑦ **aller au théâtre**
[ale o teatr]
看表演

⑧ **dessiner**
[dɛsine]
畫畫

⑨ **sculpter**
[skylte]
雕刻

⑩ **danser**
[dɑ̃se]
跳舞

⑪ **pêcher**
[pɛʃe]
釣魚

⑫ **faire de la randonnée (en montagne)**
[fɛr də la rɑ̃dɔne (ɑ̃ mɔ̃taɲ)]
爬山

⑬ **faire de l'alpinisme**
[fɛr də l alpinism]
登山

⑭ **faire du parapente**
[fɛr dy parapɑ̃t]
玩滑翔翼

⑮ **faire du camping**
[fɛr dy kɑ̃piŋ]
露營

⑯ **chasser**
[ʃase]
打獵

⑰ **observer les oiseaux**
[ɔbsɛrve le zwazo]
賞鳥

⑱ **faire du jardinage**
[fɛr dy ʒardinaʒ]
園藝

⑲ **faire de la photographie**
[fɛr də la fɔtɔgrafi]
攝影

⑳ **lire**
[lir]
看書

㉑ **chanter**
[ʃɑ̃te]
唱歌

㉒ **écouter de la musique**
[ekute də la myzik]
聽音樂

㉓ **regarder la télévision**
[rəgarde la televizjɔ̃]
看電視

㉔ **aller au cinéma**
[ale o sinema]
看電影

aller au cinéma 指的是去電影院看電影，若是在家看電影的話，則是 **regarder un film**。

㉕ **jouer aux jeux vidéo**
[ʒue o ʒø video]
打電動玩具

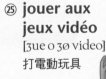

㉖ **surfer sur internet**
[sœrfe syr ɛ̃tɛrnɛt]
上網

㉗ **faire du shopping**
[fɛr dy ʃɔpiŋ]
逛街

㉘ **aller au marché de nuit**
[ale o marʃe də nɥi]
逛夜市

㉙ **faire du tricotage**
[fɛr dy trikɔtaʒ]
編織

㉚ **faire de la couture**
[fɛr də la kutyr]
縫紉

227

La vie nocturne
夜生活

單字朗讀
Mp3 Track 94

① **la boîte de nuit**
[la bwat də nɥi]
夜店

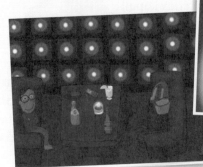

② **la discothèque**
[la diskɔtɛk] 迪斯可

③ **le bar**
[lə bar]
le pub
[lə pœb]
酒吧

④ **le baby-foot**
[lə babi fut]
桌上足球

⑤ **le jukebox**
[lə ʒykbɔks]
點唱機

⑥ **le karaoké**
[lə karaɔke]
KTV

⑦ **le flipper**
[lə flipœr]
遊戲機

⑧ **le bar**
[lə bar]
吧台

⑨ **la queue de billard**
[la kø də bijar]
撞球桿

⑩ **le billard**
[lə bijar]
撞球

⑪ **le tableau de score**
[lə tablo də skɔr]
記分板

⑫ **le jazz-bar**
[lə dʒaz bar]
爵士餐廳

⑬ **le micro(phone)**
[lə mikro(fɔn)]
麥克風

⑭ **la scène**
[la sɛn]
舞台

娛樂

夜生活

❶ 法國的歌舞秀(le spectacle de danse)是極具代表性的演出，有歌舞表演的餐館稱為 le cabaret。並列巴黎三大夜總會的麗都(le Lido)、紅磨坊(le Moulin Rouge)與瘋馬(le Crazy Horse Saloon)，其表演秀更是不容錯過。麗都秀華麗、壯觀，在舞台上甚至會出現大象、玻璃游泳池等大規模舞台道具。著名的康康舞是紅磨坊具有傳統的代表性表演，音樂演奏及舞蹈不僅歷史悠久，表演的藝術性亦相當高。瘋馬秀的特色則是巧妙運用幻化的舞臺燈光照明，讓舞者呈現出精緻且令人嘆為觀止的裸體秀。

❷ 巴黎著名的紅燈區(le quartier rouge)位於巴黎九區與十八區的交界處的畢嘉爾廣場(Place Pigalle)，紅磨坊亦位於此。這一帶過去是當地藝術家歡聚一堂的地方，現在則因夜總會、酒吧、性商店而變成舉世聞名的夜生活中心。

❸ 對法國人來說，看夜景並不是特別熱門的夜間活動。在巴黎，可以看夜景的地方是蒙馬特山丘，但由於安全性的考量，不建議遊客單獨前往。

Les instruments de musique

樂器

① **le saxophone**
[lə saksɔfɔn]
薩克斯風

② **la flûte**
[la flyt]
笛子

③ **la flûte traversière**
[la flyt traversjɛr]
長笛

④ **la clarinette**
[la klarinɛt]
單簧管；豎笛；黑管

⑤ **le hautbois**
[lə obwa]
雙簧管

⑥ **le trombone**
[lə trɔ̃bɔn]
長號

⑦ **le cor d'harmonie**
[lə kɔr darmoni]
法國號

⑧ **la trompette**
[la trɔ̃pɛt]
喇叭

⑨ **le tuba**
[lə tyba]
低音大喇叭

⑩ **l'harmonica**
[l armɔnika]
口琴

⑪ **la guitare basse**
[la gitar bɑs]
貝斯

⑫ **la guitare sèche**
[la gitar sɛʃ]
古典吉他

⑬ **la harpe**
[la arp]
豎琴

⑭ **le violon**
[lə violɔ̃]
小提琴

⑮ **le violoncelle**
[lə vjɔlɔ̃sɛl]
大提琴

⑯ **le piano**
[lə pjano]
鋼琴

⑰ **le synthétiseur**
[lə sɛ̃tetizœr]
電子琴

⑱ **l'accordéon**
[l akɔrdeɔ̃]
手風琴

⑲ **la guimbarde**
[la gɛ̃bard]
口簧琴

⑳ **la vielle à roue**
[la vjɛl a ru]
手搖絃琴

㉑ **la cornemuse**
[la kɔrnəmyz]
風笛

......

㉒ **les percussions**
[le pɛrkysjɔ̃]
打擊樂器

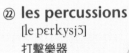

㉓ **le tambourin**
[lə tãburɛ̃]
鈴鼓

㉔ **le tambour**
[lə tãbur]
鼓

㉕ **le xylophone**
[lə gzilɔfɔn]
木琴

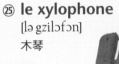

㉖ **les maracas**
[le marakas]
沙鈴

㉗ **les castagnettes**
[le kastaɲɛt]
響板

㉘ **le triangle**
[lə triãgl]
三角鐵

......

㉙ **le *pipa***
[lə pipa]
琵琶

㉚ **le *guzheng***
[lə gydʒəŋ]
古箏

㉛ **la *dagu* (grand tambour chinois)**
[lə dagu (grã tãbur ʃinwa)]
大鼓

㉜ **le *yangqin***
[lə jãŋtʃin]
揚琴

231

La beauté et la santé
美容與養生

① **couper les cheveux**
[kupe le ʃəvø]
剪頭髮

② **sécher les cheveux**
[seʃe le ʃəvø]
吹頭髮

③ **laver les cheveux**
[lave le ʃəvø]
洗頭髮

④ **teindre les cheveux**
[tɛ̃dr le ʃəvø]
染頭髮

⑤ **faire une permanente**
[fɛr yn pɛrmanɑ̃t]
燙頭髮

⑥ **couper plus court**
[kupe ply kur]
剪短

⑦ **faire un dégradé**
[fɛr ɛ̃ degrade]
打層次

⑧ **les cheveux longs**
[le ʃəvø lɔ̃]
長髮

⑨ **les cheveux courts**
[le ʃəvø kur]
短髮

⑩ **les cheveux lisses**
[le ʃəvø lis]
直髮

⑪ **les cheveux frisés**
[le ʃəvø frize]
捲髮

⑫ **les cheveux coupés en brosse**
[le ʃəvø kupe ɑ̃ brɔs]
平頭

⑬ **la queue de cheval**
[la kø də ʃəval]
馬尾

⑭ **la tresse**
[la trɛs]
辮子

⑮ **la manucure**
[la manykyr]
美甲

⑯ **les soins du visage**
[le swɛ̃ dy vizaʒ]
做臉

⑰ **l'épilation**
[l epilasjɔ̃]
除毛

⑱ **le sauna**
[lə sona]
三溫暖

⑲ **le hammam**
[lə amam]
蒸氣室

⑳ **le spa**
[lə spa]
水療

㉑ **la source d'eau chaude**
[la surs d o ʃod]
le bain thermal
[lə bɛ̃ tɛrmal]
溫泉

㉒ **le massage sur tout le corps**
[lə mɑsaʒ syr tu lə kɔr]
全身按摩
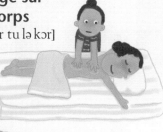

㉓ **le massage des pieds**
[lə mɑsaʒ de pje]
腳底按摩
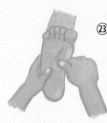

㉔ **le bain de pieds**
[lə bɛ̃ də pje]
足浴

㉕ **l'esthéticien**
[l ɛstetisjɛ̃]
l'esthéticienne
[l ɛstetisjɛn]
芳療師(男/女)

一般遇到婚宴或重要場合時，有些人會到美容院(l'institut de beauté)做頭髮(faire une coiffure)。值得一提的是，在法國洗頭髮並不如在台灣這麼享受。在法國，大概就是在洗頭台上弄個五分鐘。時間不長，更沒有按摩或熱敷。習慣台灣式洗髮的人，到法國可別期待太高。

Le parc d'attractions
遊樂園

① **la porte principale**
[la pɔrt prɛ̃sipal] 大門

② **la billetterie** [la bijɛtri] 售票處

③ **les horaires d'ouverture**
[le zɔrɛr d uvɛrtyr] 開放時間

④ **le pavillon** [lə pavijɔ̃] 涼亭

⑤ **le snack-bar** [lə snak bar] 點心吧

⑥ **la grande roue** [la grɑ̃d ru] 摩天輪

⑦ **la taille limite** [la taj limit] 身高限制

⑧ **le bateau-pirate**
[lə bato pirat] 海盜船

⑨ **le stand de tir** [lə stɑ̃d də tir] 打靶場

⑩ **le manège** [lə manɛʒ] 旋轉木馬

⑪ **la maison hantée** [la mɛzɔ̃ ɑ̃te] 鬼屋

⑫ **les auto-tamponneuses**
[le zoto tɑ̃pɔnøz] 碰碰車

⑬ **le spectacle** [lə spɛktakl] 表演活動

⑭ **le film en 3D** [lə film ɑ̃ trwa de] 3D 電影

⑮ **le magasin de souvenirs**
[lə magazɛ̃ də suvnir] 紀念品店

⑯ **la parade** [la parad] 遊行

⑰ **le stand alimentaire**
[lə stɑ̃d alimɑ̃tɛr] 餐飲服務

⑱ **le jeu des anneaux**
[lə ʒø de zano] 套圈圈

⑲ **le kart**
[lə kart] 小型賽車；卡丁車

⑳ **les tasses** [le tas] 咖啡杯

㉑ **les montagnes russes**
[le mɔ̃taɲ rys] 雲霄飛車

㉒ **faire du bateau**
[fɛr dy bato] 划船

㉓ **la tour de chute**
[la tur də ʃyt] 自由落體

235

Les films et les spectacles
電影與戲劇

單字朗讀
Mp3 Track 98

① **la séance du matin**
[la seãs dy matɛ̃]
早場

② **la séance du soir**
[la seãs dy swar]
晚場

③ **la séance de nuit**
[la seãs də nɥi]
午夜場

④ **l'affiche de film**
[l afiʃ də film]
電影海報

⑤ **le film de science-fiction**
[lə film də sjãs fiksjɔ̃]
科幻片

Réalisateur
ANTOINETTE

⑥ **le réalisateur**
[lə realizatœr]
導演

⑦ **le film d'arts martiaux**
[lə film d ar marsjɔ]
功夫片

⑧ **le dessin animé**
[lə dɛsɛ̃ anime]
卡通片

⑨ **l'émission télévisée**
[l emisjɔ̃ televize]
電視節目

⑪ **la comédie**
[la kɔmedi]
喜劇片

⑫ **le drame**
[lə dram]
悲劇片

⑬ **la série**
[la seri]
連續劇

⑩ **l'humoriste**
[l ymɔrist]
喜劇演員

⑭ **l'émission pour les enfants**
[l emisjɔ̃ pur le zɑ̃fɑ̃]
兒童節目

⑮ **l'émission de variétés**
[l emisjɔ̃ də varjete]
綜藝節目

⑯ **la publicité**
[la pyblisite]
廣告

⑰ **les sous-titres**
[le su titr]
字幕

⑱ **le personnage principal**
[lə pɛrsɔnaʒ prɛ̃sipal]
主角

⑲ **le spectacle de théâtre**
[lə spɛktakl də teatr]
舞台劇

⑳ **la scène de théâtre**
[la sɛn də teatr]
劇場

㉑ **le concert**
[lə kɔ̃sɛr] 音樂會；演奏會

㉒ **le concert**
[lə kɔ̃sɛr]
演唱會

㉓ **la comédie musicale**
[la kɔmedi myzikal]
音樂劇

㉔ **la salle de concert**
[la sal də kɔ̃sɛr] 音樂廳

㉕ **le *budaixi*** [lə budajsi] **le théâtre de marionnettes**
[lə teatr də marjɔnɛt]
布袋戲

㉖ **l'opéra taïwanais**
[l ɔpera taiwanɛ]
歌仔戲

㉗ **l'opéra**
[l ɔpera]
歌劇

㉘ **l'opéra de Pékin**
[l ɔpera də pekɛ̃]
京劇

中國有武俠片，法國有「劍客片(le film de cape et d'épée」。十九世紀浪漫主義作家大仲馬所著的《三劍客》(Les Trois Mousquetaires) 開啟了文學作品描寫劍客的先河，劍客佩掛華麗寶劍、騎著駿馬展開驚險刺激的冒險，讓讀者彷彿也置身歷險故事之中。一篇篇劍客故事亦因此搬上螢幕成為一種劇片形式，成為觀眾緬懷俠義精神的最佳媒介。

看見法國

度假是基本人權

法國人的假期號稱是世界最長的，除了例假日，一般上班族每年有五個星期的休假，外加六天的縮短法定勞動時間 (RTT: La réduction du temps de travail)，因此假期的安排非常重要。對主管來說，提醒員工安排休假以錯開大家的假期是工作重點之一。

法國人重視家庭生活，尤其是有孩子的家庭，假期的安排更得配合孩子的學年。學年中有幾個重要的假期，比如寒假 (les vacances d'hiver)、暑假 (les vacances d'été)、復活節假期 (les vacances de Pâques)、諸聖節 (la Toussaint) 和聖誕節 (les vacances de Noël)，都是家庭旅遊的重點。因此法國教育部便統一規定學曆，將全境分為三個學區，每個學區的假期錯開一至二週，以避免大批人潮同時湧進度假地區。

尤其夏天更具有特別的意義，大部分的法國人選擇在八月放長假 (les grandes vacances)，這段期間各種商店輪流休假，常常是到了店門口，才發現店主貼了張公告說要出門旅行二到三週才回來。

對法國人來說，一定要有被晒過的痕跡，才算是真的度過假。這像是一種宣告，證明你去旅行了。所以，冬天就要留下滑雪風鏡的痕跡，夏天就得晒出泳衣的形狀。

不過，近年來度假的習慣也在改變。從前喜歡放長假的法國人，現在轉而選擇短暫而頻繁的小假期。平常週休二日不夠，若碰上節日在週二或四，就自己搭個橋把假期都連在一塊兒，用法文來說就是 "faire le pont"，一下子就有四天連假。長假時可以到距離遠的亞洲、美洲旅行，假期短就把目的地放在歐洲或法國境內。無論如何，休到假是最重要的。

Section 12

Le sport

運動

Le sport
運動

① **le tennis de table**
[lə tɛnis də tabl]
le ping-pong
[lə piɲ pɔ̃ɲ]
桌球

② **le bowling**
[lə buliŋ]
保齡球

③ **le handball**
[lə ɑ̃dbal]
手球

④ **le dodgeball**
[lə dodʒbɔl]
躲避球

⑤ **le golf**
[lə gɔlf]
高爾夫球

⑥ **le softball**
[lə sɔftbɔl]
壘球

⑦ **le hockey sur gazon**
[lə ɔkɛ syr gazɔ̃]
曲棍球

⑧ **le rugby**
[lə rygbi]
橄欖球

⑨ **le football américain**
[lə futbɔl amerikɛ̃]
美式足球

⑩ **le badminton**
[lə badmintɔn]
羽毛球

⑪ **le cricket**
[lə krikɛ]
板球

⑫ **le squash**
[lə skwaʃ]
壁球

⑬ **la pétanque**
[la petɑ̃k]
滾球

⑭ **le polo**
[lə pɔlo]
馬球

⑮ **le beach-volley**
[lə bitʃ vɔlɛ]
沙灘排球

⑯ **le saut en parachute**
[lə so ɑ̃ paraʃyt]
跳傘

⑰ **le parapente**
[lə parapɑ̃t]
滑翔翼

⑱ **le patinage**
[lə patinaʒ]
溜冰

⑲ **le roller**
[lə rɔlœr]
直排輪

⑳ **le tir à l'arc**
[lə tir a l ark]
射箭

㉑ **le tir sportif**
[lə tir spɔrtif]
射擊

㉒ **le jogging**
[lə dʒɔgiŋ]
慢跑

㉓ **le cyclisme**
[lə siklism]
騎自行車

㉔ **l'escalade**
[l ɛskalad]
攀岩

㉕ **l'équitation**
[l ekitasjɔ̃]
騎馬

㉖ **le skate**
[lə skɛt]
滑板

㉗ **le paintball**
[lə pɛntbol]
漆彈

㉘ **les fléchettes**
[le fleʃɛt]
飛鏢

㉙ **la course automobile**
[la kurs otɔmɔbil]
賽車

㉚ **le sport extrême**
[lə spɔr ɛkstrɛm]
極限運動

㉛ **le saut à l'élastique**
[lə so a l elastik]
高空彈跳

運動

運動

根據 2011 年的統計，法國人最常做的運動依序如下：

❶ 足球　　　❷ 網球
❸ 柔道　　　❹ 地擲球
❺ 籃球　　　❻ 馬術
❼ 橄欖球　　❽ 滑雪
❾ 高爾夫球　❿ 風帆

241

Le basketball
籃球

① **le terrain de basketball**
[lə tɛrɛ̃ də baskɛtbɔl] 籃球場

② **le tableau d'affichage**
[lə tablo d afiʃaʒ] 記分板

③ **la ligne médiane**
[la liɲ medjan] 中線

④ **le rond central**
[lə rɔ̃ sɑ̃tral] 跳球圈

⑤ **le basketball** [lə baskɛtbɔl]
le basket [lə baskɛt] 籃球

⑥ **dribbler** [drible] 運球

⑦ **l'entraineur** [l ɑ̃trɛnœr] 教練

⑧ **les remplaçants** [le rɑ̃plasɑ̃]
le banc [lə bɑ̃] 板凳球員

⑨ **la ligne de touche**
[la liɲ də tuʃ] 邊線

⑩ **le panneau** [lə pano] 籃板

⑪ **le panier** [lə panje] 籃框

⑫ **le filet** [lə filɛ] 籃網

⑬ **la raquette** [la rakɛt] 禁區

⑭ **le pivot** [lə pivo] 中鋒

⑮ **la ligne de lancer-franc**
[la liɲ də lɑ̃se frɑ̃] 罰球線

⑯ **la ligne à trois points**
[la liɲ a trwa pwɛ̃] 三分線

⑰ **l'ailier** [l ɛlje] 前鋒

⑱ **l'arbitre** [l arbitr] 裁判

⑲ **l'arrière** [l arjɛr] 後衛

⑳ **la ligne de fond** [la liɲ də fɔ̃] 底線

雖然法國是歐洲有最多 NBA 職業籃球員的國家,但最普遍的球類運動還是足球,因此偶爾會看到人們在籃球場上踢著足球的景象。這一方面是出自人們對於足球的熱情,一方面是由於空間有限,所以會出現在籃框下同時設置足球門的有趣畫面。

運動

籃球

243

Le volley
排球

① **le volleyball** [lə vɔlɛbɔl]
le volley [lə vɔlɛ] 排球

② **le terrain de volleyball**
[lə tɛrɛ̃ də vɔlɛbɔl] 排球場

③ **la zone de jeu**
[la zɔn də ʒø] 比賽區

④ **réceptionner**
[resɛpsjɔne] 下手接球

⑤ **la ligne d'attaque**
[la liɲ d atak] 攻擊線

⑥ **lancer la balle**
[lɑ̃se la bal] 托球

⑦ **bloquer** [blɔke] 攔網

⑧ **le filet** [lə filɛ] 球網

⑨ **toucher le filet**
[tuʃe lə filɛ] 觸網

⑩ **smasher** [sma(t)ʃe]
faire un smash
[fɛr ɛ̃ sma(t)ʃ] 扣殺；殺球

⑪ **l'avertissement**
[l avɛrtismɑ̃] 警告

⑫ **tenir le ballon**
[tənir lə balɔ̃] 持球

⑬ **servir** [sɛrvir] 發球

⑭ **la faute** [la fot] 犯規

⑮ **la zone libre**
[la zɔn libr] 無障礙區

⑯ **ballon hors-jeu**
[balɔ̃ ɔr ʒø] 界外球

國際排球總會（Fédération Internationale de Volleyball）在 1947 年成立於巴黎，第一任主席是法國人 Paul Libaud，直到他 1984 年退休以後，總部才搬遷至瑞士的洛桑（Lausanne）。

運動

排球

Le baseball
棒球

① **le baseball** [lə bɛzbɔl] 棒球

② **le coup de circuit**
[lə ku də sirkɥi] 全壘打

③ **les gradins**
[le gradɛ̃] 露天看台

④ **le terrain de baseball**
[lə tɛrɛ̃ də bɛzbɔl] 棒球場

⑤ **frapper** [frape] 安打

⑥ **le voltigeur de gauche**
[lə vɔltiʒœr də goʃ] 左外野手

⑦ **le champ extérieur**
[lə ʃɑ̃ ɛksterjœr] 外野

⑧ **le gant** [lə gɑ̃] 手套

⑨ **le voltigeur de centre**
[lə vɔltiʒœr də sɑ̃tr] 中外野手

⑩ **l'arrêt-court** [l arɛ kur] 游擊手

⑪ **la base** [la baz] 壘包

⑫ **le jouer de troisième base**
[lə ʒuœr də trwazjɛm baz] 三壘手

⑬ **le joueur de deuxième base**
[lə ʒuœr də døzjɛm baz] 二壘手

⑭ **l'amorti-sacrifice**
[l amɔrti sakrifis] 犧牲打

⑮ **le voltigeur de droite**
[lə vɔltiʒœr də drwat] 右外野手

⑯ **le maillot de baseball**
[lə majo də bɛzbɔl] 棒球衣

⑰ **le lanceur** [lə lɑ̃sœr] 投手

⑱ **le monticule** [lə mɔ̃tikyl] 投手丘

⑲ **le joueur de première base**
[lə ʒuœr də prəmjɛr baz] 一壘手

⑳ **le champ intérieur**
[lə ʃɑ̃ ɛ̃terjœr] 內野

㉑ **le batteur**
[lə batœr] 打擊手

㉒ **le numéro du joueur**
[lə nymero dy juœr] 背號

㉓ **la batte** [la bat] 球棒

㉔ **la zone de prises**
[la zɔn də priz] 打擊位置

㉕ **le marbre** [lə marbr] 本壘板

㉖ **le receveur** [lə rəsəvœr] 捕手

㉗ **la fausse balle**
[la fos bal] 界外球

㉘ **la prise**
[la priz]
好球

㉙ **la balle**
[la bal]
壞球

㉚ **le retrait sur trois prises**
[lə rətrɛ syr trwa priz]
三振

㉛ **atteint par un lancer**
[atɛ̃ par ɛ̃ lɑ̃se]
觸身球

㉜ **but sur balles**
[byt syr bal]
四壞球保送

247

Le tennis
網球

① **le court de tennis** [lə kur də tɛnis] 網球場

② **le simple** [lə sɛ̃pl] 單打

③ **les lignes de côté** [le liɲ də kote] 邊線

④ **le coup droit**
[lə ku drwa] 正手擊球；正手拍

⑤ **le maillot de tennis**
[lə majo də tɛnis] 網球衣

⑥ **les chaussures de tennis**
[le ʃosyr də tɛnis] 網球鞋

⑦ **égalité** [egalite] 平分

⑧ **le score** [lə skɔr] 紀錄

⑨ **le fond de court** [lə fɔ̃ də kur] 後場

⑩ **la zone de mi-court**
[la zɔn də mi kur] 中場

⑪ **l'avant du court** [l avɑ̃ dy kur] 前場

⑫ **la raquette** [la rakɛt] 球拍

⑬ **la poignée** [la pwaɲe] 握拍

⑭ **servir** [sɛrvir] 發球

⑮ **le carré de service**
[lə kare də sɛrvis] 發球區

⑯ **la surface dure**
[la syrfas dyr] 硬地球場

大滿貫(le Grand Chelem)指一位網球選手在一個賽季裡同時囊括四項系列賽的冠軍。大滿貫系列賽指的是下列四項賽事:澳洲網球公開賽(Open d'Australie)、法國網球公開賽(Rolland Garros)、溫布頓網球錦標賽(Wimbledon)與美國網球公開賽(U.S. Open)。奪得大滿貫的頭銜對職業網球選手來說,是至高無上的尊榮。

⑰ **le double**
[lə dubl] 雙打

⑱ **point** [pwɛ] 分

⑲ **jeu** [ʒø] 局

⑳ **set** [sɛt] 盤

㉑ **le manche** [lə mɑ̃ʃ] 拍柄

㉒ **le revers**
[lə rəvɛr] 反手擊球;反手拍

㉓ **la balle** [la bɑl] 網球

㉔ **le filet**
[lə filɛ] 球網

㉕ **les lignes de côté en double**
[le liɲ də kote ɑ̃ dubl] 雙打邊線

㉖ **les lignes de côté en simple**
[le liɲ də kote ɑ̃ sɛ̃pl] 單打邊線

㉗ **le smash** [lə sma(t)ʃ] 殺球

㉘ **le tournoi** [lə turnwa] 冠軍賽

㉙ **la terre battue** [la tɛr baty] 紅土球場

249

Le football
足球

① **le public** [lə pyblik] 觀眾

② **les fans** [le fan] 球迷

③ **les pom-pom girls**
[le pɔm pɔm gœrl] 啦啦隊

④ **la Coupe du Monde de football**
[la kup dy mɔ̃d də futbɔl] 世界盃足球賽

⑤ **le footballeur** [lə futbɔlœr] 球員

⑥ **le terrain de football**
[lə tɛrɛ̃ də futbɔl] 足球場

⑦ **le corner** [lə kɔrnɛr] 角球

⑧ **l'entraîneur** [lɑ̃trɛnœr] 教練

⑨ **le défenseur** [lə defɑ̃sœr] 後衛

⑩ **dribbler** [drible] 運球

⑪ **la passe** [la pas] 傳球

⑫ **l'arrêt** [l arɛ] 接高球

⑬ **le tir** [lə tir]
la frappe [la frap] 射門

⑭ **le juge de touche**
[lə ʒyʒ də tuʃ] 邊審

⑮ **le contrôle de la poitrine**
[lə kɔ̃trol də la pwatrin] 胸部停球

足球的罰球分為兩種，一種為自由球（**le coup-franc**），是比賽中發生犯規時重新開始比賽的方法，另外一種則是稱之為點球（**le pénalty**），又稱 12 碼罰球，有時也會被用於在比賽同分時決勝負的方法。

⑯ **faire l'engagement** [fɛr l ɑ̃gaʒmɑ̃] 開球

⑰ **le contrôle** [lə kɔ̃trol] 接球

⑱ **l'arbitre central** [l arbitr sɑ̃tral] 主審

⑲ **le carton rouge** [lə kartɔ̃ruʒ] 紅牌

⑳ **le carton jaune** [lə kartɔ̃ ʒon] 黃牌

㉑ **la main** [la mɛ̃] 手球

㉒ **la retournée** [la rəturne]
  la bicyclette [la bisiklɛt] 倒勾球

㉓ **la milieu de terrain**
  [lə miljø də tɛrɛ̃] 中場

㉔ **la touche** [la tuʃ] 執邊線球

㉕ **le match nul** [lə matʃ nyl] 平局

㉖ **la tête** [la tɛt] 頂球

㉗ **l'attaquant** [l atakɑ̃] 前鋒

㉘ **le gardien de but**
  [lə gardjɛ̃ də byt] 守門員

㉙ **la cage** [la kaʒ] 球門

㉚ **marquer un but**
  [marke ɛ̃ byt] 進球

㉛ **hors-jeu** [ɔr ʒø] 越位

L'athlétisme
田徑

① **le lancer du marteau**
[lə lɑ̃se dy marto]
擲鏈球

② **le lancer de disque**
[lə lɑ̃se də disk]
擲鐵餅

③ **le lancer de javelot**
[lə lɑ̃se də ʒavlo]
擲標槍

④ **le lancer de poids**
[lə lɑ̃se də pwa]
推鉛球

⑤ **le saut en longueur**
[lə so ɑ̃ lɔ̃gœr]
跳遠

⑥ **le bac à sable**
[lə bak a sabl]
沙坑

⑦ **le saut en hauteur**
[lə so ɑ̃ otœr]
跳高

⑧ **le triple saut**
[lə tripl so]
三級跳遠

⑨ **le saut de haies**
[lə so də ɛ]
跨欄

⑩ **la haie**
[la ɛ]
欄杆

⑪ **la perche**
[la pɛrʃ]
長竿

⑫ **le saut à la perche**
[lə so a la pɛrʃ]
撐竿跳

⑬ **la course d'obstacles**
[la kurs d ɔbstakl]
障礙賽跑

⑭ **le marathon**
[lə maratɔ̃]
馬拉松

⑮ **l'ultrafond**
[l yltrafɔ̃]
超級馬拉松

⑯ **la course de relais**
[la kurs də rəlɛ]
接力賽

⑰ **le témoin**
[lə temwɛ̃]
接力棒

⑱ **la marche athlétique**
[la marʃ atletik]
競走

⑲ **le sprint**
[lə sprint]
短跑

⑳ **le 100 mètres**
[lə sɑ̃ mɛtr]
百米賽跑

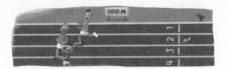

㉑ **le décathlon**
[lə dekatlɔ̃]
十項全能

㉒ **les Jeux Olympiques**
[le ʒø zɔlɛ̃pik]
奧林匹克運動會

㉔ **la médaille d'argent**
[la medaj d arʒɑ̃]
銀牌

㉓ **la médaille d'or**
[la medaj d ɔr]
金牌

㉕ **la médaille de bronze**
[la medaj də brɔ̃z]
銅牌

Les sports d'eau et les sports d'hiver

水上運動與冬季運動

① **la natation**
[la natasjɔ̃]
游泳

② **la brasse**
[la bras]
蛙式

③ **le crawl**
[lə krol]
自由式

④ **le dos**
[lə do]
仰式

⑤ **le papillon**
[lə papijɔ̃]
蝶式

⑥ **la nage du chien**
[la naʒ dy ʃjɛ̃]
狗爬式

⑦ **la brasse indienne**
[la bras ɛ̃djɛn]
側泳

⑧ **le plongeon**
[lə plɔ̃ʒɔ̃]
跳水

⑨ **la natation synchronisée**
[la natasjɔ̃ sɛ̃krɔnize]
水上芭蕾

⑩ **le ski nautique**
[lə ski notik]
滑水

⑪ **le surf**
[lə sœrf]
衝浪

⑫ **la planche à voile**
[la plɑ̃ʃ a vwal]
風浪板

⑬ **le snorkeling**
[lə snɔrkeliŋ]
浮潛

⑭ **la plongée**
[la plɔ̃ʒe]
潛水

⑮ **le jetski**
[lə dʒɛtski]
水上摩托車

⑯ **l'aviron**
[l avirɔ̃]
划船

⑰ **le rafting**
[lə raftiŋ]
泛舟

⑱ **le canoë-kayak**
[lə kanɔɛ kajak]
水上獨木舟

⑲ **le parachute ascensionnel**
[lə paraʃyt asãsjɔnɛl]
拖曳傘

⑳ **le water-polo**
[lə watœr pɔlo]
水球

㉑ **le hockey subaquatique**
[lə ɔkɛ sybakwatik]
水底曲棍球

㉒ **le hockey sur glace**
[lə ɔkɛ syr glas]
冰上曲棍球

㉓ **le patinage artistique**
[lə patinaʒ artistik]
花式溜冰

㉔ **le patinage**
[lə patinaʒ]
滑冰

㉕ **le patinage de vitesse**
[lə patinaʒ də vitɛs]
競速滑冰

㉖ **le ski de fond**
[lə ski də fɔ̃]
越野滑雪

㉗ **le ski alpin**
[lə ski alpɛ̃]
高山滑雪

㉘ **faire du snowboard**
[fɛr dy snobɔrd]
雪板運動

㉙ **la planche de snowboard**
[la plãʃ də snobɔrd]
滑雪板

㉚ **le ski**
[lə ski]
滑雪

㉛ **la motoneige**
[la mɔtonɛʒ]
雪上摩托車

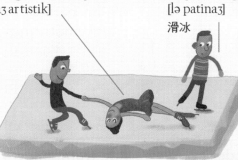

La gymnastique et les arts martiaux

體操與武術

la gymnastique
[la ʒimnastik]
體操

① **les barres parallèles**
[le bar paralɛl]
雙槓

② **les anneaux**
[le zano]
吊環

③ **le cheval d'arçon**
[lə ʃəval d arsɔ̃]
鞍馬

④ **la barre fixe**
[la bar fiks]
單槓

⑤ **les barres asymétriques**
[le bar asimetrik]
高低槓

⑥ **la poutre**
[la putr]
平衡木

⑦ **le saut de cheval**
[lə so də ʃəval]
跳馬

⑧ **le trampoline**
[lə trɑ̃pɔlin]
蹦床

⑨ **la corde à sauter**
[la kɔrd a sote]
跳繩

⑩ **l'exercice d'aérobic**
[l ɛgzɛrsis d aerɔbik]
有氧運動

⑪ **la gymnastique rythmique**
[la ʒimnastik ritmik]
韻律體操

⑫ **la méthode Pilates**
[la metɔd pilat]
皮拉提斯

⑬ **le yoga**
[lə jɔga]
瑜珈

⑭ **la méditation**
[la meditasjɔ̃]
冥想

⑮ **le fitness**
[lə fitnɛs]
健身

⑯ **les haltères**
[le zaltɛr]
啞鈴

⑰ **l'haltérophilie**
[l alterɔfili]
舉重

⑱ **les pompes**
[le pɔ̃p]
伏地挺身

⑲ **les abdominaux**
[le zabdɔmino]
仰臥起坐

les arts martiaux
[le zar marsjo]
武術

⑳ **l'escrime**
[l ɛskrim]
西洋劍

㉑ **le kendo**
[lə kɛndo]
劍道

㉒ **le tai chi**
[lə tai tʃi]
太極拳

㉓ **le kungfu**
[lə kuŋfu]
功夫

㉔ **le qi gong**
[lə tʃi gɔ̃ŋ]
氣功

㉕ **l'aïkido**
[l aikido]
合氣道

㉖ **le judo**
[lə ʒydo]
柔道

㉗ **le karaté**
[lə karate]
空手道

㉘ **le taekwondo**
[lə taikwɔndo]
跆拳道

㉙ **la boxe**
[la bɔks]
拳擊

㉚ **la lutte**
[la lyt]
摔角

㉛ **le sumo**
[lə symo]
相撲

㉜ **les arts martiaux
chinois**
[le zar marsjo ʃinwa]
中國武術

㉝ **la savate**
[la savat]
法式拳擊

體操與武術

257

看見法國

動靜皆宜

法國人喜歡的運動不少，其中最能保持優雅時尚的，莫過於傳統的滾球。雖然對年輕人來說，滾球有著老人運動的印象，但在法國卻極為風行，經常可以在公園或沙地上看到人們玩滾球的身影。

滾球有點像放大版的彈珠遊戲，首先裁判丟出一顆較小的目標球，接著每位選手輪流擲鐵球，以最接近目標球者為勝。它的起源可追溯到古埃及時期，由羅馬人傳入歐洲後，在各地發展出許多相似的球類運動。關於名稱的訂立有項軼聞，據說 1907 年普羅旺斯滾球 (Le jeu provençal) 的冠軍 Jules Lenoir 因為得了風濕無法繼續他最愛的滾球，所以用推廣滾球的名義，建議將規則修改為擲球時雙腳必須在定點範圍內，也因此將各地名稱紛亂的滾球以普羅

旺斯地區的方言 "pieds tanqués (雙腳併攏不離地)" 整合命名，也就是今天的 Pétanque。

除了滾球，如同其他歐洲國家，足球也相當風靡，平日街頭巷尾最常見的畫面就是孩子們聚在一起踢足球。法國人喜歡足球的程度，甚至連去野餐也得帶上小足球門，以便在空檔時和朋友踢球。

僅次於足球的應該就是網球了，每年五、六月在巴黎舉行的法國網球公開賽已有百年歷史，年年吸引大批的人潮不論晴雨到羅蘭 · 加洛斯球場 (Court de Roland-Garros) 為選手加油。

另外亦深受法國人喜愛的運動是自行車，每年七月舉行的環法自行車賽也有百年歷史，為期 23 天的賽事，繞行鄉間、高山以及城鎮。最有趣的是最後一天在香榭大道的賽段，通常這時冠軍名次已經確認，獲得冠軍排名的車手在這一天會邊喝著香檳緩緩出發，成為另一種法式魅力的景象。

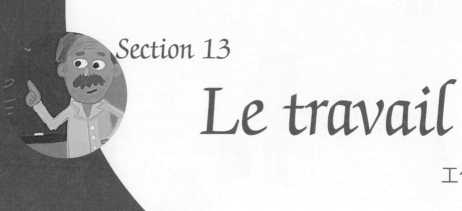

Section 13

Le travail

工作

Les métiers I
職業（一）

① **le vendeur**
[lə vɑ̃dœr]
la vendeuse
[la vɑ̃dœz]
業務員(男/女)

② **l'assistant**
[l asistɑ̃]
l'assistante
[l asistɑ̃t]
助理(男/女)

③ **le/la secrétaire**
[lə/ la səkretɛr]
秘書(男/女)

④ **le/la gestionnaire**
[lə/ la ʒɛstjɔnɛr]
經理(男/女)

⑤ **le/la journaliste**
[lə/ la ʒurnalist]
記者(男/女)

⑥ **le/la professeur**
[lə/ la prɔfɛsœr]
老師(男/女)

⑦ **le/la professeur des universités**
[lə/ la prɔfɛsœr de zynivɛrsite]
教授(男/女)

⑧ **le/la fonctionnaire**
[lə/ la fɔ̃ksjɔnɛr]
公務員(男/女)

⑨ **l'agent de sécurité**
[l aʒɑ̃ də sekyrite]
警衛

⑩ **le/la militaire**
[lə/ la militɛr]
軍人(男/女)

⑪ **le chauffeur** [lə ʃofœr]
le routier [lərutje]
la chauffeuse [la ʃofœz]
la routière [larutjɛr]
司機(男/女)

⑫ **le/la pilote d'avion**
[lə/ la pilɔt d avjɔ̃]
飛行員(男/女)

⑬ **l'agriculteur**
[l agrikyltœr]
l'agricultrice
[l agrikyltris]
農夫(男/女)

⑭ **le pêcheur**
[lə pɛʃœr]
la pêcheuse
[la pɛjœz]
漁夫(男/女)

⑮ **le cuisinier**
[lə kɥizinje]
la cuisinière
[la kɥizinjɛr]
廚師(男/女)

⑯ **l'architecte**
[l arʃitɛkt]
建築師

工作

職業（一）

⑰ **le mécanicien**
[lə mekanisjɛ̃]
la mécanicienne
[la mekanisjɛn]
技工(男/女)

⑱ **le menuisier**
[lə mənɥizje]
la menuisière
[la mənɥizjɛr]
木匠(男/女)

⑲ **l'ouvrier**
[l uvriɛr]
工人

⑳ **le plombier**
[lə plɔ̃bje]
la plombière
[la plɔ̃bjɛr]
水工(男/女)

㉑ **l'électricien**
[l elɛktrisjɛ̃]
l'électricienne
[l elɛktrisjɛn]
電工(男/女)

Les métiers II
職業（二）

① **le/la scientifique**
[lə/la sjɑ̃tifik]
科學家(男/女)

② **l'ingénieur**
[l ɛ̃ʒenjœr]
l'ingénieure
[l ɛ̃ʒenjœr]
工程師(男/女)

③ **le politicien**
[lə pɔlitisjɛ̃]
la politicienne
[la pɔlitisjɛn]
政治家(男/女)

④ **l'homme d'affaires**
[l ɔm d afɛr]
la femme d'affaires
[la fam d afɛr]
商人(男/女)

⑤ **l'entrepreneur**
[l ɑ̃trəprənœr]
l'entrepreneuse
[l ɑ̃trəprənœz]
企業家(男/女)

⑥ **l'avocat**
[l avɔka]
l'avocate
[l avɔkat]
律師(男/女)

⑦ **le/la juge**
[lə/ la ʒyʒ]
法官(男/女)

⑧ **le/la guide**
[lə/ la gid]
導遊(男/女)

⑨ **l'agent**
[l aʒɑ̃]
經紀人

⑩ **l'acteur**
[l aktœr]
le comédien
[lə kɔmedjɛ̃]
男演員

⑪ **l'actrice**
[l aktris]
la comédienne
[la kɔmedjɛn]
女演員

⑫ **le chanteur**
[lə ʃɑ̃tœr]
la chanteuse
[la ʃɑ̃tœz]
歌手(男/女)

⑬ **l'artiste**
[l artist]
藝術家

⑭ **le sculpteur**
[lə skyltœr]
la sculptrice
[la skyltris]
雕塑家(男/女)

⑮ **le danseur**
[lə dɑ̃sœr]
la danseuse
[la dɑ̃sœz]
舞蹈家(男/女)

⑯ **le musicien**
[lə myzisjɛ̃]
la musicienne
[la myzisjɛn]
音樂家(男/女)

⑰ **le coiffeur**
[lə kwafœr]
la coiffeuse
[la kwafœz]
髮型設計師(男/女)

⑱ **l'employé du magasin**
[l ɑ̃plwaje dy magazɛ̃]
l'employée du magasin
[l ɑ̃plawaje dy magazɛ̃]
店員(男/女)

⑲ **le sportif**
[lə spɔrtif]
la sportive
[la spɔrtiv]
運動員(男/女)

⑳ **le travailleur indépendant**
[lə travajœr ɛ̃depɑ̃dɑ̃]
la travailleuse indépendante
[la travajœz ɛ̃depɑ̃dɑ̃t]
自由業(男/女)

㉑ **le chômeur**
[lə ʃomœr]
la chômeuse
[la ʃomœz]
失業者(男/女)

Le bureau
辦公室

① **l'entreprise**
[l ɑ̃trəpriz]
公司

② **pointer**
[pwɛ̃te]
打卡

③ **le badge magnétique**
[lə badʒ maɲetik]
門卡

④ **aller au travail**
[ale o travaj]
上班

⑤ **l'attaché-case**
[l ɑta ʃe kaz]
公事包

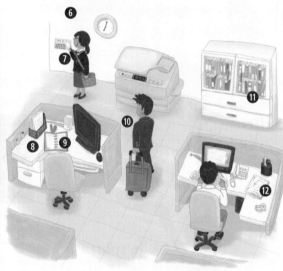

⑥ **le bureau** [lə byro] 辦公室

⑦ **sortir du travail** [sɔrtir dy travaj] 下班

⑧ **la table de bureau** [la tabl də byro] 辦公桌

⑨ **le cahier relié** [lə kaje rəlje] 活頁夾

⑩ **partir en voyage d'affaires**
[partir ɑ̃ vwajaʒ d afɛr] 出差

⑪ **le placard à archives**
[lə plakar a arʃiv] 文件櫃

⑫ **faire des heures supplémentaires**
[fɛr de zœr syplemɑ̃tɛr] 加班

⑬ **le salaire**
[lə salɛr]
薪水

⑭ **la prime**
[la prim]
獎金

⑮ **la salle de réunion**
[la sal də reynjɔ̃]
會議室

⑯ **faire une réunion**
[fɛr yn reynjɔ̃]
開會

⑰ l'augmentation
[l ogmɑ̃tasjɔ̃]
加薪

⑱ le/la collègue
[lə/ la kɔlɛg]
同事(男/女)

⑲ la pause déjeuner
[la poz deʒœne]
午休

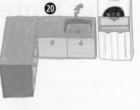

⑳ la salle de repos
[la sal də rəpo]
茶水間

CONTRAT DE TRAVAIL

㉑ le contrat
[lə kɔ̃tra]
合約

㉒ l'admission
[l admisjɔ̃]
錄取

㉓ l'entretien d'embauche
[l ɑ̃trətjɛ̃ d ɑ̃boʃ]
面試

㉔ le candidat
[lə kɑ̃dida]
應徵

㉕ démissionner
[demisjɔne]
辭職

㉖ changer de travail
[ʃɑ̃ʒe də travaj]
跳槽

㉗ la période d'essai
[la perjɔd d ɛsɛ]
試用期

㉘ la promotion
[la prɔmɔsjɔ̃]
升職

㉙ être au chômage
[ɛtr o ʃomaʒ]
失業

㉛ être licencié
[ɛtr lisɑ̃sje]
被開除

關於被開除，還有個口語的說法叫 être mis à la porte (被放在門外)。

㉚ licencier
[lisɑ̃sje]
解僱

L'équipement informatique et l'Internet

電腦設備與網路

l'ordinateur
[l ɔrdinatœr]
電腦

① **l'ordinateur de bureau**
[l ɔrdinatœr də byro]
桌上型電腦

② **l'ordinateur portable**
[l ɔrdinatœr pɔrtabl]
le netbook [lə nɛtbulk]
筆記型電腦

③ **la tablette numérique**
[la tablɛt nymerik]
平板電腦

④ **l'écran tactile**
[l ekrã taktil]
觸控式螢幕

⑤ **l'écran à cristaux liquides**
[l ekrã a kristo likid]
液晶顯示器

⑥ **la carte mère**
[la kart mɛr]
主機板

⑦ **l'unité centrale**
[l ynite sãtral]
中央處理器

⑧ **la mémoire**
[la memwar]
記憶體

⑨ **le disque dur**
[lə disk dyr]
硬碟

⑩ **la souris**
[la suri]
滑鼠

⑪ **le tapis de souris**
[lə tapi də suri]
滑鼠墊

⑫ **le clavier**
[lə klavje]
鍵盤

⑬ **le lecteur de CD Rom**
[lə lɛktœr də sede rɔm]
光碟機

⑭ **le CD Rom**
[lə sede rɔm]
光碟

⑮ **le haut-parleur**
[lə o parlœr]
喇叭

⑯ **le scanner**
[lə skanɛr]
掃描機

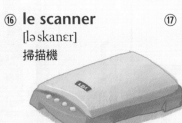

⑰ **l'imprimante**
[l ɛ̃primɑ̃t]
印表機

⑱ **le stylet informatique**
[lə stilɛ ɛ̃fɔrmatik]
觸控筆；手寫筆

⑲ **la clé USB**
[la kle yɛsbe]
隨身碟

⑳ **la webcam**
[la wɛbkam]
網路攝影機

㉑ **le graveur de disque**
[lə gravœr də disk]
光碟燒錄器

㉒ **le concentrateur Ethernet**
[lə kɔ̃sɑ̃tratœr etɛrnɛt]
le bus Ethernet
[lə bys etɛrnɛt]
集線器

㉓ **la carte réseau**
[la kart rezo]
網路卡

㉔ **le modem**
[lə mɔdɛm]
數據機

㉕ **la carte mémoire**
[la kart memwar]
記憶卡

㉖ **le lecteur de cartes**
[lə lɛktœr də kart]
讀卡機

㉗ **Internet**
[ɛ̃tɛrnɛt]
網際網路

㉘ **le site internet**
[lə sit ɛ̃tɛrnɛt]
le site Web
[lə sit wɛb]
網站

㉙ **la page Internet**
[la paʒ ɛ̃tɛrnɛt]
la page Web
[la paʒ wɛb]
網頁

根據 2011 年的統計，法國約有 30% 的人使用臉書（Facebook），其中大多是年輕人。用推特（Twitter）的人約為 10%，另外也有一些人寫部落格（blog）。

工作

電腦設備與網路

工作不是人生的一切

若說天生悠閒，絕非法國人莫屬。他們的悠閒是從骨子裡透出來的，即便在工作上，還是儘可能保持著悠閒的態度，法國人說 "travailler pour vivre ou vivre pour travailler?（工作是為了生活，還是活著為了工作？）" 答案不言自明。工作只是生活的一部份，是為了提供更好的生活品質，因此沒道理為了工作犧牲私人的時間。

住法國的人多少有過這樣的經驗，到某機關辦事，雖然滿屋子都是等候的人，但窗口就是只有一個，因為其他人休息去了。對法國人來說，休息時間就是私人時間，想辦事等休息結束再說吧。那麼，法國人辦事效率低？相反的，很多人認為法國人因為不疲勞工作，反而更有效率。這點反應在工作時數上，法國現行的工作時數是每週三十五小時，加班的情況不常見，但如需加班，每天不能超過三小時，一週則不能超過十三小時。

法國在 2009 年正式通過星期日工作法案，讓雇主有要求員工星期天加班的機會，但另一方面需付雙倍工資，並補足等同加班時間的休假，條件相當優渥。但法國人並不領情，認為加班就是壓縮休息時間，也犧牲了與家人的相處，尤其在星期日，因此最後這項法案只在幾個觀光區實施。

法國人愛罷工也是出了名的，對於不能接受的制度、政策，人民一定馬上表達意見，上街抗議。在巴黎，凡是有重大的罷工遊行，終點一定在巴士底廣場，這是自法國大革命以來的傳統。在追求人民的福利上，法國人始終保持著一種革命的精神。例如：2010 年時，為了反對將退休年齡延後至 62 歲，就曾發生全國性的大罷工，不但公共交通癱瘓，許多機關也閉門不開，同時學生也罷課響應。

法國人熱愛工作，但更享受生活。

Section 14

Les animaux et les végétaux

動植物

Les mammifères

哺乳類動物

les animaux
[le zanimo]
動物

le mâle
[lə mal]
公

la femelle
[la fəmɛl]
母

① **le bouc**
[lə buk]
la chèvre
[la ʃɛvr]
山羊 (公/母)

② **le mouton**
[lə mutɔ̃]
la brebis
[la brəbi]
綿羊 (公/母)

③ **le taureau**
[lə toro]
la vache
[la vaʃ]
牛 (公/母)

④ **la vache laitière**
[la vaʃ lɛtjɛr]
乳牛

⑤ **le rhinocéros**
[lə rinɔserɔs]
犀牛

⑥ **le chien**
[lə ʃjɛ̃]
la chienne
[la ʃjɛn]
狗 (公/母)

⑦ **le chat**
[la ʃa]
la chatte
[la ʃat]
貓 (公/母)

⑧ **le porc**
[lə pɔr]
la truie
[la trɥi]
豬 (公/母)

⑨ **le lapin**
[lə lapɛ̃]
la lapine
[la lapin]
兔子 (公/母)

⑩ **le singe**
[lə sɛ̃ʒ]
la guenon
[la gənɔ̃]
猴子 (公/母)

⑪ **le rat**
[lə ra]
老鼠

⑫ **l'écureuil**
[l ekyrœj]
松鼠

⑬ **le kangourou**
[lə kãguru]
袋鼠

⑭ **la chauve-souris**
[la ʃovsuri]
蝙蝠

⑮ **le renard**
[lə rənar]
狐狸

⑯ **le loup**
[lə lu]
la louve
[la luv]
狼 (公/母)

⑰ **le chameau**
[lə ʃamo]
la chamelle
[la ʃamɛl]
雙峰駱駝 (公/母)

⑱ **le cheval** [lə ʃəval]
la jument [la ʒymɑ̃]
馬（公／母）

⑲ **l'hippopotame**
[l ipɔpɔtam]
河馬

⑳ **le zèbre**
[lə zɛbr]
斑馬

㉑ **l'âne**
[l ɑn]
驢子

㉒ **la girafe**
[la ʒiraf]
長頸鹿

㉓ **le cerf** [lə sɛr]
la biche [la biʃ]
鹿（公／母）

㉔ **l'ours**
[l urs]
熊

㉕ **le koala**
[lə kɔala]
無尾熊

㉖ **le panda**
[lə pɑ̃da]
熊貓

㉗ **l'ours polaire**
[l urs pɔlɛr]
北極熊

㉘ **le lion**
[lə ljɔ̃]
la lionne
[la ljɔn]
獅子（公／母）

㉙ **le tigre** [lə tigr]
la tigresse [la tigrɛs]
老虎（公／母）

㉚ **la panthère**
[la pɑ̃tɛr]
豹

㉛ **la belette**
[la bəlɛt]
伶鼬

㉜ **l'éléphant**
[l elefɑ̃]
大象

㉝ **la marmotte**
[la marmɔt]
旱獺

㉞ **le chamois**
[lə ʃamwa]
臆羚

動植物

哺乳類動物

❶ 對於動物的公母區分，法文並沒有很有系統性的規則，不過大致上來說可分為三種情況：
  ⅰ 公和母是完全不同的兩個字，例如：**le coq**（公雞）, **la poule**（母雞）。
  ⅱ 公和母是相同的字，只需在公的結尾加一個 "e"，就可以變成母的，例如：**le renard**（公狐狸）, **la renarde**（母狐狸）。
  ⅲ 也可以只加上「公」和「母」的形容詞，例如：**l'araignée mâle**（公的蜘蛛）, **l'araignée femelle**（母的蜘蛛）。

❷ 在法文裡，並沒有「駱駝」這個統一的稱呼，而會因單峰或雙峰而有不同的說法，單峰駱駝叫 **le dromadaire**。

271

Les insectes

蟲

les insectes
[le zɛ̃sɛkt]
昆蟲

① **le ver à soie**
[lə vɛr a swa]
蠶

② **la mouche**
[la muʃ]
蒼蠅

③ **le moustique**
[lə mustik]
蚊子

④ **l'abeille**
[l abɛj]
蜜蜂

⑤ **la libellule**
[la libɛlyl]
蜻蜓

⑥ **le papillon**
[lə papijɔ̃]
蝴蝶

⑦ **le papillon de nuit**
[lə papijɔ̃ də nɥi]
蛾

⑧ **la cigale**
[la sigal]
蟬

⑨ **le grillon**
[lə grijɔ̃]
蟋蟀

⑩ **le scarabée**
[lə skarabe]
金龜子

⑪ **la coccinelle**
[la kɔksinɛl]
瓢蟲

⑫ **la luciole**
[la lysiɔl]
螢火蟲

⑬ **le criquet**
[lə krikɛ]
蝗蟲

⑭ **la mante**
[la mɑ̃t]
螳螂

⑮ **le scarabée rhinocéros japonais**
[lə skarabe rinɔserɔs ʒapɔnɛ]
獨角仙

⑯ **la lucane**
[la lykan]
鍬形蟲

⑰ **la punaise**
[la pynɛz]
臭蟲

⑱ **la fourmi**
[la ʃurmi]
螞蟻

⑲ **la puce**
[la pys]
跳蚤

⑳ **le cafard**
[lə kafar]
蟑螂

---

les reptiles
[le rɛptil]
爬蟲類

㉑ **le serpent**
[lə sɛr pɑ̃]
蛇

㉒ **la tortue**
[la tɔrty]
龜

㉓ **le lézard**
[lə lezar]
蜥蜴

㉔ **le crocodile**
[lə krɔkɔdil]
鱷魚

---

autres animaux
[otrə zanimo]
其他動物

㉕ **l'escargot**
[l ɛskargo]
蝸牛

㉖ **l'araignée**
[l arɛɲe]
蜘蛛

㉗ **le ver de terre**
[lə vɛr də tɛr]
蚯蚓

㉘ **le mille-pattes**
[lə mil pat]
蜈蚣

㉙ **le scorpion**
[lə skɔrpjɔ̃]
蠍子

㉚ **le têtard**
[lə tɛtar]
蝌蚪

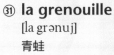

㉛ **la grenouille**
[la grənuj]
青蛙

Les oiseaux

鳥類

l'oiseau
[l wazo]
鳥

① **l'œuf**
[l œf]
蛋

② **le coq** [lə kɔk]
la poule [la pul]
雞（公/母）

③ **la dinde**
[la dɛ̃d]
火雞

④ **le faisan**
[lə fəzɑ̃]
雉

⑤ **le canard**
[lə kanar]
鴨

⑥ **l'oie**
[l wa]
鵝

⑦ **le cygne**
[lə siɲ]
天鵝

⑧ **le corbeau**
[lə kɔrbo]
烏鴉

⑨ **le pingouin**
[lə pɛ̃gwɛ̃]
企鵝

⑩ **le goéland**
[lə gɔelɑ̃]
海鷗

⑪ **l'aigrette blanche**
[l ɛgrɛt blɑ̃ʃ]
白鷺鷥

⑫ **le pigeon**
[lə piʒɔ̃]
鴿子

⑬ **le moineau**
[lə mwano]
麻雀

⑭ **le pic**
[lə pik]
啄木鳥

⑮ **le canari**
[lə kanari]
金絲雀

⑯ **le martin huppé**
[lə martɛ̃ ype]
八哥

⑰ **le perroquet**
[lə pɛrɔkɛ]
鸚鵡

⑱ **la pirolle de Taïwan**
[la pirɔl də taiwan]
藍鵲

⑲ **le toucan**
[lə tukɑ̃]
巨嘴鳥

⑳ **le pélican**
[lə pelikɑ̃]
鵜鶘

㉑ **l'alouette**
[l aluɛt]
雲雀

㉒ **le colibri**
[lə kɔlibri]
蜂鳥

㉓ **l'hirondelle**
[l irɔ̃dɛl]
燕子

㉔ **la pie-grièche**
[la pi griɛʃ]
伯勞鳥

㉕ **le hibou**
[lə ibu]
貓頭鷹

㉖ **la petite spatule**
[la pətit spatyl]
黑面琵鷺

㉗ **l'autruche**
[l ɔtryʃ]
鴕鳥

㉘ **le paon**
[lə pɑ̃]
孔雀

㉙ **l'aigle**
[l ɛgl]
老鷹

㉚ **le condor**
[lə kɔ̃dɔr]
禿鷹

㉛ **le vautour**
[lə votur]
禿鷲

㉜ **la grue**
[la gry]
鶴

㉝ **le rouge-gorge**
[lə ruʒ gɔrʒ]
知更鳥

㉞ **le héron**
[lə erɔ̃]
蒼鷺

㉟ **la pie**
[la pi]
喜鵲

動植物

鳥類

275

Les animaux marins

海中生物

單字朗讀

Mp3 Track 115

① **le fugu**
[lə fugu]
河豚

② **le requin**
[lə rəkɛ̃]
鯊魚

③ **l'étoile de mer**
[l etwal də mɛr]
海星

④ **le concombre de mer**
[lə kɔ̃kɔ̃br də mɛr]
海參

⑤ **le serpent marin**
[lə sɛr pɑ̃ marɛ̃]
海蛇

⑥ **l'hippocampe**
[l ipɔkɑ̃p]
海馬

⑦ **la méduse**
[la medyz]
水母

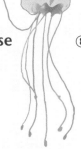

⑧ **la tortue marine**
[la tɔrty marin]
海龜

⑨ **la sole**
[la sɔl]
比目魚

⑩ **le maquereau**
[lə makro]
鯖魚

⑪ **la murène**
[la myrɛn]
海鱔

⑫ **l'espadon**
[l ɛspadɔ̃]
旗魚

⑬ **la daurade**
[la dorad]
鯛魚

⑭ **le poisson clown**
[lə pwasɔ̃ klun]
小丑魚

⑮ **la raie**
[la rɛ]
魟魚

⑯ **les poissons tropicaux**
[le pwasɔ̃ trɔpiko]

les poissons d'aquarium d'eau douce
[le pwasɔ̃ d akwariœm d o dus]
熱帶魚

⑰ **la baleine**
[la balɛn]
鯨魚

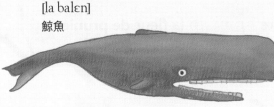

⑱ **le dauphin**
[lə dofɛ̃]
海豚

⑲ **le phoque**
[lə fɔk]
海豹

⑳ **le corail**
[lə koraj]
珊瑚

㉑ **l'algue**
[l alg]
海藻

㉒ **l'anémone de mer**
[l anemɔn də mɛr]
海葵

㉓ **la conque**
[la kɔ̃k]
海螺

㉔ **le poisson volant**
[lə pwasɔ̃ vɔlɑ̃]
飛魚

㉕ **le lamantin**
[lə lamɑ̃tɛ̃]
海牛

㉖ **l'otarie**
[l ɔtari]
海獅

海中生物

277

Les végétaux
植物

les fleurs
[le flœr]
花

① **le narcisse**
[lə narsis]
水仙

② **le rhododendron**
[lə rɔdɔdɛ̃drɔ̃]
杜鵑

③ **le lys**
[lə lis]
百合

④ **la marguerite**
[la margərit]
雛菊

⑤ **la fleur de prunier**
[la flœr də prynje]
梅花

⑥ **la fleur de cerisier**
[la flœr də sərisje]

la sakura
[la sakura] 櫻花

⑦ **l'orchidée**
[l ɔrkide]
蘭花

⑧ **l'iris**
[l iris]
鳶尾花

⑨ **le camélia**
[lə kamelja]
山茶花

⑩ **la rose**
[la roz]
玫瑰

⑪ **l'œillet**
[l œjɛ]
康乃馨

⑫ **le chrysanthème**
[lə krizɑ̃tɛm]
菊花

⑬ **l'ipomée**
[l ipɔme]
牽牛花

牽牛花又稱「早晨之榮」(la gloire du matin)。

⑭ **la lavande**
[la lavɑ̃d]
薰衣草

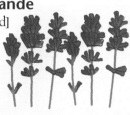

⑮ **la pivoine**
[la pivwan]
牡丹

⑯ **le tournesol**
[lə turnəsɔl]
向日葵

⑰ **la tulipe**
[la tylip]
鬱金香

⑱ **la giroflée**
[la ʒirɔfle]
紫羅蘭

⑲ **le colza**
[lə kɔlza]
油菜花

⑳ **la poinsettia**
[la pwɛ̃sɛtja]
聖誕紅

㉑ **le pissenlit**
[lə pisɑ̃li]
蒲公英

les arbres
[le zarbr]
樹

㉒ **le saule**
[lə sol]
柳樹

㉓ **le pin**
[lə pɛ̃]
松樹

㉔ **le cyprès**
[lə siprɛ]
柏樹

㉕ **le chêne**
[lə ʃɛn]
橡樹

㉖ **l'érable**
[l erabl]
楓樹

㉗ **le bouleau**
[lə bulo]
樺木

㉘ **l'épicéa**
[l episea]
雲杉

㉙ **le bambou**
[lə bɑ̃bu]
竹子

㉚ **la fougère**
[la fuʒɛr]
蕨類

㉛ **le trèfle
(à quatre feuilles)**
[lə trɛfl (a katr fœj)]
幸運草

動植物

植物

la graine
[lə grɛn]
種子

la pousse
[la pus]
芽

la tige
[la tiʒ]
莖

la racine
[la rasin]
根

la feuille
[la fœj]
葉

le fruit
[lə frɥi]
果實

有誘人的美食、香醇的葡萄酒，還有，閃避不及的「狗屎」，這一切都發生在法國。在法國，養狗的人多，但願意隨手清理狗大便的人卻少之又少。尤其在巴黎，許多觀光客帶著對花都的浪漫憧憬而來，但離開時對狗大便的壞印象卻揮之不去。

法國政府為了解決狗大便的問題，多年來苦思對策。首先在 1982 年席哈克擔任巴黎市長時期，使用了一種名為 "le motocrotte" 的清潔車，讓清潔人員在街頭搜尋狗大便，一旦發現目標就拿出類似吸塵器的管子吸取，同時灑水清洗地面。這項計畫雖然不錯，但成效有限，也會製造空氣污染，最重要的是所費不貲。

2004 年以後，巴黎市政府決定採取較為節約的方法，一方面免費提供清潔狗大便的塑膠袋，另一方面對任由小狗隨地方便的主人祭出罰款，不過因為舉發困難，所以實際成效也不佳。

法國人愛狗，從寵物的法文可窺知一二，"l'animal de compagnie（動物伴侶）"，寵物對法國人來說就像伴侶一樣。在咖啡館經常可見悠閒喝啤酒的人們，腳邊趴著慵懶的小狗；或者在麵包店、肉店門口，小狗被拴在牆邊特製的鐵環上，安靜地等待。在地鐵上，雖然規定只有小型狗可以搭乘，並且必須關在籠子裡，大型犬也只限導盲犬能進入車廂。然而實際上，只要狗確實戴上口罩、拉上牽繩，不影響其他乘客，帶狗人士還是自由來去。

不知是否為了解決這種狗與狗屎為患的窘境，法國人發展出一種反向思考，譬如，認為左腳踩到狗屎，就能帶來好運。這種「屎」代表好運的想法，還體現在幫別人加油時說的 "Je te dis merde"，認為說反話能避免好運跑掉，翻譯成中文就像是在說「祝你走狗屎運」。也有一說是早期劇院門口如果堆滿了「馬屎」，表示乘馬車來的觀眾很多，也就是表演很賣座。這樣看來，法國人還真是個正向思考的民族啊。

Section 15

Le temps et l'espace

時間與空間

Le calendrier
月曆

① **janvier**
[ʒɑ̃vje]
一月

② **février**
[fevrie]
二月

③ **mars**
[mars]
三月

④ **avril**
[avril]
四月

⑤ **mai**
[mɛ]
五月

⑥ **juin**
[ʒɥɛ̃]
六月

⑦ **juillet**
[ʒɥije]
七月

⑧ **août**
[ut]
八月

⑨ **septembre**
[sɛptɑ̃br]
九月

⑩ **octobre**
[ɔktɔbr]
十月

⑪ **novembre**
[nɔvɑ̃br]
十一月

⑫ **décembre**
[desɑ̃br]
十二月

⑬ **le calendrier paysan**
[lə kalɑ̃drije pɛizɑ̃]
le calendrier lunaire
[lə kalɑ̃drije lynɛr]
農曆

⑭ **l'année**
[l ane]
年

⑮ **le mois**
[lə mwa]
月

⑯ **le jour**
[lə ʒur]
日

⑰ **la date** [la dat] 日期

⑱ **dimanche** [dimɑ̃ʃ] 星期日

⑲ **lundi** [lœ̃di] 星期一

⑳ **mardi** [mardi] 星期二

㉑ **mercredi** [mɛrkrədi] 星期三

㉒ **jeudi** [ʒødi] 星期四

㉓ **vendredi** [vɑ̃drədi] 星期五

㉔ **samedi** [samdi] 星期六

㉕ **avant-hier** [avɑ̃ tiɛr] 前天

㉖ **hier** [iɛr] 昨天

㉗ **aujourd'hui** [oʒur dɥi] 今天

㉘ **demain** [dəmɛ̃] 明天

㉙ **après-demain** [aprɛ dəmɛ̃] 後天

㉚ **la fête nationale** [la fɛt nasjɔnal]
le jour férié [lə ʒur ferje] 國定假日

DÉCEMBRE

⑰

DIM 18	LUN 19	MAR 20	MER 21	JEU 22	VEN 23	SAM 24
	1	2	3	4	5	6
7	8	9	10	11	12	13
14	15	16	17	18	19	20
21	22	23	24	25	26	27
28	29	30	31			

㉛ **le temps**
[lə tɑ̃]
時間

㉜ **l'heure**
[l œr]
點

12:28:18

㉝ **la minute**
[la minyt]
分

㉞ **la seconde**
[la səgɔ̃d]
秒

法語對日期的排列跟中文相反，法語的順序為：**jour**（日）/ **mois**（月）/ **année**（年），例如：**27 mars 2012**。表示日期時通常會在前面加 **le**，例如：**le mardi 27 mars 2012**。

對於時間的排列則是相同的，皆為 **heure**（小時）/ **minutes**（分鐘）/ **secondes**（秒鐘），例如：**Une heure vingt-trois minutes treize secondes**（1 個小時 23 分 13 秒）。如果是 1 個小時 23 分，可以省略 **minutes**，直接說 **une heure vingt-trois**。

另外，「刻」是 **quart**，例如：**une heure et quart**（1 個小時 1 刻），或 **une heure moins quart**（1 個小時差 1 刻）。「半」是 **demie**，例如：**une heure et demie**（1 個半小時）。

如果是"說"時間的話，則用 **il est** 開頭，例如：**Il est dix heures.**（現在十點）。

時間與空間

月曆

Le temps et les saisons
天氣與季節

le temps
[lə tɑ̃]
天氣

① **le nuage**
[lə nyaʒ]
雲

② **la pluie**
[la plɥi]
雨

③ **le vent**
[lə vɑ̃]
風

④ **le tonnerre**
[lə tɔnɛr]
雷

⑤ **l'éclair**
[l eklɛr]
閃電

⑥ **le brouillard**
[lə brujar]
霧

⑦ **le gel**
[lə ʒɛl]
霜

⑧ **la neige**
[la nɛʒ]
雪

⑨ **la glace**
[la glas]
冰

⑩ **l'anticyclone**
[l ɑ̃tisiklon]
高氣壓

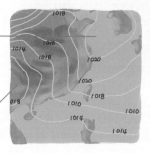

⑪ **la dépression**
[la depresjɔ̃]
低氣壓

⑫ **le front météorologique**
[lə frɔ̃ meteɔrɔlɔʒik]
鋒面

⑬ **le front froid**
[lə frɔ̃ frwa]
冷鋒

⑭ **la vague de froid**
[la vag də frwa]
寒流

⑮ **la température**
[la tɑ̃peratyr]
溫度

⑯ **nuageux**
[nyaʒø]
多雲

⑰ **dégagé**
[degaʒe]
晴天

相對於台灣潮濕（humide）的氣候，法國的氣候乾燥（sec）許多，因此到法國遊玩時別忘了多保濕喲。

⑱ **couvert**
[kuvɛr]
陰天

⑲ **pluvieux**
[plyvjø]
雨天

⑳ **chaud**
[ʃo]
熱

㉑ **froid**
[frwa]
冷

㉒ **doux**
[du]
暖和

㉓ **frais**
[frɛ]
涼爽

㉔ **la prévision météorologique**
[la previzjɔ̃ meteɔrɔlɔʒik]
氣象預報

la saison
[la sɛzɔ̃]
季節

㉕ **le printemps**
[lə prɛ̃tɑ̃]
春天

㉖ **l'été**
[l ete]
夏天

㉗ **l'automne**
[l otɔn]
秋天

㉘ **l'hiver**
[l ivɛr]
冬天

La géographie du monde
世界地理

單字朗讀
Mp3 Track 119

① **l'océan Pacifique**
[l ɔseã pasifik] 太平洋

② **Los Angeles** [lɔs ãʒəlɛs] 洛杉磯

③ **l'Amérique du Nord**
[l amerik dy nɔr] 北美洲

④ **New York** [nju jork] 紐約

⑤ **l'Amérique du Sud**
[l amerik dy syd] 南美洲

⑥ **l'océan Atlantique**
[l ɔseã atlãtik] 大西洋

⑦ **Londres** [lõdr] 倫敦

⑧ **Paris** [pari] 巴黎

⑨ **Berlin** [bɛrlɛ̃] 柏林

⑩ **l'Europe** [l œrɔp] 歐洲

⑪ **Rome** [rɔm] 羅馬

⑫ **Tunis** [tynis] 突尼斯

⑬ **Dakar** [dakar] 達喀爾

⑭ **Moscou** [mɔsku] 莫斯科

⑮ **Le Caire** [lə kɛr] 開羅

⑯ **l'Afrique** [l afrik] 非洲

⑰ **Dubaï** [dubaj] 杜拜

⑱ **Bombay** [bõbɛ] 孟買

⑲ **l'océan Indien** [l ɔseã ɛdjɛ̃] 印度洋

⑳ **l'Asie** [l azi] 亞洲

㉑ **Pékin** [pekɛ̃] 北京

㉒ **Shanghai** [ʃãŋaj] 上海

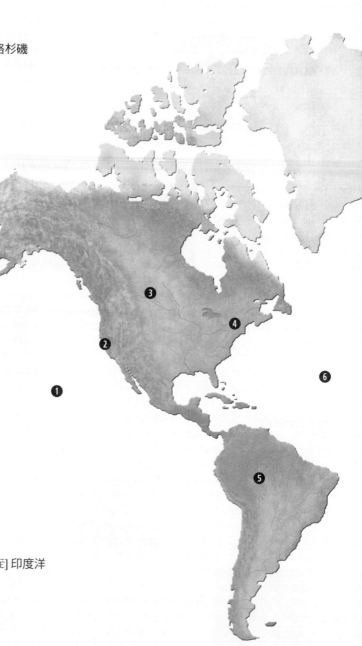

㉓ **Séoul** [seul] 首爾

㉔ **Tokyo** [tokjo] 東京

㉕ **Taipei** [tajpɛ] 台北

㉖ **Hong Kong** [ɔ̃ŋkɔ̃ŋ] 香港

㉗ **Bangkok** [bɑ̃ŋkɔk] 曼谷

㉘ **Kuala Lumpur**
   [kwala lumpur] 吉隆坡

㉙ **Singapour** [sɛ̃gapur] 新加坡

㉚ **Jakarta** [dʒakarta] 雅加達

㉛ **l'Australie** [l ostrali] 澳洲

㉜ **Sidney** [sidnɛ] 雪梨

㉝ **l'Océanie** [l ɔseani] 大洋洲

㉞ **l'Antarctique** [l ɑ̃tartik] 南極洲

La géographie et le paysage
地理與景觀

① **le plateau** [lə plato] 高原

② **la forêt** [la fɔrɛ] 森林

③ **le lac** [lə lak] 湖

④ **la cascade** [la kaskad] 瀑布

⑤ **la rivière** [la rivjɛr] 河流

⑥ **l'étang** [l etɑ̃] 池塘

⑦ **la montagne** [la mɔ̃taɲ] 山

⑧ **la vallée** [la vale] 山谷

⑨ **le bassin** [lə basɛ̃] 盆地

⑩ **la plaine** [la plɛn] 平原

⑪ **le banc de sable**
[lə bɑ̃ də sabl] 沙洲

⑫ **la plage** [la plaʒ] 海灘

⑬ **l'océan** [l ɔseɑ̃] 海洋

⑭ **l'île** [l il] 小島

⑮ **le détroit**
[lə detrwa]
海峽

⑯ **l'archipel**
[l arʃipɛl]
群島

⑰ **la barrière de corail**
[la barjɛr də kɔraj]
珊瑚礁

⑱ **la péninsule**
[la penɛ̃syl]
半島

⑲ **la baie**
[la bɛ]
海灣

⑳ **le désert**
[lə dezɛr]
沙漠

㉑ **la dune**
[la dyn]
沙丘

##

㉒ **le glacier**
[lə glasje]
冰川

㉓ **le fjord**
[lə fjɔrd]
峽灣

㉔ **l'isthme**
[l ism]
地峽

㉕ **la colline**
[la kɔlin]
丘陵

㉖ **le volcan**
[lə vɔlkɑ̃]
火山

㉗ **la forêt tropicale**
[la fɔrɛ trɔpikal]
雨林

㉘ **le marais**
[lə marɛ]
沼澤

Les catastrophes naturelles

自然災害

① **la tempête**
[la tɑ̃pɛt]
暴風雨

② **la grêle**
[la grɛl]
冰雹

③ **le typhon**
[lə tifɔ̃]
颱風

④ **la tornade**
[la tɔrnad]
龍捲風

⑤ **le tremblement de terre**
[lə trɑ̃bləmɑ̃ də tɛr]
地震

⑥ **le tsunami**
[lə tsunami]
海嘯

⑦ **la tempête de neige**
[la tɑ̃pɛt də nɛʒ]
暴風雪

⑧ **le glissement de terrain**
[lə glismɑ̃ də tɛrɛ̃]
山崩

⑨ **l'avalanche**
[l avalɑ̃ʃ]
雪崩

⑩ **l'éruption volcanique**
[l erypsjɔ̃ vɔlkanik]
火山爆發

⑪ **l'inondation**
[l inɔ̃dasjɔ̃]
洪水

⑫ **la coulée de boue**
[la kule də bu]
土石流

⑬ **la tempête de vent**
[la tɑ̃pɛt də vɑ̃]
風災

⑭ **la sécheresse**
[la seʃrɛs]
旱災

⑮ **la pluie verglaçante**
[la plɥi vɛrglasɑ̃t]
凍雨

⑯ **l'ouragan**
[l uragɑ̃]
颶風

⑰ **la pluie acide**
[la plɥi asid]
酸雨

⑱ **l'incendie de forêt**
[l ɛ̃sɑ̃di də forɛ]
野火

⑲ **la pollution de l'air**
[la pɔlysjɔ̃ də l ɛr]
空氣污染

⑳ **la maladie infectieuse**
[la maladi ɛ̃fɛksjøz]
傳染病

㉑ **le réchauffement climatique**
[lə reʃofmɑ̃ klimatik]
暖化
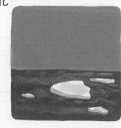

L'univers
宇宙

單字朗讀
Mp3 Track 122

① **l'univers**
[l ynivɛr]
宇宙

② **la voie lactée**
[la vwa lakte]
銀河系

③ **le soleil**
[lə sɔlɛj]
太陽

④ **l'étoile**
[l etwal]
星星

⑤ **la planète**
[la planɛt]
行星

⑥ **le satellite**
[lə satɛlit]
衛星

⑦ **la comète**
[la kɔmɛt]
彗星

⑧ **le satellite artificiel**
[lə satɛlit artifisjɛl]
人造衛星

⑨ **la Terre**
[la tɛr]
地球

⑩ **la Lune**
[la lyn]
月球

⑪ **Mercure**
[mɛrkyr]
水星

⑫ **Vénus**
[venys]
金星

⑬ **Mars**
[mars]
火星

⑭ **Saturne**
[satyrn]
土星

⑮ **Jupiter**
[ʒypitɛr]
木星

⑯ **Uranus**
[yranys]
天王星

⑰ **Neptune**
[nɛptyn]
海王星

⑱ **Pluton**
[plytɔ̃]
冥王星

⑲ **la nébuleuse**
[la nebylœz]
星雲

⑳ **la constellation**
[la kɔ̃stɛlasjɔ̃]
星座

㉑ **observer les étoiles**
[ɔbsɛrve le zetwal]
觀星

㉒ **l'observatoire astronomique**
[l ɔbsɛrvatwar astrɔnɔmik]
天文台

㉓ **le télescope**
[lə teleskɔp]
望遠鏡

㉔ **la carte du ciel**
[la kart dy sjɛl]
星圖

㉕ **la navette spatiale**
[la navɛt spasjal]
太空船；太空梭

㉖ **la station spatiale**
[la stasjɔ̃ spasjal]
太空站

㉗ **la fusée**
[la fyze]
火箭

看見法國

我信,故我平安

« À nous Paris » 是一本可以在巴黎免費索取的週刊之一,內容主要在介紹流行服飾、時尚、藝文活動等,但出人意料地在廣告頁中總有超過 80% 的通靈者廣告。法國人迷信嗎?答案是肯定的。而在日常生活中,法國人還保留著許多迷信的小習慣,有些是期盼能帶來好運的舉動,有些是避免引來壞運的禁忌。以下就介紹幾個迷信:

摸木頭

如果想祈求好運時,法國人會摸著木頭說 "Je touche du bois"。這個習慣起源於基督教,耶穌為了世人被釘死在木製的十字架上,因此基督徒觸碰木頭時,就如同進行禱告。

在室內開傘

不少法國人相信,在室內開傘會招來壞運,這樣的想法其實是來自十八世紀倫敦的雨傘製造商。當時的雨傘使用鐵製的骨架,但開啟的機制設計不佳,所以如果在狹小的室內開傘,很容易弄壞物品或戳傷人,於是便有了在室內開傘會招來壞運的禁忌。時至今日,大部分的人已不知這個迷信的起源,只是在生活中留下這樣的習慣。

從梯子下走過

家用的鐵梯,無論是斜倚在牆面上,或是將梯子打開,都會和地面形成三角形的空間,容易讓人有「三位一體(聖父、聖子及聖靈)」的聯想。因此,若穿過梯子行走,就會顯得非常不敬,亦可能會招致厄運。不過單純地來說,從梯子底下走過本來就很危險。

十三號星期五

十三被視之為不吉利的數字,原因來自聖經故事中「最後的晚餐」,餐桌上有十三個人。同時耶穌被猶大出賣而遭逮捕的日子,正好是星期五。兩者結合就成了不祥的日子。但在法國也有人認為十三號星期五能帶來好運,所以每碰上這天,總有特別多人去買樂透。

其他像馬蹄鐵、四葉草及兔腳等,則是被人們當成能帶來好運的幸運物。而看到黑貓、鹽罐倒放,或棍子麵包正面朝下的情景,則被認為是會招來厄運的徵兆。

Section 16

La culture chinoise

中華文化

La gastronomie chinoise

中華美食

① **les dimsum hongkongais**
[le dimsum ɔ̃kɔ̃ŋɛ]
港式點心

② **le riz sauté**
[lə ri sote]
炒飯

③ **les nouilles sautés**
[le nuj sote]
炒麵

④ **la soupe de nouilles**
[la sup də nuj]
湯麵

⑤ **les nouilles sèches**
[le nuj sɛʃ]
乾麵

⑥ **le canard laqué pékinois**
[lə kanar lake pekinwa]
北京烤鴨

⑦ **les dés de poulet aux cacahuètes et au piment**
[le de də pulɛ o kakawɛt e o pimɑ̃]
宮保雞丁

⑧ **les boulettes tête de lion (boulettes de viande braisées)**
[le bulɛt tɛt də ljɔ̃(bulɛt də vjɑ̃d brɛze)]
紅燒獅子頭

⑨ **le porc aigre doux**
[lə pɔr ɛgrə du]
糖醋肉

⑩ **le tofu sauce pimentée**
[lə tɔfu sos pimɑ̃te]
麻婆豆腐

⑪ **les émincés de porc au parfum de poisson**
[le zemɛ̃se də pɔr o parfɛ̃ də pwasɔ̃]
魚香肉絲

⑫ **les haricots verts frits à sec**
[le ariko vɛr fri a sɛk]
乾煸四季豆

⑬ **la fondue chinois**
[la fɔ̃dy ʃinwaz]
火鍋

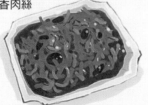

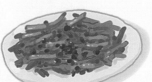

⑭ **le bouddha saute par-dessus le mur (aileron de requin aux pousses de bambous)**
[lə buda sot par dəsy lə myr (ɛlrɔ̃ də rəkɛ̃ o pus də bɑ̃bu)]
佛跳牆

⑮ **l'omelette aux navets séchés**
[l ɔmlɛt o navɛ seʃe]
菜脯蛋

⑯ **le porc façon Su Dongpo**
[lə pɔr fasɔ̃ su dɔ̃ŋpo]
東坡肉

⑰ **le poisson braisé à la sauce soja**
[lə pwasɔ̃ brɛze a la sos sɔʒa]
紅燒魚

⑱ **la soupe pimentée aux œufs et aux champignons**
[la sup pimɑ̃te o zø e o ʃɑ̃piɲɔ̃]
酸辣湯

⑲ **le deux fois-cuit de porc**
[lə dø fwa kɥi də pɔr]
回鍋肉

⑳ **les fourmis grimpent sur l'arbre (fines nouilles sautées au porc)**
[le furmi grɛ̃p syr l arbr (fin nuj sote o pɔr)]
螞蟻上樹

㉑ **le poulet aux trois saveurs**
[lə pulɛ o trwa savœr]
三杯雞

㉒ **le poulet à l'huile de sésame**
[lə pulɛ a l ɥil də sezam]
麻油雞

㉓ **les crevettes sautées au piment**
[le krəvɛt sote o pimɑ̃]
乾燒蝦仁

㉔ **le porc à la vapeur aux feuilles de moutarde**
[lə pɔr a la vapœr o fœj də mutard]
梅乾扣肉

㉕ **les émincés de porc aux poivrons verts**
[le zemɛ̃se də pɔr o pwavrɔ̃ vɛr]
青椒肉絲

㉖ **le poisson aigre-doux**
[lə pwasɔ̃ ɛgrə du]
糖醋魚

中華美食

中華文化

297

Les snacks
小吃

① **le tofu puant**
[lə tɔfu pyɑ̃]
臭豆腐

② **les vermicelles de riz sautés**
[le vɛrmisɛl də ri sote]
炒米粉

③ **la boulette de viande**
[la bulɛt də vjɑ̃d]
肉圓

④ **le riz au porc braisé**
[lə ri o pɔr brɛze]
滷肉飯

⑤ **la soupe aux boulettes de poisson**
[la sup o bulɛt də pwasɔ̃]
魚丸湯

⑥ **la soupe aux huîtres et aux vermicelles**
[la sup o zɥitr e o vɛrmisɛl]
蚵仔麵線

⑦ **la soupe épaisse aux nouilles à la viande**
[la supe epɛs o nuj e a la vjɑ̃d]
肉羹麵

⑧ **les nouilles au bœuf**
[le nuj o bœf]
牛肉麵

⑨ **le poulet frit aux épices**
[lə pulɛ fri o zepis]
鹹酥雞

⑩ **la glace pilée**
[la glas pile]
刨冰

⑪ **la brochette de fruits au caramel**
[la brɔʃɛt də frɥi o karamɛl]
糖葫蘆

⑫ **la soupe sucrée au tofu**
[la sup sykre o tɔfu]
豆花

⑬ **les raviolis chinois**
[le ravjɔli ʃinwa]
水餃

⑭ **les raviolis à la poêle**
[le ravjɔli a la pwal]
鍋貼

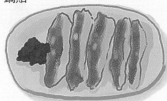

⑮ **les petits pains fourré à la vapeur**
[le pətit pɛ̃ fure a la vapœr]
包子

⑯ **les raviolis à la vapeur**
[le ravjɔli a la vapœr]
小籠包

⑰ **la brioche à la vapeur**
[la briɔʃ a la vapœr]
饅頭

⑱ **le tofu séché**
[lə tɔfu seʃe]
豆乾

⑲ **les nouilles (coupées au couteau)**
[le nuj (kupe o kuto)]
刀削麵

⑳ **le beignet frit**
[lə bɛɲɛ fri]
油條

㉑ **la galette aux grains de sésame**
[la galɛt o grɛ̃ də sezam]
燒餅

㉒ **le gâteau de riz**
[lə gato də ri]
米糕

㉓ **la galette fourrée**
[la galɛt fure]
餡餅

小吃

中華文化

Le restaurant chinois
中餐館

① **le restaurant de snacks**
[lə rɛstorɑ̃ də snak] 小吃店

② **le minimum de commande**
[lə minimœm də kɔmɑ̃d] 最低消費

③ **le prix du service** [lə pri dy sɛrvis] 服務費

④ **service compris** [sɛrvis kɔ̃pri] 含服務費

⑤ **réserver** [rezɛrve] 訂位

⑥ **commander** [kɔmɑ̃de] 點菜

⑦ **juxtaposer les tables**
[ʒykstapɔze le tabl] 併桌

⑧ **le numéro de la table**
[lə nymero də la tabl] 桌號

⑨ **à la carte** [a la kart] 單點

⑩ **servir** [sɛrvir] 上菜

⑪ **le dessert** [lə dɛsɛr] 點心

⑫ **placer** [plase] 帶位

⑬ **l'entrée** [lɑ̃tre] 小菜

⑭ **à emporter** [a ɑ̃pɔrte] 外帶

⑮ **régler** [regle] 買單；結帳

300

⑯ **l'enseigne**
[lɑ̃sɛɲ]
招牌

⑰ **le restaurant en libre-service**
[lə rɛstɔrɑ̃ ɑ̃ libr sɛrvis]
自助餐

⑱ **le bento**
[lə bɛnto]
便當

⑲ **à volonté**
[a vɔlɔ̃te]
吃到飽

⑳ **les échoppes de rue**
[le zeʃɔp dəry]
路邊攤

法國其實沒有像台灣一樣的小吃，頂多偶爾在城市裡有一些賣可麗餅、鬆餅，或是冬天時賣熱紅酒的路邊攤。此外，在夏天和聖誕節時會有像夜市一樣的市集，賣的東西多為工藝品、藝術品，或是果醬、酒、橄欖油等在地食品。

中餐館

中華文化

Les fêtes et ceremonies chinoises

中華節日與慶典

① **le nouvel an**
[lə nuvɛl ɑ̃]
新年

② **le feu d'artifice**
[lə fø d artifis]
煙火

③ **la veille du nouvel an**
[la vɛj dy nuvɛl ɑ̃]
除夕

④ **le pétard**
[lə petar]
鞭炮

⑤ **l'enveloppe rouge**
[l ɑ̃vlɔp ruʒ]
紅包

⑥ **la fête du printemps**
[la fɛt dy prɛ̃tɑ̃]
春節

⑦ **la fête des lanternes**
[la fɛt de lɑ̃tɛrn]
元宵節

⑧ **la lanterne**
[la lɑ̃tɛrn]
燈籠

⑨ **la fête de Qing Ming (fête du nettoyage des tombes)**
[la fɛt də tʃiŋ miŋ (fɛt dy nɛtwajaʒ de tɔ̃b)]
清明節

⑩ **prier**
[prie]
拜拜

⑪ la fête des
bateaux-dragons
[la fɛt de bato dragɔ̃]
端午節

⑫ le bateau-
dragon
[lə bato dragɔ̃]
龍舟

⑬ la fête de Qi Xi (la Saint-
Valentin chinoise)
[la fɛt də tʃi hsi (la sɛ̃ valɑ̃tɛ̃ ʃinwaz)]
七夕；中國情人節

⑭ la fête de la mi-
automne
[la fɛt də la mi otɔn]
中秋節

⑮ le cadeau
[lə kado]
禮物

⑯ la fête des mères
[la fɛt de mɛr]
母親節

⑰ la fête des pères
[la fɛt de pɛr]
父親節

⑱ le temple
[lə tɑ̃pl]
寺廟

就像基督教徒(les chrétiens)到教堂(l'église)做禮拜(l'adoration)一樣，中國的傳統宗教就是到廟裡燒香拜拜。對信徒來說，遇到問題的時候，到廟宇裡擲筊(jeter des blocs oraculaires)求籤，是尋求指引的一個方法。由於籤詩(les poèmes divinatoires)寓意較深，因此廟裡大多有專人幫忙解籤。如果覺得運氣不好的話，還可以改運(le rituel de la correction du destin)。廟裡的服務大部分是不收費的，信徒以捐香油錢的方式表達感謝，也會在拜拜後燒金紙(brûler des feuilles de papier-monnaie)。

La médecine chinoise
中醫

① **le mortier** [lə mɔrtje] 缽

② **le pilon** [lə pilɔ̃] 缽槌

③ **la pharmacopée chinoise**
[la farmakɔpe ʃinwaz] 中藥

④ **les herbes médicinales chinoises**
[le zɛrb medisinal ʃinwaz] 中藥材

⑤ **les compléments par alimentation**
[le kɔ̃plemɛ̃ par alimãtasjɔ̃] 食補

⑥ **le méridien** [lə meridjɛ̃] 經絡

⑦ **le soin des pieds**
[lə swɛ̃ de pje] 足療

⑧ **la médecine chinoise traditionnelle**
[la medsin ʃinwaz tradisjɔnɛl] 中醫

⑨ **prendre le pouls**
[prãdr lə pu] 把脈

⑩ **les points d'acupuncture**
[le pwɛ̃ d akypɔ̃ktyr] 穴道

中醫已被法國醫學會確認為正統醫學的一部分，在一些官方醫學院校中也開設了中醫課程。然而中醫目前不被國家保險系統承認，因此雖然有越來越多醫院，或者是私人醫生提供中醫的療法，但保險並不會給付，所以現在看中醫還是有點貴。法國人對中醫沒什麼偏見，而且似乎對中醫有越來越大的興趣，也許是因為他們認為這是比較自然的療法，也就是不會使用化學的東西。現在也有越來越多法國人到中國或台灣學習中醫。

⑪ **la méditation**
[la meditasjɔ̃] 打坐

⑫ **l'acupuncture**
[l akypɔ̃ktyr] 針灸

⑬ **l'aiguille d'acupuncture**
[l ɛgɥij d akypɔ̃ktyr] 針灸針

⑭ **le massage Tui Na**
[lə masaʒ twe na]
le massage chinois
[lə masaʒ ʃinwa] 推拿

⑮ **l'onguent** [l ɔ̃gɑ̃] 膏藥

⑯ **la thérapie alimentaire**
[la terapi alimɑ̃tɛr] 食療

⑰ **la ventouse**
[la vɑ̃tuz] 拔罐

⑱ **la ventouse chauffée**
[la vɑ̃tuz ʃofe] 火罐

⑲ **le grattage** [lə grataʒ] 刮痧

⑳ **le grattoir** [lə gratwar] 刮痧板

中醫

中華文化

看見法國

華人一家親

在台灣，路上遇到的西方人，常被概括地當成美國人；而在法國，一旦在路上看到了鳳眼、黃皮膚的亞洲人，不論國籍為何，「你好」一定是招呼語。在料理上，中式春捲和越南春捲是一樣的東西，只是有不同的名稱。談到酒，他們則會說：「我知道，是 "saké"。」法國人乾杯時說 "santé" 或 "tchin-tchin"，但他們跟華人乾杯說的是 "kan-pai"。更甚者，還有人認為廣東話是華人的第二語言。在大多數的法國人眼裡，東方人擁有的是一張近似且迷離的臉孔。

法國各地華人群聚的地方不少，尤其是在巴黎，至少有三個堪稱為「唐人街」(quartiers chinois) 的區域。首先是巴黎最古老的亞洲街區—溫州街。但溫州街其實不叫溫州街，叫市長街 (rue au Maire)，位於第三區，居住的華人多半是浙江溫州的後裔。整條街上經營了許多具溫州特色的商店以及富溫州風味的小餐館，因而得到溫州街的暱稱。另一個溫州人群居的區域是美麗城 (Belleville)，這些後期抵法的浙江人以及越南、寮國等東南亞的華僑，選擇在惡名昭彰但房價低廉的美麗城生活經商，久而久之也形成了一個華人聚集的區域。

但其實最為人所知的是十三區。七〇年代末期，建商在此興建現代化的高樓住宅，然而因水泥大廈缺少綠地、空間狹窄，被法國人稱之為「兔籠 (une cage à lapins)」，鮮少法國人願意遷居於此。稍後，東南亞政變引發的難民潮抵至法國，正好得以入住，繼之潮州、廣東移民漸多，慢慢形成龐大而獨特的華人生活圈。在這裡，眼睛見到的是中文字，耳朵聽到的是漢語或各地方言，吃的用的全都來自華人地區。這裡是法國人學中文、學武術、找中醫、買中式食材的首選之處。

有趣的是，此後巴黎建築法令確立，禁止興建大廈。因此，在巴黎只有十三區擁有超過三十層的高樓住宅。

附錄

Parler avec les gestes
比手畫腳

法國人說話的時候喜歡伴隨著手勢，用來加強話中的情緒，久而久之就發展出許多約定俗成的表達方式。

① un, deux, trois

與台灣人的手勢不盡相同，法國人數數的時候是從大姆指開始，接著是食指和中指，表示 1、2、3。所以，大拇指也常常代表第一或很好。

② du fric

將無名指和小拇指併起來，讓大拇指與其他指頭搓動，做出類似數錢的動作，用來表示金錢。

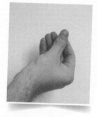

③ avoir un verre dans le nez
être rond comme une bille

形容一個人喝醉了，法國人會說「他的鼻子上有個杯子」，或者說「他像珠子一樣圓」。一邊說，一邊單手握拳放在鼻子前方，拳頭微微旋轉。

④ mon oeil

當有人說了一件不可置信的事，就用食指拉下眼瞼並且說 "mon oeil"，表示「我才不信」。

⑤ oh là là

一邊輕輕甩手，一邊說 "oh là là"，表示驚訝或讚嘆。譬如聽到一個震驚的消息，或是吃到非常美味的食物時，即可比劃出這個手勢。

⑥ se tourner les pouces

用其中一隻手握住另外一隻手的大拇指，並緩慢轉動。形容閒得發慌，沒事可做，只好轉自己的大拇指。

⑦ boire

當說到「喝」這個動作，尤其是指喝酒時，會伸出大拇指，並將四指併攏成拳狀，嘴巴做出吸大拇指的樣子，假裝好像正在喝一瓶酒。

⑧ **avoir un poil dans la main**

左手掌心攤開朝上，右手拇指與食指輕輕捏緊，想像有根毛，從左手掌心往上方拉出。這個動作用來形容一個人非常懶惰，以致於掌心都長出了毛。

⑨ **pied de nez**

單手掌心攤開，指尖朝上方，用拇指頂著鼻頭，抖動四根指頭。嘴不說話，是用來嘲笑別人的動作。

⑩ **na na nère**

手握拳伸出拇指，以拇指刮數次下巴，嘴裡邊說 "na na nère"，也是用來嘲笑人的手勢。

⑪ **en avoir ras de bol**

掌心朝下，手掌平畫過頭頂，就好像一個碗裝滿了的樣子，表示「受夠了」。

⑫ **être vraiment "BCBG"**

BCBG，即 "bon chic bon genre"。邊說這個詞，邊在脖子前做出打領帶的樣子，是用來形容某人的穿著打扮很優雅。

⑬ **rouler des mécaniques**

誇張地上下扭動肩膀數次，用來形容一個人驕傲自大的樣子。

⑭ **on se tire**

伸出一隻手輕輕地拍打另一隻手的手背，意指「我們走吧！」

⑮ **c'est mon petit doigt qui me l'a dit**

即「是我的小指告訴我的」之意，邊說這句話，邊伸出小指，表示不想說明消息的來源。

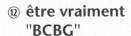

Expressions Courantes en Français

常用法語一百句

PREMIÈRE RENCONTRE　初次見面

Mp3 Track 128

① **Comment vous appelez-vous ?**
你叫什麼名字？

② **Je m'appelle Dominique, et vous ?**
我的名字是Dominique，你呢？

③ **Quelle est votre nationalité ?**
你是哪國人呢？

④ **Je suis taïwanais. / taïwanaise.**
我是台灣人。（男／女）

⑤ **Enchanté.** 很高興認識你。

SALUER　問候

Mp3 Track 129

① **Bonjour.** 你好／早安／午安。

② **Bonne journée !**
祝你有個美好的一天！

③ **Bonsoir.** 晚安。（晚上打招呼）

④ **Bonne nuit.** 晚安。（睡前）

⑤ **Salut !**
你好／哈囉／掰掰！（較輕鬆的用法）

⑥ **Ça va ?** 你好嗎？

⑦ **Comment allez-vous ?**
Vous allez bien ?
你好嗎？

⑧ **Très bien. / Bien. / Pas mal.**
非常好／好／還可以。

⑨ **Quoi de neuf ?** 最近怎麼樣？

⑩ **À tout à l'heure.** 一會兒見。

⑪ **À bientôt.** 下次見。

⑫ **Au revoir.** 再見。

⑬ **Ciao.** 再見。（較輕鬆的用法）

⑭ **À demain.** 明天見。

⑮ **Allô ! Oui ?** 喂？（接電話時）

FORMULES DE POLITESSE 禮貌用語

Mp3 Track 130

① **S'il vous plaît.** 請。

② **Bienvenue !** 歡迎！

③ **Merci. / Merci beaucoup.**
謝謝 / 非常感謝。

④ **Je vous remercie.** 由衷感謝您。

⑤ **De rien. / Je vous en prie.**
不客氣。

⑥ **Excusez-moi.**
不好意思 / 請問 / 請讓開。

⑦ **Pardon.** 不好意思。

⑧ **Je suis désolé(e).** 對不起。

⑨ **Je suis vraiment navré(e).**
我真的很抱歉。

⑩ **Ce n'est pas grave.**
Ne vous en faites pas.
沒關係 / 別介意。

> 所有的 ne 在口語上都可以省略，例如：Ce n'est pas grave！可以省略成 C'est pas grave！

⑪ **Non merci.** 不用了，謝謝。

⑫ **Je vous remercie de votre accueil.** 謝謝你的熱情款待。

DEMANDER DE L'AIDE 請求幫助

Mp3 Track 131

① **Attendez !** 請等一下！

② **Comment faire ?** 怎麼辦？

③ **Venez m'aider, s'il vous plaît.**
請幫我一個忙！

④ **Qu'est-ce que ça veut dire ?**
這是什麼意思？

⑤ **Qu'est-ce qui se passe ?**
怎麼了？

⑥ **Pouvez vous m'aidez ?**
可以幫助我嗎？

⑦ **Au secours ! Au voleur !**
救命啊！有小偷！

⑧ **Est-ce que je peux vous poser une question ?**
我可以問你一個問題嗎？

⑨ **Pourriez-vous répéter, s'il vous plaît ?**
請再說一遍好嗎？

⑩ **Pourriez-vous parler plus lentement ?**
可以說慢一點嗎？

Expressions Courantes en Français

常用法語一百句

EXPRIMER SON AVIS 自我表達

Mp3 Track 132

① **Oui.** 是 / 可以。

② **Non.** 不是 / 不可以。

③ **D'accord ! / OK !**
Pas de problème !
好的 / OK / 沒問題！

④ **C'est bien ! / Pas mal !** 不錯呢！

⑤ **Super !** 超棒！

⑥ **Génial !** 棒呆了！

⑦ **Intéressant !** 真有趣！

⑧ **Incroyable !** 不可思議！

⑨ **C'est dommage !** 真可惜！

⑩ **Ça m'énerve !** 真令人火大！

⑪ **Ah bon ? / C'est vrai ?** 真的嗎？

⑫ **Je ne sais pas.** 我不知道。

FAIRE DES ACHATS 購物

Mp3 Track 133

① **Je voudrais acheter un adaptateur.**
我想要買轉接插頭。

② **C'est combien?**
Combien ça coûte ?
這個多少錢？

③ **C'est trop cher !** 太貴了！

④ **C'est bon marché !**
Ce n'est pas cher !
真的很便宜！

⑤ **Je prends celui-ci.**
J'aimerais celui-ci.
我要這個。

⑥ **Pouvez-vous l'emballer dans un papier cadeau ?**
可以幫我包裝一下嗎？

⑦ **Qu'est-ce que c'est ?**
那是什麼？

⑧ **Comment ça s'appelle ?**
那個叫做什麼？

⑨ **(Et) Avec ceci ?**
還要什麼？

FORMULES DE SOUHAIT 祝福語

Mp3 Track 134

① **Félicitations !** 恭喜！

② **Bon voyage !** 一路順風！

③ **Bon courage !** 加油！

④ **Bon anniversaire !**
生日快樂！

⑤ **Bonne chance !** 祝好運！

⑥ **Bonne journée !**
祝有個美好的一天！

⑦ **Bonne soirée !**
祝有個美好的夜晚！

⑧ **Bonnes vacances !**
假期愉快！

⑨ **À tes souhaits !**
如你所願！(用在當別人打噴嚏後)

⑩ **Prenez soin de vous.**
好好照顧自己！

⑪ **Soignez-vous bien !** 請多保重！

⑫ **Joyeux Noël !** 聖誕快樂！

⑬ **Bonne année !** 新年快樂！

常用法語一百句

AMOUR 愛情

Mp3 Track 135

① **J'ai rêvé de toi.** 我夢到你。

② **Tu me manques beaucoup.**
我很想念你。

③ **Je t'aime.** 我愛你。
Je t'aime aussi. 我也愛你。

④ **Vous êtes libre ce soir ?**
妳今晚有空嗎？

⑤ **Est-ce que vous aimeriez
voir un film ?**
你想要看電影嗎？

⑥ **Je te rappelle.**
我再打電話給你。

⑦ **Ton cadeau me plaît, merci.**
我喜歡你的禮物，謝謝。

Expressions Courantes en Français

常用法語一百句

À L'EXTÉRIEUR 出門在外

Mp3 Track 136

① Où sommes-nous ?
這裡是哪裡？

② Quelle heure est-il ?
現在幾點？

③ Où sont les toilettes ?
洗手間在哪裡？

④ Avez-vous un guide ?
您有旅行手冊嗎？

⑤ Je voudrais aller dans un centre commercial.
我想去百貨公司。

⑥ Comment aller à cet hôtel ?
這家旅館怎麼走？

⑦ Est-ce qu'il y a une pharmacie près d'ici ?
這附近有藥局嗎？

⑧ Pouvez-vous me recommander un restaurant ?
你能推薦一家餐廳給我嗎？

⑨ Qu'y a-t-il à voir par ici ?
這附近有什麼好玩的地方？

⑩ Quelles sont les spécialités de cette région ?
這個地方有什麼名產？

PENDANT LE REPAS 用餐

Mp3 Track 137

① J'ai faim. 我餓了。

② J'ai soif. 我渴了。

③ Avez-vous une table pour quatre ? 有沒有一張四人的桌子？

④ Je n'ai pas réservé. 我沒有訂位。

⑤ Avez-vous une carte (un menu) en anglais?
你們有沒有英文菜單？

⑥ Qu'est-ce que vous conseillez ?
你推薦些什麼？

⑦ Le service est compris ?
這包含服務費嗎？

⑧ Donnez-moi une bouteille d'eau minérale, s'il vous plaît.
請給我一瓶礦泉水。

⑨ Je voudrais un steak, s'il vous plaît. 我要一份牛排。

⑩ Bon appétit ! 開動！用餐愉快！

⑪ Santé ! 乾杯!

⑫ C'est bon ! 很好吃！

LA VIE QUOTIDIENNE 日常生活

① **Il pleut depuis hier.**
從昨天就下雨。

② **Il fait chaud aujourd'hui.**
今天很熱。

③ **Il fait beau aujourd'hui.**
今天天氣很不錯。

④ **Aujourd'hui, c'est dimanche.**
今天是星期天。

⑤ **Nous sommes en juin.**
現在是六月。

DISCUTER 爭論

① **Je suis d'accord.** 我贊成。

② **Je ne suis pas d'accord.**
我不同意。

③ **Je comprends.** 我懂了。

④ **Je ne comprends pas.** 我不懂。

⑤ **Vous avez raison.**
你說的有道理。

⑥ **Ce n'est pas ça.** 不是這樣的。

⑦ **Je ne crois pas.**
Je pense que non.
我不這麼認為。

⑧ **Vous vous êtes trompé(e).**
您搞錯了。

⑨ **Tu vois ce que je veux dire ?**
你明白我的意思嗎？

常用法語一百句

315

Expressions Courantes en Français

常用法語一百句

EXPRESSIONS ORALES 慣用語

① **La vache !**
喔！天哪！

② **Pas possible !**
不可能！

③ **Ah ! J'ai compris.**
喔！我明白了。

④ **D'accord !**
好，知道了！

⑤ **Oh la la !**
唉呀！哎呀！

⑥ **C'est vraiment pas de chance !**
真倒楣！

⑦ **Tais-toi !**
閉嘴！安靜一點！

⑧ **C'est la vie !**
這就是人生！

⑨ **Comme ci, comme ça.**
馬馬虎虎。

（也可以說 Bof，是很口語的用法）

Les unités de mesure
度量衡

LES UNITÉS DE LONGUEUR　長度單位

- **un millimètre** [ɛ̃ milimɛtr] 公釐
- **un centimètre** [ɛ̃ sɑ̃timɛtr] 公分
- **un mètre** [ɛ̃ mɛtr] 公尺
- **un kilomètre** [ɛ̃ kilɔmɛtr] 公里

- **un pouce** [ɛ̃ pus] 吋
- **un pied** [ɛ̃ pje] 呎
- **un yard** [ɛ̃ jard] 碼
- **un mile** [ɛ̃ mil] 哩

LES UNITÉS DE CAPACITÉ　容量單位

- **un litre** [ɛ̃ litr] 公升
- **une once** [yn ɔ̃s] 盎司

- **une pinte** [yn pɛ̃t] 品脫
- **un gallon** [ɛ̃ galɔ̃] 加侖

LES UNITÉS DE POIDS　重量單位

- **un gramme** [ɛ̃ gram] 公克
- **un kilogramme** [ɛ̃ kilɔgram] 公斤
  （也說 **kilo** [kilɔ]）

- **une tonne** [yn tɔn] 公噸
- **une livre** [yn livr] 磅

LES UNITÉS DE SURFACE　面積單位

- **un ping** [ɛ̃ piɲ] 坪
- **un are** [ɛ̃ nar] 公畝
- **un hectare** [ɛ̃ nɛktar] 公頃
- **un mètre carré** [ɛ̃ mɛtr kare] 平方公尺

- **un kilomètre carré**
  [ɛ̃ kilɔmɛtr kare] 平方公里
- **un acre** [ɛ̃ nakr] 英畝

LES UNITÉS DE VOLUME　容積單位

- **un mètre cube**
  [ɛ̃ mɛtr kyb] 立方公尺

- **un kilomètre cube**
  [ɛ̃ kilɔmɛtr kyb] 立方公里

度
量
衡

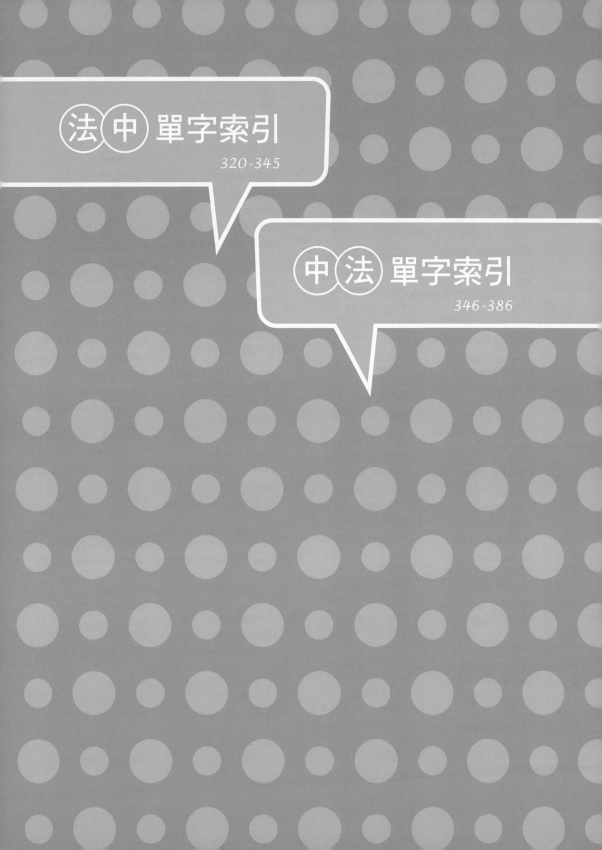

法中 單字索引
320-345

中法 單字索引
346-386

中(法)單字索引

中(法)單字索引

《情境式法語圖解字典 數位學習版》讀者回函卡

謝謝您購買 LiveABC 互動英語系列產品

如果您願意，請您詳細填寫下列資料，免貼郵票寄回 LiveABC 即可獲贈《CNN 互動英語》、《Live 互動英語》、《每日一句週報》電子學習報 3 個月期（價值：900 元）及 LiveABC 不定期提供的最新出版資訊。

性別 □男 □女

聯絡電話

年 月 日

□國中以下　□國中　□高中
□大專及大學　□研究所

□學生　□資訊業　□工　□商
□服務業　□軍警公教
□其他　□自由業及事業

您從何處得知本書？

□書店　□網站
□電子型錄　□他人推薦
□雜誌
□其他

您以何種方式購得此書？

□一般書店　□連鎖書店
□網路　□郵局劃撥
□其他

您覺得本書的價格？

□偏低　□合理　□偏高

您對本書的評價

	書名	封面	內容	編排	紙張
很滿意	□	□	□	□	□
還不錯	□	□	□	□	□
普通	□	□	□	□	□
不滿意	□	□	□	□	□
很後悔	□	□	□	□	□

您希望我們製作哪些學習主題？

您對我們的建議：

縣
市

市
區
鄉
鎮

村
里
路
街

段

鄰
巷

弄

號
樓

室

希伯崙股份有限公司客戶服務部 收

台北市松山區八德路三段32號12樓

英語數位學習第一品牌

本書為點讀版印刷，
可搭配 *MyVOICE*® 智慧點讀筆使用

MyVOICE® 智慧筆介紹

　　「*MyVOICE*® 智慧筆」是專為學習語言所研發的新一代電子產品，透過精密且高品質的光學鏡頭，隨點隨聽，最能符合快速、大量、有效的學習需求。

　　MyVOICE® 外形高雅時尚，體積輕巧，攜帶方便，不受時間與空間的限制，徹底跳脫以往學習語言的框架。而且可視環境需求外接耳機，自己創造個人專屬的優質語言學習環境。除此之外，*MyVOICE*® 內建高容量記憶體，方便讀者一次儲存多本書的檔案。

　　MyVOICE® 4G 智慧筆兼具錄音功能，效果媲美專業錄音筆。搭配橘色錄音卡使用，使您在學習上更能達到事半功倍的效果。

MyVOICE® 智慧筆功能介紹

▶「看到哪、讀到哪，點到哪、學到哪」攜帶方便
▶ 內建高容量記憶體，可儲存多本書的內容
▶ 可不斷更新內建記憶體資料，立即更新學習內容
▶ 可依照自身需求，選擇不同的書籍內容更新
▶ 具 MP3 功能，可連結電腦，亦可另行充電
▶ 涵蓋美、日、韓語等多種語言學習教材
▶ 兼具錄音功能

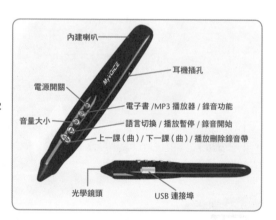

內建喇叭
耳機插孔
電源開關
音量大小
電子書 /MP3 播放器 / 錄音功能
語言切換 / 播放暫停 / 錄音開始
上一課（曲）/ 下一課（曲）/ 播放刪除錄音帶
光學鏡頭
USB 連接埠

MyVOICE® 智慧筆產品規格

項目	規格	項目	規格	項目	規格
配件	錄音卡、充電器、傳輸線、耳機	充電方式 / 時間	USB (pc) 充電 4 小時以上，電源充電大約 2.5 小時	資料方式	內建（可隨時更換）
多功能	點讀筆、隨身碟、MP3、錄音筆	省電功能	自動關機（大約 3 分鐘）	USB 介面	USB2.0 連線埠 / 連接線
資料存取及下載方式	同隨身碟存取方式	工作時間	大約 3 小時	記憶卡	Nand-Flash（可讀寫）
智慧筆尺寸	14.5cm（長）* 2.5cm（寬）* 1.6cm（高）/ 顏色：黑色	揚聲器	內建喇叭	最大容量	參照筆盒外之標示
重量	45 公克	電源指示燈	LED	調節開關	開關 / 音量 / 功能鍵
電源電壓	3.7V DC（內建鋰電池），附 USB 電源充電器	耳機介面	3.5mm	播放檔	BNL